EIN KRIMI AUS DEM MITTELALTER

AVGVS TA IVXTA
2 Gegginger th.
3 Einlaß.
4 Klencker th.
5 Gsundbrunn.
6 Wertachbruck.
7 Fischer th.
8 Luginßland.
9 Steffinger th.
10 Olblater th.
11 Jacober thor.
12 Vogel thor
13 Schwiboger th.
14 H. Creütz th
15 Unser frawē th.
16 Parfusser th.
17 S. Vlrichs klost.
18 Prediger klost
19 S. Moritzē kir.
20 H. Grab.
22 S. Kathrina klo.
23 S. Anna klost.
24 S. Steffans kl.
25 Parfusser klost.
26 Hail. + kloster.
27 S. Iorgen klost.
28 S. Otmars kirch
29 S. Veyts kirch
30 S. Johans kirch
31 S. Gilgen kirch
32 Vnser frawen ki.
33 Jacober kirch.
34 Das Spittal.
35 S. Peters kirch
36 Stern kloster.
37 Raussamer hof.
38 Saltz stadel.
39 Wein stadel.
40 Sigelhauß.
45 Der Fugger ha
46 Dz dantzhauß.
47 Eicht hauß.
48 Kornschrand.
49 Stat Cantzley.
50 Burger stuben.
52 Rathauß.
53 Die Metzg.
57 Pfriendhauß.
58 Schlachthauß.
54 Katzenstadel.
55 Ob dem Creütz
66 Zeughauß.
67 Juden kirchof.
68 Kornhauß.
70 Kalck hutt
71 Blaterhauß.
72 Die Fuggerey
73 Zur sackpfeiffen
75 Spitelhof.
76 Am Eser.
77 Ritzen marckt
78 Weitgaß.
80 Kirchgaß.
82 S. Affra gaß.
83 Am Schwal.
86 Schönawrgaß.
89 Findelhauß.
92 Am Iudenberg
94 Berleberg
97 Staingaß.
99 Opsmarckt
100 S. Iohans gaß.
101 Schmidgaß.
104 Fronhof
105 Die Pfaltz.
106 Hirschengrab.
108 Lang gaß.
110 Fischergäßlin.
111 Rautzgäßlin
113 Steffans platz.
114 Pulvergaß.
115 Genßbuhel
116 Lauterlech
117 Hasen gäßlin
118 S. Iaco. gart
119 Rosen gäßlin
120 Rappenzipfel.
122 Prielbruck
124 Roßmarckt
125 Ober newgang
126 Mittel gang
127 Vndrer gang
130 Sachssen gaß.
132 Meitingē gaß.
133 Maurberg.

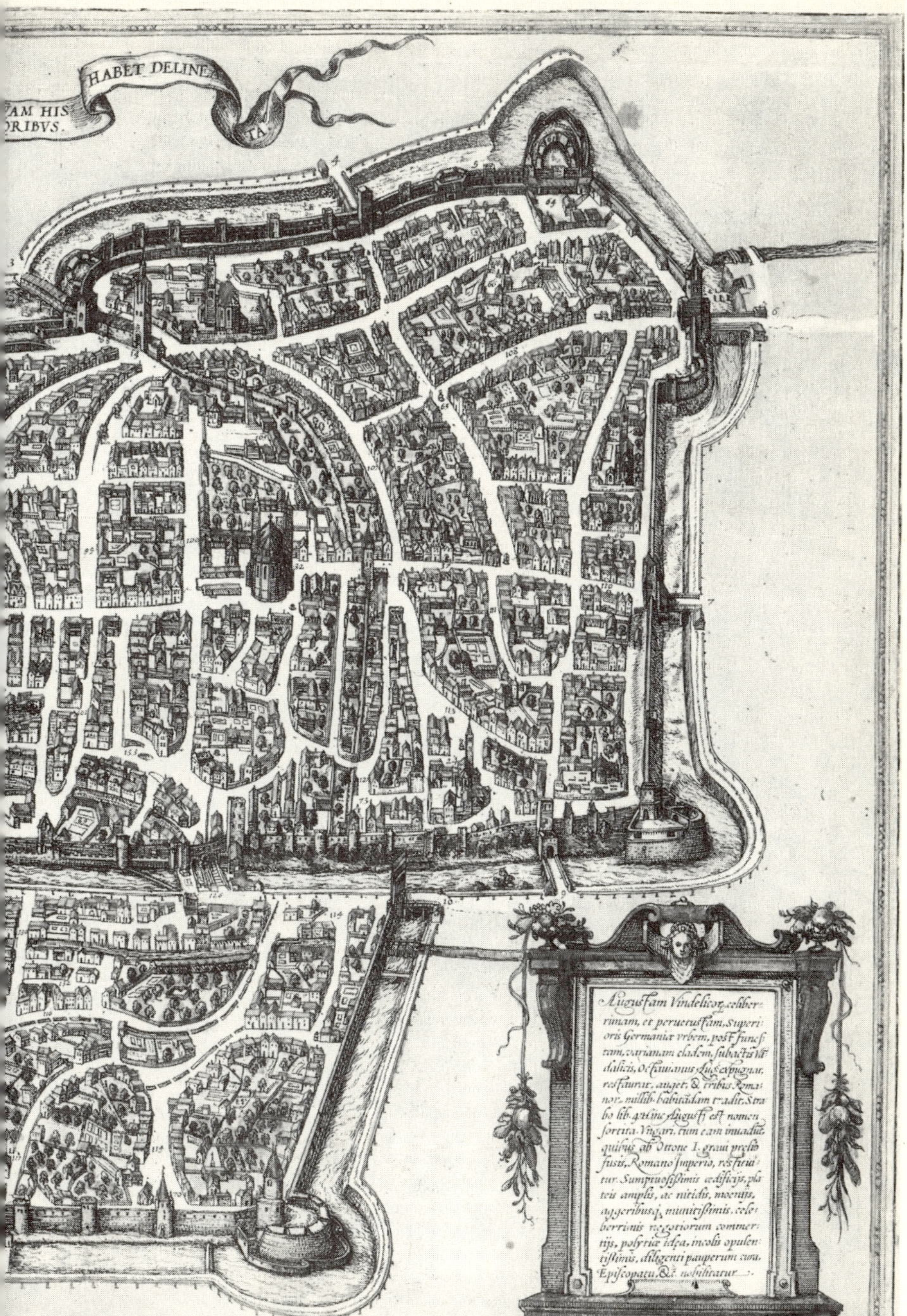

Augsburg um 1560, Kupferstich von Franz Hogenberg (nach einem Holzschnitt von Hans Rogel)

Wolfgang Kemmer, Jahrgang 1966, studierte Germanistik, Anglistik und angloamerikanische Geschichte in Köln. Er ist verheiratet, hat eine Tochter und lebt als freier Autor und Lektor in Augsburg. »Feuersbrunst« ist sein erster historischer Kriminalroman im Emons Verlag.

Dieses Buch ist ein Roman. Die Handlung ist frei erfunden, wenngleich im historischen Umfeld eingebettet. Einige Personen, Ereignisse und Orte sind historisch, einige sind es nicht. Schriften damaliger Autoren werden sinngemäß, nicht wörtlich zitiert.

WOLFGANG KEMMER

FEUERSBRUNST

EIN KRIMI AUS DEM MITTELALTER

Emons Verlag

Umschlagzeichnung: Heribert Stragholz
Druck und Bindung: Clausen & Bosse GmbH, Leck
Printed in Germany 2005
ISBN 3-89705-367-5

www.emons-verlag.de

Für Dorothee

... Und es fiel das Feuer von Gott aus dem Himmel
und verzehrete sie. Und der Teufel, der sie verführete,
ward geworfen in den feurigen Pfuhl und Schwefel,
da das Tier und der falsche Prophet war; und werden
gequält werden Tag und Nacht von Ewigkeit zu Ewigkeit.
Offenbarung des Johannes, Kapitel 20, Vers 9 und 10
(Luther-Übersetzung von 1545)

O heiliger Sankt Florian, verschon unser Haus,
zünd andere an!
(Volksmund)

PROLOG

Die Mutter schrie.

Der Gottseibeiuns war wieder über sie gekommen und hatte sie fest in seinen Klauen. Sie schrie und wand sich unter seiner finsteren Gestalt, dass es dem Jungen hinter dem Vorhang eiskalt den Rücken hinablief. Furchtsam kauerte er sich auf seinem Strohsack zusammen und presste das Bündel, das sein noch ungetauftes Brüderchen enthielt, an sich. Der Kleine, der sonst durch nichts als seinen Hunger zu ängstigen war und trotz des Lärms bisher friedlich geschlummert hatte, erwachte und begann markerschütternd zu brüllen.

»Teufel noch eins!«, dröhnte es wütend herüber, als feuere sich der Leibhaftige nun auch noch selbst an. »Die Bälger hätt ich fast vergessen! Na, soll mir die Lust nicht verderben.«

Voller Grauen beobachtete der Junge, wie der Schwarze die Mutter weiter traktierte, rittlings auf ihr saß und mit seiner linken Klaue ihre Hände festhielt, während er ihr mit der rechten immer wieder schwere Hiebe an den Kopf versetzte. Dazu lachte er hämisch.

Der Junge wollte schreien, um Hilfe rufen, aufspringen und der Mutter beistehen oder nur einfach davonlaufen. Aber er schaffte es nicht. Im Gegensatz zu dem nun leiser werdenden Ächzen der Frau und dem Gebrüll des Säuglings brachte er keinen Laut über die Lippen. Lähmendes Entsetzen hatte ihn befallen, seit er aus dem Schlaf aufgeschreckt war und das erste Mal hinter dem Vorhang hervorgelugt hatte.

Es gab keine Lampe in der Hütte, und das Feuer der Herdstelle brannte nur noch schwach. Gerade hell genug, um den Schatten des nächtlichen Eindringlings riesenhaft flackernd an die kahle Wand zu werfen.

Immer lauter wurde das Grunzen und Stöhnen, immer kraftloser das Wimmern der Mutter. Dann ein letzter gequälter

Schrei. Der Teufel hatte offenbar genug von seinem Höllenritt, ließ ab von seinem Opfer und erhob sich keuchend.

Für einen Augenblick glaubte der Junge in der grinsenden Fratze ein bekanntes Gesicht wiederzuerkennen. Der Böse schien sein Spiel nun auch mit ihm treiben zu wollen.

»Lauf!«, schluchzte die Mutter. Sterbend richtete sie sich noch einmal auf ihrem Strohsack auf. Mit letzter Kraft umklammerte sie die Unterschenkel des Widersachers.

»Mutter!«, entrang sich der Brust des Jungen ein Schrei. »Mutter, Mutter!«

»Lauf, Junge, lauf!«

Es war nur noch ein verzweifeltes Hauchen, doch befreite es ihn endgültig aus seiner Erstarrung. Er sprang auf und rannte los, ohne sich noch ein einziges Mal umzuschauen. Hinaus, nur hinaus!

Er rannte zwischen den Hütten hindurch, bis er freies Feld erreichte, dann weiter, nur immer weiter am Bach entlang, bis er endlich stehen bleiben musste, um Atem zu schöpfen. Als er es wagte, sich umzusehen, grinste weit hinter ihm der Rote Hahn über den Dächern. Die ärmliche Holzhütte, die ihre letzte Zufluchtstätte gewesen war, brannte wie Zunder.

Wenn der finstere Unhold ihn verfolgte, vermutete er gewiss, dass er zur Stadt hin laufen würde, um Hilfe zu holen. Doch der Junge erwartete keine Hilfe. Die Mutter hatte ihm eingeschärft, niemandem zu trauen, schon gar nicht den Leuten aus der Stadt. Und er war ein folgsamer Sohn.

Allmählich wurde sein Atem ruhiger. Besorgt wandte er sich dem Bündel in seinen Armen zu. Das Brüderchen hatte aufgehört zu schreien und atmete friedlich, als ob es schliefe.

Vielleicht hatte er den Verfolger abgeschüttelt. Unwillkürlich erschauerte der Junge bei seinem Gedanken. War es denn überhaupt möglich, das Böse so einfach abzuschütteln?

Der Lasterstein

Mannigfaltig waren die Spektakel in jenen Tagen in Augsburg, da der Kaiser mit seinem Gefolge gerade erst die Stadt durch das eine Tor verlassen hatte und der streitbare Doktor der Theologie Martinus Luther mit seinen beiden Begleitern auf einem Ochsenkarren, doch kaum weniger beachtet, durch das andere hereingekommen war.

Der Reichstag war gehalten und Maximilian zurück in seine Residenz nach Innsbruck gezogen, ein letztes Mal seinem geliebten Augsburg, zu dem er doch ein so zwiespältiges Verhältnis hatte, den Rücken kehrend. Einerseits liebte er die prächtigen Straßen und Häuser, die Frauen, das gute Bier und die Achtung, die man ihm dort entgegenbrachte und die sich jedes Mal in vielerlei Turnieren und Lustbarkeiten, die man eigens für ihn veranstaltete, zeigte. Andererseits sah er sich ein ums andere Mal genötigt, die reichen Pfeffersäcke der Stadt, insbesondere den Fugger, um Kredit anzubetteln. So war es auch dieses Mal wieder gewesen. Hatte er den Reichstag doch in erster Linie einberufen, um mit den Kurfürsten die Nachfolge seines spanischen Enkels Karl auf dem Kaiserthron zu vereinbaren. Als er abzog, war zwar noch nichts entschieden, aber er hatte die feste Zusicherung Jakob Fuggers, ihm mit einer stattlichen Summe unter die Arme zu greifen, um so bei der bevorstehenden Wahl die nötigen Stimmen für Karl kaufen zu können.

Draußen auf dem Lechfeld hatte Maximilian noch einmal angehalten, auf die Zinnen und Türme der Stadt zurückgeblickt und sein Augusta gesegnet. Den Hauch des Todes schon im Nacken, hatte er gewusst, dass er nicht wiederkehren würde.

Ebenso wie für den Kaiser sollte es auch für den kleinen Augustinermönch aus Wittenberg der letzte Aufenthalt in Augsburg sein, der freien Reichsstadt, die ihn so wohlwollend empfing und die er dann im Hemd und durch die Hintertür wieder verlassen musste, der Stadt, die mehr als zehn Jahre später seinen größten Triumph sehen sollte, ohne dass es ihm selbst vergönnt gewesen wäre, dabei zu sein. Noch aber harrte er im Karmeliterkloster von St. Anna, das seit einem Jahr unter der Leitung seines Kommilitonen Johann Frosch stand, des Verhörs durch den päpstlichen Legaten.

Kardinal Thomas de Vio aus Gaeta, kurz Cajetan genannt, was, wie viele munkelten, seinem schroffen Wesen auch erheblich besser entsprach, erwartete nichts weniger als den Widerruf der Aussagen, die der wackere Augustiner in seiner »Disputatio pro declaratione virtutis indulgentiarum« ans Portal der Wittenberger Schlosskirche genagelt hatte. Mit seiner scharfen Infragestellung des Ablassunwesens war Luther für den Vatikan zu einer ernsthaften Gefahr geworden. Ein kleines Mönchlein drohte, die christliche Welt aus den Angeln zu heben.

Die vielen Schaulustigen, die sich heute auf St. Brigitten rund um das Annakloster versammelt hatten, waren jedoch nicht gekommen, um einen Blick auf den aufrührerischen Mönch zu erhaschen. Keine Majestäten und Pfaffen waren es, die den Pöbel mit ihrem Aufzug unterhielten, sondern der junge Druckergehilfe Florian Brandner, der sich an diesem nasskalten Oktoberfreitag Anno Domini 1518 unfreiwillig an einer recht kläglichen Wiederaufführung der Leiden Christi versuchte und damit den Gaffern Schreie der Anfeuerung, des Hohns und Spotts, aber auch des Mitleids und des Bedauerns entlockte.

Er war auf der dritten und letzten Runde um das Kloster, und der Lasterstein an seinem Hals wog mit jedem Schritt, den er sich vorwärts quälte, schwerer. Ungleich schwerer, als noch vor Tagen die Fischer-Barb an seinem Gemächt gehangen hatte, und er bereute es bitter, wieder einmal dem lüsternen Teufel in seinen Lenden nachgegeben zu haben.

Längst hatte die Kette, an der der vermaledeite Stein hing, seinen Nacken wund gescheuert. Da half es auch nicht mehr viel, den Stein in beide Hände zu nehmen, um den Hals zu entlasten. Tief gebeugt taumelte Florian dahin. Vor seinen Augen verschwammen die Gesichter der johlenden Weiber um ihn herum. Fremde und bekannte, alte und junge, hübsche und hässliche zerflossen und liefen ineinander, bis daraus wieder das schreckentstellte Gesicht der Barb wurde, so wie er es einen Augenblick lang gesehen hatte, kurz bevor ihm die Sinne geschwunden waren.

Er sah sie wieder vor sich auf ihrem armseligen Lager in der Fuggerei. Sah das lockende Glitzern in ihren Augen, fühlte die Weichheit ihrer Umarmung, roch ihren heißen Atem, spürte die Wärme, nach der es ihn so verlangte. Die Wärme ihres Leibes, die sich zwischen ihren Schenkeln langsam zur Hitze steigerte und ihn selbst immer mehr entflammte. Er ließ sich hinreißen, ließ sich treiben, sah, wie aus ihren Augen Funken zu sprühen schienen. Der Schweiß rann ihm in Strömen herab, mischte sich mit ihrem, schweißte sie zusammen, brannte salzig auf den Lippen. Er hörte wieder ihr Keuchen, ihre Schreie, hörte seinen Namen, las das plötzlich aufflackernde Entsetzen in ihrem Blick und verstand doch nichts. Flammen tanzten vor seinen Augen. Dann wurde es schwarz, und er stürzte.

Als er wieder zu sich kam, lag er in der Gosse und fror. Ein Guss eiskalten Wassers hatte ihn getroffen. Er schüttelte sich. Wähnte sich wieder vor dem Haus des Fischer-Toni, wie in jener Nacht, da der Fluch, der auf ihm zu lasten schien, zum ersten Mal ein Menschenleben gefordert hatte. Wie in jener Nacht, seit der er den süßlichen Geruch verbrannten Fleisches nicht mehr aus der Nase bekam.

Das kleine Häuschen hatte lichterloh gebrannt, und die Barb war noch darin gewesen. Und er? Wie durch ein Wunder hatte er sich draußen im Straßendreck wiedergefunden.

Er schauderte. Jemand trat ihm in den Hintern. Er blickte auf, spürte dabei die Kette um seinen wund gescheuerten Hals und erinnerte sich wieder schmerzhaft des Lastersteins. Der Büttel stand über ihm, in der Hand einen leeren Ledereimer.

Sie hatten ihn in den Gefängnisturm des Heilig Kreuzer Tores gebracht, und ein Wundarzt hatte seine Brandwunden versorgt. Glücklicherweise waren sie nur leichter Natur gewesen. Viel schwerer als die äußeren Verletzungen wog dagegen die Angst, die mit eiskalten Klauen nach seinem Herzen griff und ihn auf seinem Lager abwechselnd hatte fiebern und frösteln lassen.

Der Brand in der Fuggerei war nicht der erste gewesen, bei dem er nur mit knapper Not dem Tode entronnen war. Angefangen hatte es mit dem Feuer in der Stadtmetzg-Schenke vor gut einem Jahr. Zwar war niemand dabei zu Schaden gekommen, aber er war damals noch Novize in St. Anna gewesen, und allein dass man ihn im Hemd mit der Banklhofer-Traudel aus dem brennenden Stadel hatte herausstürzen sehen, war an sich schon Schaden genug. Einige der älteren Mönche hatten verlangt, ihn unverzüglich wie einen räudigen Hund davonzujagen. Ohnehin war Florian, den der greise Pförtner Medardus einst als Säugling auf der Schwelle gefunden hatte, vielen in St. Anna schon von jeher ein Dorn im Auge gewesen, ein unseliger Bastard, der nichts als Unheil und Schande über den heiligen Ort bringen würde. Nur dem Einfluss des Novizenmeisters Vater Remigius hatte Florian es zu verdanken, dass ihm noch einmal eine Gelegenheit zur Bewährung gegeben worden war. Er hatte sie nicht genutzt. Seine Gegner hatten Recht behalten. Florian Brandner hatte Schande über sich und das Kloster gebracht.

Der Büttel trat ihn erneut. Florian packte den Lasterstein und rappelte sich auf. Er durfte nicht liegen bleiben, durfte sich jetzt nicht gehen lassen. Unmissverständlich hatte der Stadtvogt ihm am Gerichtstag zu verstehen gegeben, dass er seine Bestrafung in Wahrheit als Gunst anzusehen habe, als letzte Möglichkeit, dem Teufel der Wollust ein für alle Mal zu entsagen und die Schwäche seines Fleisches zu überwinden.

Und auch wenn Florian sich dieser Sichtweise nur ungern anschließen mochte, musste er zumindest seinen guten Willen zeigen. Mühsam schleppte er sich weiter.

Die geile Brunst, die ihn immer wieder umtrieb, war ihm

zwar selbst ein Rätsel und oft genug sogar im höchsten Grade zuwider, doch tat er damit niemandem ein Leids und empfand sein Vergehen daher im Grunde eher als lässliche Sünde. Was war auch schon dabei, einen kleinen Schritt vom Wege zu tun, wenn selbst Päpste die Früchte ihrer fleischlichen Begierde nicht länger verheimlichen mussten, sondern sogar mit Ämtern und Würden überhäuften? Quod licet Iovi non licet bovi, dachte Florian grimmig. Wie sehr in solchen Fragen mit zweierlei Maß gemessen wurde, erfuhr er nun am eigenen Leib.

Das volle Maß der Ungerechtigkeit war ihm klar geworden, als ihm der Büttel, der jetzt wieder hinter ihm ging, erzählt hatte, in Augsburg sei schon seit ewigen Zeiten kein Ehebruch mehr mit dem Tragen des Lastersteins bestraft worden. Geradezu freudestrahlend hatte er berichtet, er habe den Stein zwischen den übrigen Richt- und Folterwerkzeugen gar nicht mehr gefunden und daher eigens für ihn vom Schmied einen ausgesucht schönen, dicken Feldstein an einer Kette befestigen lassen.

Florian verfluchte ihn allein dafür sicher schon zum tausendsten Mal an diesem Tag. Auch ohne sich nach ihm umzusehen, wusste er, dass das schiefe Grinsen, das seine Verwandtschaft zum Fischer-Toni unverkennbar werden ließ, immer noch auf seinem Gesicht lag.

Abgesehen von der Barb waren Florians Beischläferinnen alle ledig gewesen. Und der alte Fischer-Toni war schon lange nicht mehr gut beieinander und hatte es häufig nicht einmal mehr bis nach Hause ins Bett geschafft, sondern gleich die ganze Nacht auf der Ofenbank des Seiler-Wirts verbracht. Florian war sicher, wären die Brände nicht gewesen, hätte kein Hahn nach der ganzen Sache gekräht. Und für die Brände konnte er ja schließlich nichts. Oder doch?

Beim Gedanken an die Brandnacht in der Fuggerei durchlief ihn unwillkürlich wieder ein Schaudern. Gänsehaut überzog seinen nackten Oberkörper.

»Seht doch nur, den armen Teufel friert's!«, rief einer aus der Menge.

»Was nimmt's dich Wunder, bei der Höllenhitz, die er gewohnt ist«, spöttelte ein anderer.

»Soll der Büttel ihm doch ein wenig Feuer unter dem Hintern machen!«, schlug ein Dritter vor.

Florian nahm all seine noch verbliebene Kraft zusammen, um möglichst schnell an den Scherzbolden vorbeizukommen. Lange würde er die Tortur nicht mehr durchstehen.

Nach dem Brand in der Stadtmetzg-Schenke hatte er mit Fasten und Beten, mit Geißelungen und kaltem Wasser versucht, seiner Brunst Herr zu werden. Vater Remigius hatte ihn gedrängt, endlich die Profess abzulegen, ihm, wohl wissend um seine Nöte, aber auch immer wieder Prüfungen auferlegt, indem er ihn zu den unterschiedlichsten Besorgungen nach draußen schickte. Ein halbes Jahr war alles gut gegangen. Dann war ihm Justina begegnet, und sein Fleisch war wieder schwach geworden. Und wieder hatte nicht nur er lichterloh gebrannt.

Sie war Schankmagd im »Weißen Hirschen« am Obstmarkt. Im Trubel der Fastnacht hatten sie sich nachts im Pferdestall ihrer Leidenschaft hingegeben und nichts bemerkt, bis es zu spät gewesen war. Das Feuer hatte rasend schnell auf die übrigen Gebäudeteile übergegriffen, und das Gasthaus war bis auf die Grundmauern niedergebrannt. Wieder war, wie durch ein Wunder, niemand in den Flammen getötet worden.

Doch in St. Anna wehte mittlerweile ein anderer Wind. Der aus Erfurt gekommene Johann Frosch hatte den aufgrund seiner Ausschweifungen und verschwenderischen Misswirtschaft abgesetzten Johannes Starck als Prior abgelöst und fegte mit eisernem Besen.

Wieder hatte Florian es nur der Fürsprache des Novizenmeisters Remigius zu verdanken gehabt, dass er nicht am Pranger gelandet, sondern der Fall vertuscht worden und über den Aufregungen und Betriebsamkeiten des bevorstehenden Reichstags schnell in Vergessenheit geraten war. Remigius hatte ihm dann sogar noch zu der Stelle bei Sigmund Grimm verholfen, da dieser für seine Druckerei gerade einen Gesellen gesucht hatte, der des Lesens und Schreibens, vor allem aber auch des Lateinischen mächtig war.

Mühsam hob Florian den Kopf. Es konnte nicht mehr weit sein. Er hielt Ausschau nach dem Meister, der während der ersten beiden Runden unweit der Kirchenpforte in der johlenden Menge gestanden und das unwürdige Schauspiel, das sein Geselle ablieferte, mit scheinbar gleichmütiger Miene verfolgt hatte. Grimm war nirgendwo mehr zu sehen. Stattdessen gewahrte Florian nun eine weibliche Gestalt, die sich anschickte, ihm den Weg zu vertreten.

»Schäm dich, du Hurenbock! Verrecken sollst du, und deinen widerlichen Auswuchs sollen die Ratten und Gassenköter fressen!«

Gleich darauf traf ihn auch schon ein heimtückischer Schlag ins Genick, unter dem er erneut taumelnd zu Boden ging. Vor seinen Augen flimmerte es, in seinen Ohren klang das Toben des Pöbels nur noch wie ein fernes Rauschen. Die Versuchung, liegen zu bleiben und die Augen gar nicht mehr aufzuschlagen, war groß, aber die scharfen Kanten des Lastersteins drückten schmerzhaft gegen seinen Brustkasten. Zudem hatte er die Ahnung, dass seine Peinigerin noch nicht genug hatte. Vorsichtig wagte er einen Blick nach oben.

Unmittelbar vor sich sah er die Röcke der Bachler-Vroni. Und auch wenn er sie keineswegs als sehr häuslich in Erinnerung hatte, so stand sie doch nun gleichwohl mit einem Besen in der Hand da und schwang ihn bedrohlich über seinem Haupt.

Vor gar nicht allzu langer Zeit hatte sie an seinem widerlichen Auswuchs noch recht wenig auszusetzen gehabt. Florian versuchte sich ein wenig aufzurappeln und hob die Arme über den Kopf, um weiteren Schlägen zu entgehen.

Die Bachlerin war nur eine von vielen Frauen, mit denen er sich eingelassen hatte, wenn auch sicherlich eine der heißblütigsten. Nachdem sich der erste Schrecken über den Brand im »Hirschen« gelegt und er sich einigermaßen bei Grimm eingelebt hatte, war das Verlangen plötzlich wieder da gewesen.

Aber es war anders als zuvor. Justina ging ihm nicht mehr aus dem Kopf. Eine eigenartige Mischung aus Scham und Angst hielt ihn jedoch davon ab, ihr noch einmal unter die Augen zu treten. Sein Verstand mochte sich noch so sehr dagegen sträuben, tief in seinem Innern sagte ihm eine Stimme, dass er die Ursache für die Brände gewesen war und Unheil all jenen drohte, die ihm zu nah kamen. Ein paar Mal war er dicht davor gewesen, sich über das Hausverbot, das der Hirschenwirt gegen ihn verhängt hatte, hinwegzusetzen. Jedes Mal hatte ihn die Erinnerung an Justinas schreckgeweitete grüne Augen in dem bleichen, von wilden feuerroten Locken umrahmten Gesicht im letzten Augenblick zurückgehalten.

Trotzig und fast wahllos hatte er sich gleich in eine Vielzahl neuer Liebeshändel gestürzt. Und da es keine Klostermauern mehr gab, die ihm seine nächtlichen Ausflüge erschwerten, war er schon bald einem kopflosen Taumel verfallen.

»Steh auf, du verdammter Feuerteufel!«, kreischte die Vroni. »Verflucht sollst du sein und alle, die für dich entbrennen!«

Der Büttel, der ihn nicht nur antreiben, sondern auch gewährleisten sollte, dass er seinen Weg durch die Menge ohne fremden Beistand, aber auch unbehelligt zurücklegen konnte, lachte nur. Stattdessen kam ganz unerwartete Hilfe.

»Verschwinde, Weib! Was maßt du dir an, einen zu richten, der schon gestraft genug ist!«, ertönte eine kräftige, offenbar an das Reden in der Öffentlichkeit gewöhnte Stimme.

Verwirrt blickte Florian auf. Zu seinem Erstaunen zog sich die Vroni, die doch sonst vor niemandem den Rand halten konnte, samt Besen respektvoll zurück. Dabei war sein Retter von eher kleiner Statur. Ein Mönch in der unscheinbaren Kutte der Augustiner zwinkerte ihm aufmunternd zu. Leider stand gleich daneben Johann Frosch und sah höchst missbilligend von oben auf ihn herab.

»Steh auf, Brandner!«, sagte er streng. »Der Doktor Luther will mit dir reden.«

Florian ächzte. Die Kette hielt ihn nieder, als hinge die Last der ganzen Welt an seinem Nacken. Er nahm den Stein wieder in beide Hände und schaffte es, sich tatsächlich noch einmal aufzurichten. Der Pöbel spendete Beifall. Obwohl die Anstrengung und der Stein ihn beugten, überragte er den Augustiner noch fast um Haupteslänge.

»Du bist jung, und die Versuchungen des Fleisches sind hart.« Die Stimme des kleinen Mönchs klang nun wesentlich milder als gegenüber der Bachler-Vroni. Dabei sprach er so leise, dass es außer Florian allenfalls noch Johann Frosch hören konnte. »Du musst dich nicht schämen, wenn du ein Weib begehrst, denn ein jeder Mensch, der Fleisch und Blut hat, kann und sollte dies auch nicht verleugnen. Wenn du aber zu einem verheirateten Weib gehst, dem ihr Mann nicht mehr genügen kann, so darfst du dich dabei wenigstens nicht erwischen lassen!«

Florian staunte. Weniger über das, was der Mönch da von sich gab, als viel mehr darüber, wie gut er offenbar über seinen Fall, den Fall des unbedeutenden Druckergesellen Florian Brandner, unterrichtet zu sein schien.

Gern hätte er ihm ein Wort des Dankes gesagt, aber seine Zunge war fast noch schwerer als der Stein, und er brauchte seine ganze Kraft, um sich auf den Beinen zu halten. Alles, was er über die Lippen brachte, war ein jämmerliches Stöhnen.

»Und jetzt Gott befohlen«, sagte der Mönch. »Die letzten paar Schritte wirst du wohl auch noch schaffen, der Büttel wartet schon. Pax tecum!«

Mühsam quälte Florian sich weiter voran. Der Beifall der Menge begleitete ihn nun bei jedem Schritt, und mochte der Jubel auch gar nicht ihm gelten, sondern dem mutigen kleinen Mann aus Wittenberg, der es wagte, den allmächtigen Papst herauszufordern, so half das Geschrei doch, ihn aufrecht zu halten.

Endlich an der Kirchenpforte, sank er völlig entkräftet nieder. Das schiefe Grinsen des Büttels nahm er nun kaum noch wahr.

»Na, hast es doch noch packt, das Steinchen? Is schon ein bisserl schwerer zu handhaben als die Tutteln von der Barb, he?«, hörte er den Grobian über sich höhnen und spürte gleich darauf, wie die Kette ohne jede Rücksicht von seinem wunden Nacken gelöst wurde.

Als Nächstes klatschte ihm ein nasser Lappen rechts und links ins Gesicht, dann folgte erneut ein kalter Guss über den nackten Oberkörper.

»Und ausschauen tut er wie eine angestochene Sau! Geh, Vinzenz, schau, dass du den Hurenbock halbwegs wieder herrichtest, so kann er schließlich nicht bei dem feinen Herrn erscheinen!«

Der letzte Befehl des Büttels galt seinem Gehilfen, einem buckligen alten Männchen, das sich nun daran machte, Florian wieder hochzupäppeln, damit es ihn anschließend mit einem Karren zum Turmgefängnis im Heilig Kreuzer Tor zurückbringen konnte. Dort sollte der Wundarzt noch einmal nach ihm sehen. Aber den konnte der Büttel kaum gemeint haben, als er von einem »feinen Herrn« gesprochen hatte.

Und so fragte Florian sich denn bei all seiner Mattigkeit, was wohl noch auf ihn wartete. Er hatte gehofft, nach der Tortur wieder auf freien Fuß gesetzt zu werden und zu seinem Meister zurückkehren zu dürfen. Sigmund Grimm war ein Freund der Wissenschaften und hielt nicht viel von abergläubischen Erklärungsversuchen für die Brände. Er war bereit, seinen Gesellen wieder bei sich aufzunehmen.

Aber nun sollte Florian noch zu irgendeinem feinen Herrn. Das konnte nicht viel Gutes bedeuten. Es sei denn, es war womöglich der Doktor Luther, der sich vorhin schon so gnädig gegen ihn gezeigt hatte. Aber was sollte der von ihm wollen?

Wölfisches Lächeln

»Soso, da haben wir ihn also, den Brandner Florian«, sagte Conrad Peutinger ein wenig spöttisch, aber nicht unfreundlich und strich sich dabei über das bartlose Kinn.

Trotz der Wärme im Raum trug er über dem schwarzen Wams noch eine pelzgefütterte, braune Schaube mit breitem Kragen, und vor der Brust leuchtete ein rotes Einstecktuch, das Florian fast ein wenig zu geziert für diesen großen, ernsthaften Mann erschien. Obwohl er mit Meister Grimm verschwägert war, hatte Florian den Stadtschreiber, der nun schon so lange die Geschicke Augsburgs lenkte und zudem ein enger Vertrauter des Kaisers war, bisher immer nur aus der Ferne gesehen.

»Kennst du die Geschichte von dem Knecht, der vor einem Stadel sein Gemachs verrichtete?«, fragte Peutinger. »Ein wenig erinnerst du mich an den.«

Florian schüttelte den Kopf. Er hatte nicht die geringste Ahnung, was er hier sollte, und fühlte sich reichlich unwohl in seiner Haut. Beim Hereinkommen hatte er flüchtig die Titel der dicht an dicht auf den Regalen gedrängten Bücher und Folianten überflogen. Es handelte sich fast ausschließlich um Werke juristischen Inhalts.

»Nun, der Knecht wurde von einer Magd beobachtet«, fuhr Peutinger fort, »und die lief voller Entrüstung zur Frau des Hauses und erzählte ihr, was sie gesehen hatte. Da sprach die Frau: ›Geh hin und mach ihm Feuer unter dem Hintern!‹ Und die Magd tat, wie ihr geheißen, und es wurde eine große Feuersbrunst daraus, die das ganze Dorf hinwegraffte!«

Florian konnte der Geschichte nicht viel abgewinnen. Er fragte sich, warum Peutinger nicht sofort zur Sache kam, und ahnte nichts Gutes. Gerne hätte er sich hingesetzt, da er immer noch sterbensmatt war. Sein ganzer Körper schien nur mehr aus Schmerzen zu bestehen. Er fühlte die abschätzigen Blicke des Stadtschreibers auf sich gerichtet und sah zu Boden.

»Wenn du so weitermachst, Brandner, wird es dir noch gelingen, ganz Augsburg in Schutt und Asche zu legen. Reicht es nicht, dass man dich des Klosters verwiesen hat? Musstest du unbedingt so lange weitermachen, bis du auch noch den Lasterstein tragen durftest? Willst du ihn beim nächsten Mal vielleicht aus der Stadt schleifen und gleich für immer draußen bleiben?«

Florian schüttelte den Kopf. Warum quälte der Mann ihn so? Alles, was er wollte, war sein einfaches Strohlager und ein paar Augenblicke der Ruhe.

»Kannst du vielleicht auch noch was anderes, als nur den Grindkopf zu schütteln? Hast du kein Maul zum Sprechen oder hat dir am Ende gar die Kette die Kehle für immer zugeschnürt?«

»Nein, Herr Doktor ... ich meine, ja, Herr Doktor, das heißt, ich will schon hier bleiben und nicht mit dem Lasterstein ... und ich hab das Feuer ja auch nicht selbst ...«

Peutinger winkte ab. »Du bist doch eigentlich ein recht gescheiter Geselle, nicht wahr. Was treibst du dich da immer mit so liederlichen Weibern wie der Fischer-Barb herum? Den geistlichen Stand hast du dir damit schon verbaut. Legst du es nun auch noch darauf an, den Meister Grimm gegen dich aufzubringen?«

Müde schüttelte Florian den Kopf. Dann raffte er sich auf und sagte schnell: »Nein, Herr Doktor, ganz gewiss nicht.«

Peutinger lächelte breit, was seinen mächtigen Kopf mit dem eckigen Gesicht noch größer erscheinen ließ. Er ging zu seinem kunstvoll verzierten Schreibpult, zog eine Lade auf und holte ein Dokument daraus hervor.

»Als Druckergehilfe verfügst du doch sicher über gewisse Kenntnisse, was Papiere angeht. Hast du so ein Schriftstück schon einmal gesehen?«

Er hielt es Florian unter die Nase.

»Scheint ein Beichtbrief zu sein.« Ein kurzer Blick genügte, um das zu erkennen. Das Papier hatte die übliche Form der Ablässe und trug ein bischöfliches Siegel.

»In der Tat, aber schau doch einmal genauer hin, fällt dir nichts auf?«

Peutinger drückte ihm das Papier in die Hand. Es war eines der Formulare, bei denen nur noch der Name des Käufers und das Datum der Ausstellung eingesetzt werden mussten. Wie bei solchen lateinischen Schriftstücken üblich, war es in Antiqua gesetzt, der gängigsten Schriftart, die auch Sigmund Grimm für die meisten seiner Einblattdrucke verwendete. Jemandem mit einem geschulten Auge war es durchaus möglich, den Ort der Herstellung und sogar den Drucker anhand der verwendeten Lettern zu bestimmen. Stirnrunzelnd besah Florian sich das Majuskel-M genauer, an dem die Eigenheiten der jeweiligen Offizin am deutlichsten wurden.

Die Grundstriche waren nicht weiter bemerkenswert, die Proportionen stimmig, aber recht alltäglich, nur die Schraffen am Fuß des Buchstabens fielen durch ihren ungewöhnlichen Schwung auf. Florian atmete tief durch, schloss die Augen und sah dann noch einmal hin. Es gab keinen Zweifel.

Die Schrift hatte verblüffende Ähnlichkeit mit jener, die Sigmund Grimm für eine im geheimen Auftrag Ulrich von Huttens gedruckte Streitschrift verwendet hatte. Das ohne Nennung des Verfassers erschienene Papier hatte während des Reichstags für Aufsehen gesorgt, weil darin die Pläne des Vatikans, mit einer zusätzlichen Steuer das Geld für einen Kreuzzug gegen die Türken aufzubringen, als bloßer Vorwand ausgelegt und der Medici-Papst der Beutelschneiderei geziehen worden war.

Florian wusste, wie peinlich Grimm darauf bedacht gewesen war, nicht mit der Schrift in Verbindung gebracht zu werden. Er war sogar so weit gegangen, die Lettern von einem völlig unbekannten Stempelschneider entwerfen zu lassen und selbst zu gießen. Und nur weil ihm persönlich sehr an der Sache lag, hatte er sich schweren Herzens dazu durchgerungen, Florian unter dem Siegel allergrößter Verschwiegenheit als Helfer und Korrekturleser hinzuzuziehen.

Da mutete es doch schon mehr als seltsam an, dass der Meister jetzt dazu übergegangen sein sollte, Ablässe zu drucken, eben jene Ablässe, die Martin Luther als die Beutelschneiderei schlechthin anprangerte. Noch seltsamer aber fand Florian, dass er dabei auch noch die Lettern des Hutten-Papiers verwendet haben sollte.

Misstrauisch sah er zu Peutinger auf. Auch der Stadtschreiber musste die Ähnlichkeit der Schrift bemerkt haben. Träge lehnte er an seinem Schreibpult, kitzelte sich mit einer Feder an der großen Nase und sah scheinbar gelangweilt einige Dokumente durch.

Florian wandte sich wieder dem Ablass zu. Der Druck war nicht besonders sorgfältig ausgeführt worden, und auch das Latein wies Fehler auf. Das war ganz und gar nicht Meister Sigmunds Art. Er besah sich noch einmal das Majuskel-M und beruhigte sich wieder etwas. Eine erstaunliche Ähnlichkeit war zweifellos vorhanden. Trotzdem musste er sich getäuscht haben. So schludrige Arbeit konnte unmöglich aus Grimms Offizin stammen.

Er versuchte, den handschriftlich eingetragenen Namen des Käufers zu entziffern. Der Ablass war ausgestellt auf eine Katharina Stellmacher, der gegen einen Preis von fünf Gulden die Sünden der Unkeuschheit und des Ehebruchs nachgelassen wurden. Eigentlich ein recht hoher Preis, wie Florian fand. Er hatte schon einmal einen Ablass gesehen, mit dem für ein paar Heller Vergebung für einen Mord gewährt worden war. Aber wenn jemand einen solchen Ablass nötig hatte, dann sicherlich die Stellmacher-Trina. Er konnte ein leichtes Grinsen nicht unterdrücken. Sein letzter Besuch bei ihr war schon ein Weilchen her, aber beim Gedanken an ihren breiten Hintern wurde ihm immer noch ganz eng hinterm Hosenlatz.

»Nun, du scheinst da ja zu recht lustigen Schlussfolgerungen zu kommen!«

Der Stadtschreiber stand plötzlich wieder unangenehm nah vor ihm. Florian wich einen Schritt zurück.

»Das Satzbild erscheint mir wenig ebenmäßig«, beeilte er sich zu sagen. »Der Setzer versteht sich offenbar nicht besonders auf den Blocksatz. Das Latein ist nicht fehlerfrei, und das Einfärben ist wohl auch nicht ganz ordentlich erfolgt. In summa eine recht unsaubere Arbeit, wenn ich mir die Bemerkung erlauben darf. Das Ganze sieht fast so aus, als wäre alles nur von einer einzigen Hand ausgeführt worden, und das auch noch sehr flüchtig.«

Peutinger nickte. »Sieh an, sieh an, in dir scheint ja doch mehr zu stecken als nur ein haltloser Säufer und Hurenbock. De facto ist der Ablass nicht nur unsauber gedruckt, sondern sogar gefälscht!«

»Gefälscht?« Florian war nun völlig verwirrt. Sollte Grimm am Ende gar versucht haben, den Ablasshandel mit solchen Fälschungen in Verruf zu bringen? Er schüttelte den Kopf. »Aber wie ist das möglich? Die Ablässe werden doch in den Kirchen verkauft, und der Beamte vom Fugger steht immer daneben und hält sein Kästlein hin.«

»Die Dummen sterben eben nicht aus.« Peutinger lachte grimmig. »Oder vielleicht doch. Jedenfalls ist dieser Ablass bei einer Frauenleiche in der Jakobervorstadt, ganz in der Nähe der Fugger'schen Armensiedlung, gefunden worden. Da kennst du dich ja auch ganz gut aus von deinen Besuchen bei der Fischer-Barb, nicht wahr?«

Florian zuckte zusammen, hatte sich aber sofort wieder in der Gewalt. Er durfte jetzt auf keinen Fall den Fehler machen, sich an jene unselige Nacht zurückzuerinnern.

Der Stadtschreiber musterte ihn mit ausdruckslosem Gesicht. »Die Frau lag in den Büschen neben der Baustelle, nur mangelhaft unter einem Schuttberg begraben. Sie war halb nackt und ist augenscheinlich mit ihrem eigenen Gurt erwürgt worden. Einer der Arbeiter hat sie vergangenen Montag gefunden. Die Raben hatten sie allerdings schon vorher entdeckt, und es war nur noch schwer zu schätzen, wie lange sie schon dort gelegen haben mag. Vermisst wurde sie jedenfalls schon seit dem großen Armbrustschießen in der Rosenau.«

Florian bekreuzigte sich. Da war es wieder! Das Unglück, das er über die Menschen brachte, die sich zu nah mit ihm einließen. Erst die Barb und nun auch noch die Stellmacherin. Er glaubte, den Boden unter sich schwanken zu fühlen. Seine Hände verkrampften sich. Es knisterte. In der Linken hielt er immer noch den Ablass. Er lockerte den Griff und ballte dafür die Rechte umso fester. Nein, er war nur ein harmloser Druckergeselle und hatte nichts, aber auch gar nichts mit dem Tod der Stellmacherin zu tun.

»Requiescat in pace!« Es sollte ruhig klingen, aber er hörte selbst das Zittern in seiner Stimme. »Gott sei ihrer armen Seele gnädig. Zumindest ist sie in dem Glauben gestorben, ihrer Sünden durch den Ablass ledig zu sein.«

Peutinger betrachtete ihn anscheinend belustigt. Dann wandte er sich ab und schritt schweigend im Zimmer auf und ab. Florian sah ihm eine Weile ratlos dabei zu, hielt es schließlich aber für angemessener, den Blick zu Boden zu senken. Er fragte sich, wieso von dem Mord noch nichts bekannt geworden war, und hatte immer noch keine Ahnung, was der Stadtschreiber eigentlich von ihm wollte. Wenn er für den Mord verantwortlich gemacht werden sollte, war das nicht Peutingers Sache, sondern die des Stadtvogts.

Jäh blieb der Stadtschreiber dicht vor ihm stehen und sagte scharf: »Die Fischer-Barb hatte auch so einen falschen Ablass!«

Mit offensichtlicher Genugtuung nahm er Florians erneutes Zusammenzucken zur Kenntnis. »Er fand sich unter der geringen Habe, die vor dem Feuer gerettet werden konnte.«

Florian spürte, wie ihm das Blut aus dem Gesicht wich. Er schaffte es nur mit Mühe, sich aufrecht zu halten. Blaurote Flämmchen tanzten vor seinen Augen. Jeder Atemzug fiel ihm schwer, weil er fürchtete, der Geruch könne wiederkommen. Der Geruch nach verbranntem Fleisch. Der Geruch, den er, Florian der Brandner, über sie gebracht hatte.

Er fasste sich an die Stirn. Sie war heiß. Seine Hand dagegen eiskalt. Er wischte sich über Augen und Nase, als könne er so die Bilder und den Geruch wegwischen.

Es dauerte diesmal eine ganze Weile, bis er sich wieder in der Gewalt hatte. Dann sagte er sich, dass es nicht mehr zu ändern war. Die Barb war tot. Offenbar hatte sie geglaubt, der Ablass sei ein Freibrief, um ihn in ihrem Bett empfangen zu können und trotzdem dem Feuer der Hölle zu entgehen. Ein simples Gemüt. Er selbst glaubte schon lange nicht mehr an das Höllenfeuer, von dem die Pfaffen doch nur predigten, um ihren Säckel zu füllen. Schließlich war er nicht umsonst im Kloster aufgewachsen. Trotzig starrte er vor sich hin und harrte der Dinge, die nun noch kommen mochten.

»Es gab noch eine weitere Tote«, ließ Peutinger ihn nicht lange warten.

Florian sah ihn an. Im Blick des Stadtschreibers lag etwas Lauerndes.

»Gertraud Banklhofer, dir wahrscheinlich besser bekannt als die Acht-Maß-Traudl aus der Schenke hinter der Stadtmetzg. Zwei Fleischhauer haben ihre Leiche an Michaeli in der Früh hinter der Metzg gefunden. Auch sie wurde erwürgt.«

Jetzt war es mit der Beherrschung endgültig vorbei. Florians Beine gaben nach, der Ablass entfiel seiner kraftlosen Hand, und er ließ sich ungeachtet des hohen Herrn auf dessen Stuhl niedersinken. »Ich kann ... ich habe ... die Brände ... den Frauen ... also mit Mord habe ich nix zu tun, Herr Doktor!« Er spürte die Tortur mit dem Lasterstein nun wieder bis ins kleinste Glied und fürchtete obendrein auch noch, jeden Augenblick den Verstand zu verlieren. »Ich kann doch nicht ...«

Peutinger bedeutete ihm zu schweigen. »Ich weiß, was du kannst und was nicht, Brandner! Ich habe mit Sigmund Grimm über dich gesprochen. Auch mit Prior Frosch und deinem vormaligen Novizenmeister, Vater Remigius. Sie halten dich alle für einen ausgemachten Nichtsnutz.«

»Aber ... aber zumindest Vater Remigius sollte ...«

Mit einem scharfen Wink schnitt Peutinger ihm das Wort ab. Florian senkte den Blick und starrte auf den Ablassbrief vor seinen Füßen.

»Jawohl, sie alle halten dich für einen vorlauten, frechen Nichtsnutz, argen Kindskopf und üblen Weiberhelden. Darüber hinaus für sehr begabt, grundehrlich und viel zu gut geartet, um auch nur einer Fliege ein Leids zu tun.«

Florian sah auf. Ein leichtes Grinsen spielte um die Mundwinkel des Stadtschreibers.

»Es ist schon erstaunlich, wie gut du trotz deiner Bocksprünge immer noch gelitten bist. Selbst Meister Grimm ist bereit, seine Hand für dich ins Feuer zu legen, wenn's sich nicht gerade um eine Weibergeschichte handelt.«

»Herr Doktor, ich ...«

»Schweig! Zumindest das Vorlaute scheint wohl zu stimmen. Und leider geht es nun in unserem Fall auch um eine Weibergeschichte, genauer gesagt sogar um mehrere. Gleich zwei Frauenspersonen, mit denen du zu tun hattest, sind tot. Die Acht-Maß-Traudl erwürgt, die Fischer-Barb verbrannt, und beide waren im Besitz eines falschen Ablasses, der ihnen Vergebung für ihr unkeusches Tun versprach. Damit nicht genug, ist dir auch noch dreimal die Bude gleichsam über dem nackten Hintern abgebrannt. Ein bisschen viel Unglück auf einmal für meinen Geschmack. Liegt es da nicht nahe zu argwöhnen, dass mit dir etwas nicht stimmt und du vielleicht mehr über die falschen Ablässe weißt, als gut für dich ist? Immerhin hast du Zugang zur Offizin deines Meisters und könntest sie dort heimlich gedruckt haben, um dir die Weiber damit gefügig zu machen.«

»Aber ich ...«

»Wenn du nicht so viele Fürsprecher hättest und der Nachtwächter, der dich in der Fuggerei aus den Flammen gezogen hat, nicht günstig für dich ausgesagt hätte, müsste man in der Tat annehmen, du hättest die beiden Frauen umgebracht. Und wahrscheinlich die dritte gar noch obendrein.«

»Aber ... aber ... ich habe doch ...«

»Kanntest du die Stellmacherin etwa auch, Brandner?«, fragte Peutinger, als komme ihm der Gedanke erst jetzt.

Florian nickte. Seine Hände krallten sich an den Stuhllehnen fest. Es hatte keinen Sinn zu leugnen. Schließlich entsprach es der Wahrheit, und wenn er erst einmal unter der Folter lag, würde er sicher noch ganz andere Dinge gestehen. Darauf würde ja schließlich doch alles hinauslaufen, dessen war er sich mittlerweile so gut wie sicher. Ihm war nur noch nicht klar, warum der Stadtschreiber höchstpersönlich sich so lange mit ihm abgab.

Peutinger stand vor dem Stuhl und sah eine Weile schweigend von oben auf ihn herab. Dann lachte er ganz unvermittelt laut auf.

»Was für ein Häufchen Elend, wirklich zum Gotterbarmen! Brandner, Brandner, was glaubst du denn, was ich nun mit dir anstellen werde?«

Florian biss sich auf die Lippen. Es war gleichgültig, was er sagte, es würde ihm ohnehin nichts nützen.

»Na schön, machen wir dem Spiel ein Ende. Wie ich mit Sicherheit weiß, hast du zumindest mit dem Mord an der Banklhoferin nichts zu schaffen. Meister Grimm hat bezeugt, dass du zu der Zeit, als sie erwürgt wurde, mit ihm in Nürnberg zur Papiermühle warst. Da vieles dafür spricht, dass sie und die Stellmacherin von ein und demselben Unhold erwürgt wurden und du für den Unfall mit der Barb schon genug gebüßt hast, kann ich es also wohl verantworten, dich auf freien Fuß zu setzen.«

Florian wagte es nicht, aufzuatmen. Das dicke Ende kam sicher noch.

»Und da ich dich nun ein wenig kennen gelernt habe und mit dem ersten Augenschein recht zufrieden bin, möchte ich dich sogar mit einem kleinen Auftrag betrauen.«

Peutinger machte eine bedeutungsvolle Pause. Florian beäugte ihn misstrauisch. Der Stimmungsumschwung des Stadtschreibers kam ihm ein wenig zu plötzlich und vermochte keineswegs, ihn in Sicherheit zu wiegen. Er riss sich zusammen und schaffte es, sich wenigstens wieder halbwegs manierlich auf den Stuhl zu setzen.

»Ich brauche dir wohl nicht eigens zu erklären, wie ungern es gesehen wird, dass ausgerechnet jetzt, da der Gesandte des Papstes in der Stadt weilt, falsche Ablässe in Umlauf sind. Da du ja nun … hm … gute Beziehungen zu den offenbar bevorzugten Abnehmerinnen dieser Machwerke unterhältst und dich auch in den Offizinen der Augsburger Drucker bestens auskennst, scheinst du nicht gänzlich ungeeignet, der Sache ein wenig auf den Grund zu gehen.«

»Ich fürchte, ich verstehe nicht ganz.« Florian runzelte die Stirn. Nachdem Peutinger so lange herumgedruckst hatte, ging es ihm nun entschieden zu schnell. Sollte er jetzt etwa im Handstreich vom Träger des Lastersteins zum Jäger des Ablassfälschers gemacht werden?

Peutinger schnaubte ungeduldig und hob zu einer Erklärung an.

»Ihr wollt also, dass ich mich ein wenig in den Offizinen der Augsburger Drucker umsehe?«, kam Florian ihm zuvor.

»Ganz recht. Du bist doch ein findiger Bursche. Dir wird sicher ein geeigneter Vorwand einfallen, um dich ein wenig umzutun. Schwager Sigmund kannst du dabei getrost von deinen Nachforschungen ausnehmen. Du wirst sowieso nicht umhinkommen, ihm davon zu erzählen, damit er dich gegebenenfalls einmal für ein paar Stunden freistellt. Vielleicht steht er dir ja sogar ein wenig mit Rat und Tat zur Seite. Von den Übrigen wird sich der Schönsperger wohl kaum so etwas zuschulden kommen lassen, nachdem er nun Hofdrucker des Kaisers ist. Ebenso kannst du den Meister Ratdolt von der Liste der Verdächtigen streichen. Er scheint mir angesichts seines Alters und seiner Verdienste über jeden Verdacht erhaben, auch wenn er, soweit ich weiß, vor Jahren schon einmal Ablassbriefe gedruckt hat. Aber das haben ja fast alle anderen auch. Im Auftrag der Kirche, versteht sich.«

»Hm, da bleiben ja so viele gar nicht mehr übrig.«

Florian war ratlos. Der Stadtschreiber unterhielt nicht nur zu den drei genannten, sondern auch zu den meisten anderen Augsburger Druckern bekanntermaßen gute Beziehungen. Die »Sodalitas«, der Gelehrtenkreis, den er um sich geschart hatte, ließ seine Schriften auch hin und wieder bei einem der anderen Meister drucken. Florian wusste zumindest von Hans

Miller, Silvan Otmar und Erhard Öglin, dass sie schon für die »Sodalitas« gearbeitet hatten. Das würde die Aufgabe nicht unbedingt erleichtern.

Und was war eigentlich mit den getöteten Frauen? Musste der Fall denn nicht untersucht werden? Sollte er dem Mörder etwa auch hinterher spüren? Und wieso war von den Morden noch nichts bekannt geworden? Wollte man mit dem Stillschweigen verhindern, dass die Angst im Volk zu einer kopflosen Hatz untereinander führte? Oder waren die Morde den Stadtoberen am Ende vielleicht sogar völlig gleichgültig, weil es sich lediglich um ein paar leichtfertige Weiber aus der Jakobervorstadt handelte?

»Den falschen Ablass da magst du behalten, damit du gegebenenfalls vergleichen kannst.« Peutinger deutete auf das Papier, das immer noch vor Florians Füßen lag. »Aber außer Meister Sigmund darfst du ihn niemandem zeigen und mit niemandem darüber sprechen. Es ist schon schlimm genug, dass die Fälschungen überhaupt aufgetaucht sind. Wir müssen auf jeden Fall verhüten, dass es sich noch weiter herumspricht.«

Florian bückte sich umständlich und hob das Papier auf. Sein Rücken schmerzte. Er wollte endlich auf seinen Strohsack. Zwar brannte ihm noch eine ganze Reihe von Fragen auf der Seele, aber er war sicher, dass Peutinger ihm doch keine befriedigenden Auskünfte erteilen würde. So fragte er nur, was ohnehin klar war, um damit wenigstens seinen guten Willen zu bekunden und danach vielleicht endlich gehen zu dürfen.

»Was mache ich, wenn ich tatsächlich auf den Fälscher stoße?«

»Dann kommst du unverzüglich zu mir und erstattest Bericht!«

Als Florian sich vom Stuhl hochrappelte, überfiel ihn ein Schwindelgefühl. Er sah Peutinger nur mehr wie durch einen rötlichen Schleier. Ein wölfisches Lächeln lag auf dessen breitem Gesicht. »Mach dir nur keine falschen Hoffnungen, du armseliger Wicht«, schien es sagen zu wollen. »Deinen Auftrag wirst du ohnehin nicht erfüllen. Und selbst wenn, wird es dich auch nicht retten.«

»Manus manum lavat«

Als Florian Conrad Peutingers Haus verließ, dämmerte es bereits. Vorsichtig sah er sich um. An der Heuwaage war schon Feierabend. Die wenigen Menschen, die noch zu Füßen des Doms unterwegs waren, hatten es offenbar eilig, nach Hause zu kommen. Das konnte ihm nur recht sein. Er zog die Krempe des Baretts tief in die Stirn und ging los.

Bis zu Sigmund Grimms Haus und Offizin im Fuggergässchen war es nicht weit. Aber schon nach wenigen Schritten schleppte er sich vor Erschöpfung nur noch voran. Um dem Treiben des Michaeli-Marktes auf der Weißmalergasse zu entgehen, nahm er den Weg am »Weißen Hirschen« vorbei über den Obstmarkt. Hier hatten die Händler ihre Stände schon abgeschlagen, dennoch war immer noch eine Menge Volk unterwegs, und die teils neugierigen, teils spöttischen Blicke und Zurufe, die Florian zuteil wurden, trugen nicht unbedingt zu seinem Wohlbefinden bei. Unverhofft war er zu einer traurigen Berühmtheit in Augsburg geworden. Schon seine Rolle beim Brand der beiden Wirtshäuser hatte für Aufsehen gesorgt, nun, nach dem Feuer in der Fuggerei und seiner Bestrafung mit dem Lasterstein, würde niemand mehr so schnell sein Gesicht vergessen.

Der »Weiße Hirsch« war in aller Eile wieder aufgebaut worden, da sich der Wirt das Geschäft mit den Reichstagsbesuchern nicht entgehen lassen wollte. Als Florian an dem in frischem Weiß von der Fassade des Gasthauses herabröhrenden Hirschen vorbeikam, versetzte ihm der Gedanke, dass auch Justina dem Ablassmörder zum Opfer gefallen sein könnte, einen Stich in der Brust.

Er blieb stehen. Sollte er hineingehen und sich vergewissern, dass es ihr gut ging? War es nicht sogar seine Pflicht, sie vor dem Ablassmörder zu warnen? Das Hausverbot des Wirts und Peutingers Mahnung, mit niemandem über die Fälschungen zu reden, konnten ihm gestohlen bleiben. Trotzdem zögerte er. Er sah wieder Justinas schreckgeweitete Augen, hörte wieder ihren Schrei, der sogar das Krachen der unmittelbar hinter ihnen herabstürzenden Dachbalken übertönt hatte. »Feuerteufel, Feuerteufel, Feuerteufel!«, hallte der Fluch der Bachlerin in seinen Ohren. Unschlüssig starrte er auf den gemalten Hirschen vor sich an der Wand. Das Vieh starrte nur blöde und brünstig zurück und war ihm keine Hilfe bei seinen Überlegungen. Er gab sich einen Ruck.

Nein, kein Ruck! Etwas Kleines, Festes hatte ihn im Kreuz getroffen.

»Diri, Dari, Hennadreck – Lasterstein wird dein Verreck!«

Ein paar Gassenjungen waren auf ihn aufmerksam geworden, bewarfen ihn mit Hühnermist und hüpften höhnend um ihn herum. Zwei von ihnen reichten ihm nicht einmal bis zum Bauch, der dritte und frechste war nur wenig größer. Das Schauspiel zog sofort die belustigten Blicke der Vorbeigehenden auf sich. Schnell verwarf er den Gedanken, in den »Hirschen« zu gehen. Lieber würde er sich abends auf die Lauer legen und versuchen, Justina abzupassen, wenn sie vielleicht einmal herauskam.

Er mühte sich weiter. Aber die Schelme waren so schnell nicht abzuschütteln und folgten ihm johlend in einigem Abstand. Vor der Moritzkirche ging ihnen der Hühnermist aus, dafür wagten sie sich nun dichter heran und versuchten, ihn im Vorbeilaufen zu bespucken.

Jetzt reichte es! Trotz seiner Ermattung schaffte er es, dem Rädelsführer ein Bein zu stellen. Der Bengel stolperte und landete in einer Pfütze. Florian packte ihn grob an den Ohren und zerrte ihn hoch. Nun erkannte er ihn auch. Es war der jüngste Neffe der Bachler-Vroni. Er gab ihm ein paar Backpfeifen, dass es nur so klatschte, und ließ ihn mit einem kräftigen Tritt in den Hintern wieder los.

Die Behandlung wirkte erstaunlich gut. Der Schlingel starrte ihn ungläubig an, hielt sich noch einen Augenblick die Ohren, rieb sich die Wangen und machte sich dann mit seinen Kumpanen schleunigst aus dem Staub.

Beunruhigt sah Florian ihnen hinterher. Der Gedanke, sich mit der Bachlerin eine ernsthafte Feindin gemacht zu haben, behagte ihm gar nicht. Sie schien es tatsächlich auf ihn abgesehen zu haben, wenn sie ihm nun sogar schon ihren Neffen auf den Hals hetzte.

Ihr Mann war Büchsenmeister und Feuerwerker gewesen, eine einträgliche, wenn auch nicht ganz ungefährliche Beschäftigung, die fundierte alchimistische Kenntnisse voraussetzte. Florian war von Meister Sigmund ab und an zu Bachler in die Pulvergasse geschickt worden, wenn Grimm Rat bei seinen Experimenten brauchte. Nur ein paar Tage, nachdem Florian auf einem dieser Botengänge zum ersten Mal der drallen Vroni begegnet war und sie ihm schöne Augen gemacht hatte, war ihr Mann buchstäblich in die Luft gegangen.

Sie hatte nicht lange getrauert, auch wenn sie seither ledig geblieben war. Das schmucke, einstöckige Häuschen in der Pulvergasse gehörte ihr, und sie arbeitete fleißig als Näherin. Zudem besaß sie eine ganze Reihe reicher Verehrer, die sich gegen gelegentliche Gefälligkeiten als überaus hilfsbereit erwiesen. Florian war zwar nicht reich, hatte sich dafür aber umso bedenkenloser an ihren Gefälligkeiten erfreut.

Unmittelbar nach dem Brand in der Fuggerei war er ins Grübeln geraten, ob sie nicht vielleicht zweierlei Maß anlegte, wenn es darum ging, wer wem, insbesondere aber wem er Gefälligkeiten erweisen durfte. Er wusste sehr wohl, dass sie viel von ihrem Mann gelernt hatte und fast ebenso geschickt wie er mit Feuerwerk hantieren konnte.

Dann hatte er jedoch die Brände in der Stadtmetzg-Schenke und im »Hirschen« in seine Überlegungen mit einbezogen und den ungeheuerlichen Verdacht schnell wieder verworfen. Damals hatte er die Bachlerin noch gar nicht gekannt, und ob es ihm nun gefiel oder nicht, er musste davon ausgehen, dass die drei Brände miteinander in Zusammenhang standen.

Während er ins Fuggergässchen einbog, ging ihm der Gedanke durch den Kopf, ob die Brände nicht vielleicht doch etwas mit den Morden zu tun hatten und er möglicherweise das Bindeglied zwischen den grausigen Ereignissen war.

Ein überaus beunruhigender Gedanke, den er Peutinger gegenüber noch weit von sich gewiesen hatte. Schließlich war er bei den Bränden selbst unmittelbar zugegen gewesen und nur mit knapper Not dem Tod entronnen, seine Beziehungen zu den beiden ermordeten Frauen dagegen lagen schon Monate zurück. Sollte der Fluch der Bachlerin so schnell Wirkung gezeigt haben?

Nein, das war nicht möglich. Als sie ihn während der Lastersteintortur ausgesprochen hatte, waren sowohl die Stellmacherin als auch die Acht-Maß-Traudl schon tot gewesen.

Hatte es also am Ende des Fluchs vielleicht überhaupt nicht mehr bedurft? War er, der einst auf der Schwelle von St. Anna abgelegte Säugling, vielleicht von Geburt an dazu verdammt, Unheil über seine Mitmenschen zu bringen? Schließlich hatten schon die Mönche ihm wohlweislich den Namen des Patrons gegen Feuergefahren gegeben, weil sie mutmaßten, er könne der einzige Überlebende eines Brandes in der Fischersiedlung am Senkelbach gewesen sein.

Florian schauderte es bei der Vorstellung. Wenn er tatsächlich Feuersbrünste und andere Gefahren heraufbeschwor, warum war dann nicht schon viel früher Derartiges geschehen? Hatte sein Schutzheiliger ihn vielleicht erst im Stich gelassen, nachdem er sich einen Fehltritt nach dem anderen erlaubt hatte, um dann aber gleich umso härter zuzuschlagen? Entsetzt über die Wirrnis in seinem Kopf verwies Florian solche Spekulationen ins Reich des Aberglaubens und nahm sich vor, so schnell wie möglich mit Vater Remigius über die ganze Angelegenheit zu sprechen.

Inzwischen hatte er das Grimm'sche Haus erreicht, in dessen Erdgeschoss neben der im hinteren Teil befindlichen Küche und der Wohnstube auch noch die Druckerei und ein kleines Kämmerchen Platz fanden. Nun galt es zunächst einmal, Meister Sigmund zu finden, ohne dabei seinem Eheweib unter die Augen zu kommen. Magdalena Grimm war eine gebürtige

Welserin, hatte Haare auf den Zähnen und wenig übrig für seine Liebesabenteuer. Wenn es nach ihr gegangen wäre, hätte er den Lasterstein nicht dreimal um St. Anna geschleppt, sondern wäre damit in einem Sack in den Lech geworfen worden.

Florian versuchte es zuerst in der Offizin. Wie erhofft, traf er den Meister noch an. Da sein Faktor ihn im Stich gelassen hatte und der neue, Simprecht Ruff, noch zu Studienzwecken in Venedig weilte, beaufsichtigte Grimm die Arbeiten selbst und legte dabei auch öfter mit Hand an. Martin, der zweite Geselle, war ohnehin nur zu Arbeiten zu gebrauchen, für die mehr Kraft als Hirn nötig war. Ihm oblag vor allem die Bedienung des Pressbengels, die starke Arme erforderte, um den rechten Anpressdruck zu erzeugen.

Sigmund Grimm war ein Mann Ende dreißig, wirkte aber wesentlich älter. Wie die meisten Drucker, die mit ihrem Handwerk noch keinem Zunftzwang unterlagen, hatte er die neue »schwarze Kunst« nicht von Grund auf erlernt, sondern sich zunächst als Apotheker und Stadtphysikus in Augsburg niedergelassen. Erst im vergangenen Jahr war es ihm eingefallen, zusammen mit seinem Studienfreund Max Wirsung die Druckerei zu eröffnen.

Wirsung war zwar der ältere und kapitalkräftigere der beiden, hielt sich aber in der Offizin eher im Hintergrund und betrieb auch weiterhin seine Apotheke bei St. Moritz. Er betrachtete sich mehr als Verleger und Geldgeber, während für Grimm die Buchkunst eine echte Herzensangelegenheit war, für die er sogar die sichere Anstellung als Stadtphysikus aufgegeben hatte.

»Es ist schon erstaunlich, mein Junge«, hatte er Florian erklärt, »welch ungeheure Handhabe Meister Gensfleisch uns mit seiner Erfindung geschaffen hat. Dennoch hat die Druckerei, so wie alles andere auf dieser Welt, durchaus auch ihre üble Kehrseite. Für die Bildung der Menschheit ist sie zweifellos ein Segen. Mit dem neuen Verfahren lässt sich unser Wissen schneller verbreiten und damit gleichsam auch vervielfachen. Demgegenüber darf man aber keineswegs die neuen Mittel der Willenslenkung und Beeinflussung außer Acht lassen, die sich nun, ebenso wie die des falschen Zeugnisses und damit auch des Betrugs, gleichermaßen vermehrt haben.«

Der falsche Ablassbrief, den er unter dem Hemd trug, brannte Florian auf der Haut, als er Grimm gegenüberstand und sich diese Worte noch einmal vergegenwärtigte. Warum hatte Conrad Peutinger nicht selbst mit seinem Schwager gesprochen und ihm die falschen Ablässe gezeigt? Argwöhnte er etwa, dass Grimm dahinter steckte? Immerhin war Meister Sigmunds Wohlwollen für die Sache Huttens kein großes Geheimnis. Da lag es durchaus nahe, ihn auch mit der Flugschrift in Verbindung zu bringen. Und dann würde die Ähnlichkeit des Majuskel-Ms in den Schriften schon das Übrige dazu getan haben, den Verdacht gegen Grimm zu schüren.

Je länger Florian darüber nachdachte, umso größer wurde seine Gewissheit, dass der Stadtschreiber ihn bewusst dazu ausersehen hatte, seinem Schwager eine Warnung zukommen zu lassen oder vielleicht sogar einen gehörigen Schrecken einzujagen. Auf jeden Fall aber wollte Peutinger wohl vermeiden, dabei selbst in Erscheinung zu treten. So konnte er später wenigstens bestreiten, je einen wie auch immer gearteten Auftrag erteilt zu haben. Florian beschloss, vorsichtig zu sein und zunächst einmal abzuwarten, bevor er Grimm die Fälschung zeigte und sich damit völlig ahnungslos von dem alten Fuchs einspannen ließ.

Mit bangem Herzen grüßte er den Meister und hoffte, dass der es sich inzwischen nicht etwa anders überlegt hatte und ihn doch noch aus dem Dienst entließ.

Grimm erwiderte den Gruß in seiner gewohnt mürrischen Art und bedeutete ihm dann, in das angrenzende Kämmerchen vorauszugehen. Florian atmete auf, da er ahnte, was nun kommen sollte. Das Kämmerchen war Grimms persönlicher Arbeitsraum, in dem er seinen Schriftwechsel erledigte, gelegentlich noch seiner ärztlichen Tätigkeit nachging, Arzneien aufbewahrte und seine absonderlichen alchimistischen Versuche durchführte.

Florian kannte ihn gut genug, um zu wissen, dass sein Stolz als studierter Arzt es von ihm verlangte, sich seinen bisher lediglich von einem Wundarzt behandelten Gesellen noch einmal selbst anzusehen. Und tatsächlich hieß Grimm ihn auch sogleich, die Oberkleider abzulegen.

Das Wams bereitete Florian dabei wenig Schwierigkeiten, mit dem Hemd aber mühte er sich unter allerlei Ächzen und Stöhnen lange ab, damit der Ablassbrief nicht darunter zum Vorschein kam.

»Geht das nicht ein bisschen schneller!«, schnauzte Grimm ihn ungeduldig an. »Man könnte ja meinen, du wärest ein altes, gebrechliches Tattergreislein!«

»Aber Meister«, gab Florian wehleidig zurück, »auch wenn ich nun gewiss ein armer Sünder sein mag, müsst Ihr doch nicht gar so garstig zu mir sein!«

»Schweig, Nichtsnutz! Sei froh, dass sich überhaupt noch jemand um dich kümmert. Und damit du es gleich weißt: Wenn ich beim Peutinger nicht für dich gesprochen hätte, könntest du deine Brandwunden schon gar nicht mehr zählen, dann würdest du nämlich längst in der Hölle schmoren!«

»Na, na, gemach, gemach, lieber Meister! Manus manum lavat, heißt es nicht so? Und die Wahrheit, die ich vor ein paar Wochen zu Euren Gunsten unterschlagen habe, vermag doch gewiss jene aufzuwiegen, die Ihr Conrad Peutinger über unsere kleine Nürnberger Reise kundgetan habt.«

»Quid est veritas?«, brummte Grimm verdrießlich und sah für einen Augenblick zur immer noch offen stehenden Tür, an der gerade Martin vorbeilief. »Es ist schon ein seltsames Ding mit der Wahrheit. Manchmal behält man sie besser für sich, und manchmal ist es besser, man lässt sie unverzüglich heraus, damit niemand zu Schaden kommt. Der Fehler, dich in die Huttensache eingeweiht zu haben, wird mir wohl noch lange nachhängen. Und wer weiß, ob ich die Geschichte von unserer Nürnbergreise nicht doch am Ende besser für mich behalten hätte ...« Er wandte sich wieder Florian zu. »Na also, es geht doch.«

»Wieso habt Ihr Peutinger denn überhaupt davon erzählt?«

Grimm begutachtete die Brandwunden und die vom Lasterstein verursachten Hautabschürfungen noch einmal nach allen Regeln der Kunst, wobei er peinlichst darauf bedacht war, nicht mit Florian in Berührung zu kommen.

»Wieso? Na, weil er hier war und mich ausgefragt hat über dich.« Er ging zu einem Eckschränkchen und holte zwei kleine Tiegel daraus hervor. »Ist ja alles halb so wild. Kannst von Glück sagen, dass es nur ein paar Fetzen von deiner kostbaren Haut gekostet hat.«

»Und er hat Euch nicht erzählt, wieso?«

»Nun, wegen der Brände, denke ich wohl, oder etwa nicht?«

Florian nickte. »Ja, sicher. Weshalb auch sonst?«

Grimm sah ihn leicht verwirrt an und reichte ihm die beiden Tiegel. »Der hier ist für die Brandwunden. Eine Salbe, die nach einer althergebrachten Rezeptur aus Teilen des Wacholders, ungesalzenem Schweineschmalz und einem Ei zusammengekocht wird. Martin hat sie vorhin eigens in Wirsungs Apotheke geholt. Und das hier ist Ringelblumensalbe für die Abschürfungen.«

»Ihr glaubt doch nicht etwa, dass ich etwas mit den Bränden zu tun habe?«

»Gott behüte, nein, hätte ich dich denn sonst wohl wieder in Dienst genommen? Du weißt doch, dass ich grundsätzlich nicht an die Schauermärlein glaube, mit denen die Pfaffen und Weiber so gerne die Kinder verschrecken.« Grimm kratzte sich am Kopf. »Aber Sorgen bereitet mir die Angelegenheit freilich schon. So oft, wie du nun schon betroffen warst, kann das schließlich nicht von ungefähr kommen. Und jedes Mal nur mit knapper Not entronnen …«

»Ich habe eben den richtigen Schutzpatron«, sagte Florian betont leichthin, um das Gespräch abzukürzen, und bekreuzigte sich. Nun, da er mit Grimm erst einmal wieder im Reinen zu sein schien, verlangte es ihn mehr denn je nach seinem Strohsack.

»Wer so wie du mit dem Feuer spielt, kommt irgendwann darin um, lass dir das gesagt sein! Auch der heilige Florian wird des Spaßes irgendwann überdrüssig werden«, warnte Grimm. »Und nicht nur der! Wenn jetzt nicht endlich Schluss mit den Weibergeschichten ist, kannst du dein Bündel schnüren.«

Das hatte freilich noch kommen müssen. Florian gab sich zerknirscht. »Glaubt mir, Meister, ich habe mir die Finger wahrlich oft genug verbrannt. Und den Lasterstein möchte ich auch kein zweites Mal mehr schleppen.« Er befühlte vorsichtig die Abschürfungen an seinem Hals.

Grimm nickte befriedigt. Dann ging er zu dem kleinen Eckschränkchen zurück und verschloss es sorgfältig. Florian nutzte die Gelegenheit, um Hemd und Wams wieder anzuziehen und den Ablass ungesehen darunter zu verstauen.

»Ich denke, du solltest wegen der Brände einmal mit dem Nachtwächter sprechen, der dich aus dem Häuschen in der Fuggerei gezogen hat«, sagte Grimm. »Vielleicht kann er dir ja etwas über die näheren Umstände erzählen.«

Florian wiegte den Kopf hin und her. »Vielleicht, vielleicht auch nicht ...« Er war erschöpft und hatte keine große Lust mehr, den Fall noch lange zu erörtern. »So wie ich gehört habe, war er ziemlich schnell zur Stelle. Seltsam nur, dass er die Barb nicht auch retten konnte.«

Grimm sah ihn fragend an.

»Angeblich hat er ausgesagt, dass sie unter einem Balken lag, den er nicht allein fortbewegen konnte. Soweit ich mich erinnere, lag ich aber auch unter der Barb, als ich ...«

»Die näheren Einzelheiten kannst du dir getrost sparen«, sagte Grimm angewidert, wobei Florian nicht recht wusste, ob die Entrüstung tatsächlich echt war. »Der Mann hat dir das Leben gerettet. Du solltest ihm dankbar sein!«

»Ja«, sagte Florian, »das bin ich auch. Und Euch übrigens auch, dafür dass Ihr mich nicht fortgejagt habt. Und todsterbensmüde bin ich auch noch obendrein.«

»Schön.« Grimm grinste. Eine für ihn recht ungewohnte Übung, die daher leicht verkniffen wirkte. »Lass dir von der Afra in der Küche noch einen Kanten Brot und einen Becher Wein geben, bevor du zur Ruhe gehst. Morgen magst du dich noch erholen. Vielleicht kannst du den Mann dann ja aufsuchen, um ihm deinen Dank auszusprechen. Und am Sonntag erwartet Vater Remigius dich zur Beichte!«

Florian war ganz und gar nicht danach, den Nachtwächter zu besuchen. Den gesamten Samstag verbrachte er auf seinem Strohsack in dem kleinen Verschlag, den er sich mit Martin auf dem Gesindeboden teilte. Nicht einmal zu den Mahlzeiten ließ er sich unten in der Stube blicken, um gar nicht erst in die Nähe der Grimm'schen Hausfrau zu geraten und sich von ihr wegen seiner Faulheit und seines lasterhaften Lebenswandels beschimpfen zu lassen.

Der Meister war wahrlich nicht zu beneiden. Mit diesem Drachen zum Weib war seine notorische Übellaunigkeit nur allzu gut nachzuvollziehen. Dass er sie überhaupt geehelicht hatte, konnte Florian sich nur mit ihrer Herkunft erklären. Zwar entstammte Magdalena Welser der Zwickau'schen Linie der großen Kaufmannsfamilie, doch hatte Grimm durch die Heirat mit ihr immerhin das Recht erlangt, die Herrenstube zu besuchen, und somit Zugang zu den einflussreichsten Augsburger Kreisen gewonnen. Und die Verwandtschaft zu Conrad Peutinger, der ebenfalls eine Welserin geheiratet hatte, war sicherlich auch nicht zu verachten.

Da Florian wusste, wie schlecht die Meisterin auf ihn zu sprechen war, hatte er die Küchenmagd schon am Vorabend beschwatzt, ihm um die Mittagszeit herum heimlich einen Rest vom Dinkeleintopf und einen Becher Wein zur Stärkung heraufzubringen. Mit reichlich Brot und einem großen Krug Wasser hatte er sich bei dieser Gelegenheit selbst schon versorgt.

Grimms Salben hatten zwar seine äußeren Beschwerden spürbar gelindert, dennoch schmerzten ihn sämtliche Glieder, und er wusste nicht, wie er sich legen und regen sollte. So wälzte er zu den düsteren Gedanken in seinem Hirn auch noch sich selbst pausenlos hin und her.

Vor allem die Sorge um Justina spukte ihm wieder im Kopf

herum. Der »Weiße Hirsch« war bekannt dafür, allerlei Gesindel anzulocken. Der Wirt war ein rechter Widerling und schlimmer hinter dem Geld her als der Teufel hinter der armen Seele. Florian war sicher, dass er für ein paar lumpige Kreuzer bedenkenlos die eigene Tochter verkauft hätte.

Andererseits konnte Justina sehr gut auf sich selbst aufpassen. Schon vom ersten Moment an, in dem er bei einem seiner nächtlichen Ausflüge in der Schankstube des »Hirschen« auf sie aufmerksam geworden war, hatte er gewusst, dass sie etwas Besonderes war. Er hatte sie beobachtet, ihr zugesehen, wie flink sie die Gäste bediente und sich dabei fast mühelos, nur mit dem Blick ihrer leuchtend grünen Augen, die gierigen Hände der Männer vom Leib hielt.

»Pass bloß auf, mein Junge, die Justina, das ist schon eine rechte Hex«, hatte ihn der Alte, der neben ihm am Tisch saß, gewarnt. »Die hat immer ein Messer unter dem Gewand und scheut sich nicht, es auch zu gebrauchen, wenn ihr einer dumm kommt. Ich war selbst mal dabei, als sie dem Bader-Michel den Arm aufgeschlitzt hat.«

Florian hatte es trotzdem gewagt, sie anzusprechen, und war dabei zu seiner Freude keineswegs auf die sonst von ihr an den Tag gelegte Sprödigkeit gestoßen. Er hatte es seiner gesitteten Art zugeschrieben, die sich offenbar wohltuend von den sonst üblichen Rüpeleien der Gäste abhob. Solchermaßen ermutigt, hatte er immer öfter das Wagnis auf sich genommen, die Klostermauern zu überklettern, um Justina zu sehen. Bis zu jener unseligen Nacht, in der das Feuer sie überrascht hatte …

Sie hatten sich im Heu geliebt. Die Halme kitzelten auf der nackten, schwitzenden Haut, und es roch nach frisch geschnittenem Gras und Staub, nach Tier und Mensch, nach Mist und Samen, nach Anfang und Ende und nach Justinas Schoß. Das Schnauben und Stampfen der Pferde im Stall unter ihnen vermischte sich mit ihrem eigenen Keuchen und begleitete ihre langsamen, rhythmischen Bewegungen. Dann wurde es schneller, heftiger, wilder. Die Tiere spielten verrückt. Aus dem Schnauben wurde angsterfülltes Wiehern, sie keilten gegen die hölzernen Trennwände. Es wurde heiß und heißer. Ein Knistern erfüllte die Luft.

Als sie das Feuer endlich bemerkt hatten, war es fast schon zu spät gewesen. Die Flammen hatten sie eingekreist. Nur ein todesmutiger Sprung vom Heuboden hatte sie gerettet.

Durfte er es danach überhaupt noch wagen, sie wiederzusehen? Oder würde das Unheil dann endgültig über sie hereinbrechen. Sicher hatte sie von seiner Rolle bei dem Brand in der Fuggerei gehört, vielleicht sogar irgendwo in der Menge gestanden, während er den Lasterstein trug. Wie würde sie es aufnehmen, wenn er nach so langer Zeit plötzlich wieder bei ihr auftauchte? Würde sie verstehen, dass es neben der Angst vor allem Scham gewesen war, die ihn davon abgehalten hatte, sie aufzusuchen? Scham über seine Verbannung aus dem Kloster, Scham über das Unglück, das zu seinem ständigen Begleiter geworden zu sein schien, Scham über seine ungewisse Herkunft.

Justina hatte ihm mehrfach versichert, wie wenig ihr daran lag, ob er in einem Stall oder einem Palast geboren worden war. Sie begriff nicht, was es für ihn bedeutete, nicht zu wissen, woher er kam, wer seine Eltern gewesen waren und was aus ihnen geworden war.

Sie selbst war die Tochter eines kleinen Webers aus Graben am Lechfeld, jenem Ort, aus dem einst ein anderer armer Weber gen Augsburg gezogen war, um dort sein Glück zu machen. Während aber die Enkel des großen Fugger mittlerweile allein mit ihrem Geldbeutel in der Lage waren, die Mächtigen dieser Welt zu gängeln, war Justinas Vater nicht einmal die Aufnahme in die Zunft gewährt worden.

Nach dem frühen Tod von Justinas Mutter, einer fahrenden Sängerin, die für ihn ihr Wanderleben aufgegeben hatte, hatte er die Tochter eines anderen zugereisten Webers geheiratet, dem, ebenso wie ihm, das Bürgerrecht und die Zunftaufnahme verwehrt geblieben waren. Sie hatten weitere Kinder bekommen, noch mehr Mäuler zu stopfen. Aus blanker Not war Justina in Stellung gegeben worden, noch bevor sie den Kinderschuhen entwachsen war. Für den Hirschenwirt hatte nur gezählt, dass sie aß wie ein Kind, aber arbeitete wie jede andere seiner Mägde.

Es war eine harte Schule, die sie durchlebt hatte, und deshalb war sich Florian, wie er da in all seiner Erbärmlichkeit auf dem Strohlager lag, auch gewiss, dass Justina seine Scham nicht verstehen konnte. Die Vergangenheit war für sie nichts, mit dem man sich beschäftigen musste. Mit rührender, geradezu kindlicher Einfalt freute sie sich darauf, dereinst ihre geliebte Mutter wiederzusehen, ansonsten lebte sie ausschließlich in der Gegenwart und versuchte, das Beste daraus zu machen.

Was aber konnte ein Namenloser wie er, ein verstoßener Novize, ein Feuerteufel und Lastersteinträger schon dazu beitragen, ihre Gegenwart erträglicher zu gestalten? Alles, was er über seine Kleidung hinaus noch besaß, war der Siegelring am kleinen Finger seiner rechten Hand.

Als Medardus ihn im Säuglingsalter auf der Schwelle gefunden hatte, war der Ring an einer Schnur um seinen Hals befestigt gewesen. Das Siegel zeigte eine kunstvoll gestaltete Taube, die einen Schlüssel im Schnabel hielt, trug aber keinerlei Inschrift. Es gab die unterschiedlichsten Mutmaßungen, was das Bild zu bedeuten hatte, tatsächliche Aufschlüsse über seine Herkunft hatte bisher aber noch niemand liefern können.

Immerhin verdankte Florian dem Ring, dass er nicht ins Findelhaus abgeschoben worden war. Der alte Medardus hatte ihm von der Auseinandersetzung erzählt, die damals im Kapitelsaal unter den Brüdern stattgefunden hatte. Den Ausschlag, ihn zu behalten, hatte letztlich die an den Ring geknüpfte Hoffnung gegeben, Florian könne von vornehmem Geblüt und seine Aufnahme für das Kloster später einmal von erheblichem materiellen Nutzen sein.

Wie gerne hatte er sich als Knabe diese Hoffnung zu eigen gemacht. Immer wieder malte er sich aus, sein Vater sei irgendwo weit weg in einem fernen Land Kämmerer in einem prächtigen Schloss. Seine Mutter erschien in seinen Vorstellungen stets als stolze, hoch gewachsene Schönheit mit rotgoldenen Locken und milchweißer Haut. Der Vater schenkte ihr den Ring in ihrer ersten Liebesnacht. Das Glück war jedoch leider nur von kurzer Dauer. Da die Mutter von niederer Herkunft war, vermochten die Standesdünkel der Hofgesellschaft die Liebenden für immer zu trennen, noch bevor die Frucht ihrer Liebe zur Welt gekommen war. Verzweiflung und ein widriges Geschick führten die Mutter nach Augsburg, wo sie schließlich mit einem Knaben niederkam, den sie in ihrer Not an der Pforte von St. Anna ablegte.

Solche und ähnliche Träumereien hatten Florian über die Stunden hinweggeholfen, in denen die Einsamkeit inmitten der Klostergemeinschaft übermächtig geworden war. In all den Jahren war der alte Medardus der Einzige gewesen, der versucht hatte, ihn zu verstehen und zu trösten. Aber Trost allein war es nicht gewesen, dessen Florian bedurft hatte und immer noch oder vielleicht sogar mehr denn je bedurfte. Er brauchte Gewissheit. Gewissheit, dass seine Eltern ihn nicht einfach nur wie ein schlechtes Omen auf die Schwelle gelegt hatten, Gewissheit, dass er kein unseliger, Tod und Verderben bringender Bastard war.

»Media in vita in morte sumus«

Nach einer unruhigen, von wirren Träumen durchsetzten Nacht schleppte Florian sich am nächsten Morgen in aller Herrgottsfrühe zum Annakloster. Das anstehende Gespräch mit Vater Remigius brannte ihm auf der Seele, und er wollte es daher nach Möglichkeit noch vor der Frühmesse hinter sich bringen.

Der Novizenmeister gab sich zwar unnahbar und verabscheute es, Gefühle zu zeigen, besaß aber einen scharfen Verstand und war in seinen jungen Jahren viel in der Welt herumgekommen. Obwohl er nie von sich aus über persönliche Dinge redete und es auch nicht schätzte, wenn andere dies taten, hatte Florian ein paar Mal versucht, etwas über seine Vergangenheit in Erfahrung zu bringen, war aber nie weit gedrungen. Selbst Fragen und Mutmaßungen, die Florians eigene Herkunft und den rätselhaften Siegelring betrafen, hatte er im Keim erstickt mit dem Hinweis, Gott schaue nicht auf das Woher eines Menschen, sondern einzig auf sein Herz.

Als Florian die Annakirche betrat, hegte er daher gar nicht die Erwartung, Aufschlüsse über die Vergangenheit zu erhalten, sondern hoffte lediglich auf die erhellende Wirkung von Remigius' Geist. Wie oft hatten die scharfen Worte des Novizenmeisters es schon vermocht, das Dunkel und die Wirrnis aus Florians Kopf zu verscheuchen! Und wie sehr baute er jetzt auf Vater Remigius' Abneigung gegen jegliche Form des Aberglaubens, um diese irrwitzige Angst vor dem Fluch der Bachlerin loszuwerden.

Zielstrebig steuerte er auf die Goldschmiedekapelle zu in der Hoffnung, den Novizenmeister an seinem Lieblingsplatz anzutreffen, wo er zwischen dem ersten morgendlichen Unterricht und der Frühmesse gewöhnlich noch eine Weile in völliger Versunkenheit zu verbringen pflegte. Schon am Eingang sah Florian zu seiner Enttäuschung, dass Remigius nicht da war.

»Ei der Daus, sieh an! Den Missetäter ruft's an den Ort seiner Schand zurück.«

Der gehässige Joachim gehörte zu den Brüdern, die Florian den Abschied aus dem Kloster leicht gemacht hatten. Obwohl er einer der dienstältesten Mönche war, hatte er kein Amt inne und ergriff daher jede Gelegenheit, sich in den Vordergrund zu spielen. Gegenwärtig vertrat er augenscheinlich den Bruder Sacratarius bei der Vorbereitung der Messe und lief kreuz und quer durch das Kirchenschiff, um die Kerzen anzuzünden. Immerhin schickte er auf Florians Bitte den ihm dabei zur Seite stehenden Novizen nach Vater Remigius.

Florian setzte sich in eine der Bankreihen, schloss die Augen und versuchte, den alten Wichtigtuer nicht weiter zu beachten.

Wie immer, wenn er hier saß, tat ihm die dämmrige Weite des Raumes mit seiner kühlen Ruhe wohl und vermittelte ihm ein unerklärliches Gefühl der Sicherheit.

Bei dem verheerenden Brand des Klosters vor mehr als einem halben Jahrhundert war die Kirche verschont geblieben und in der Folge nach und nach ausgeschmückt und erweitert worden. So war das Hauptschiff um fünfundzwanzig Fuß verlängert und gut fünf Klafter erhöht worden und hatte eine Holzkassettendecke erhalten. Das Geld für die kostspieligen Umbauten war aus den Börsen der reichen Augsburger Patrizier geflossen, die sich den nach dem Brand schmuckvoll wieder aufgebauten Kreuzgang gerne als Begräbnisstätte erwählten.

Florian schlug die Augen auf und seufzte. Irgendwie wollten die Brände ihn wohl im Augenblick nicht loslassen. Tröstlich wenigstens, dass es auch noch welche gab, für die er nicht verantwortlich gewesen sein konnte.

Er hörte Schritte hinter sich und sah sich um. Bruder Joachim lief immer noch geschäftig hin und her und zündete Kerzen an. Aber zu seiner Erleichterung gewahrte Florian nun auch den Novizen wieder und gleich darauf Vater Remigius, der mit der ihm eigenen Gemessenheit und Würde hinter ihm herschritt.

Schon auf den ersten Blick war der Novizenmeister eine Ehrfurcht gebietende Erscheinung. Lang wie ein Baum, dabei aber von geradezu beängstigender Hagerkeit, schienen hinter seinen Bewegungen dennoch erstaunliche Kraft und Ausdauer zu stecken. Das scharf geschnittene Gesicht mit den dunklen, traurig blickenden Augen wurde von einem kurz gehaltenen, eisgrauen Bart umrahmt, der seinen Zügen etwas Strenges, fast schon Asketisches verlieh.

Er zeigte sich wenig überrascht, seinen einstigen Schüler zu so früher Stunde hier zu sehen. Mit einem kurzen, wortlosen Nicken verschwand er im Beichtstuhl.

Florian ließ ihm ausreichend Zeit, es sich bequem zu machen. Seit ihre Unterhaltungen nicht mehr tagtäglich im Kreuzgang stattfanden, sondern nur noch ab und an durch das kleine Gitter des Beichtstuhls, waren sie länger geworden. Dabei hätte Florian es vorher nie für möglich gehalten, wie sehr ihm die nüchternen Gespräche mit Vater Remigius, ja sogar seine mit einer fast gewaltsam im Inneren verhaltenen Glut vorgetragenen Unterweisungen einmal abgehen würden. Nach den üblichen Begrüßungsformeln säumte er daher nicht, zur Sache zu kommen.

»Ich stecke in großen Schwierigkeiten, Vater!«

»Das ist nichts Neues.«

»Ich weiß. Doch diesmal ist es anders. Ich habe Angst. Nicht etwa, dass man mich aus der Stadt jagt oder um meine Stelle bei Grimm. Das ließe sich alles verschmerzen …«

»Du hast den Tod vor Augen.«

»Ja. In den letzten Wochen und Monaten ist so viel auf mich eingestürzt, dass ich überhaupt nicht mehr dazu gekommen bin, vernünftig darüber nachzudenken. Erst jetzt ist mir klar geworden, was ich für ein Glück habe, überhaupt noch am Leben zu sein.«

»Media in vita in morte sumus. Wir alle müssen irgendwann sterben. Tagtäglich sehen wir das Wirken des Todes um uns herum. Und dennoch sind wir innerlich nicht bereit, an unser eigenes Ableben zu glauben. Es erscheint uns einfach zu ungeheuerlich, zu unfassbar. Bis uns irgendwann die ganze Wucht der Erkenntnis trifft. Offenbar musste erst dieses Weib in der Fuggerei verbrennen, um dir deine Sterblichkeit vor Augen zu führen.«

»Ja, Vater«, sagte Florian, »vielleicht. Aber es ist nicht nur die Angst um mein eigenes Leben, die mich quält. Ich fürchte vielmehr das Unheil, das seit meiner Geburt auf mir zu lasten scheint und alle verdirbt, die sich mit mir einlassen. Und nun hat mich auch noch die Witwe des Pulvermachers verflucht.«

»Unfug!« Hinter dem Gitter war ein ungeduldiges Rascheln zu vernehmen. »Müssen wir diese unsäglichen Narrheiten denn schon wieder erörtern? Habe ich dir nicht oft genug die Schrift zitiert, die davon kündet, wie Gott uns ganz nach seinem Ebenbilde geschaffen hat und wir einzig durch Adams Verfehlung der Sünde und dem Tod anheim gefallen sind, wir alle ausnahmslos? Daher steht es niemandem zu, einen anderen zu verdammen, ebenso wenig wie es nicht in unserer Gewalt liegt, zwischen Gut und Böse, zwischen Leben und Tod zu wählen. Allein der Glaube an die alles verzeihende Güte Gottes vermag uns vor der Sünde zu retten. Und das ist auch schon alles, woran es dir gegenwärtig gebricht: am rechten Glauben. Geh in dich und bete, auf dass er dir wieder geschenkt werde!«

Auch wenn er Ähnliches schon des Öfteren aus dem Munde des frommen Novizenmeisters vernommen hatte, tat Florian die erneute Versicherung wohl, weder der göttlichen noch der menschlichen Verdammung hoffnungslos ausgeliefert zu sein. Er fürchtete jedoch, dass das Gespräch nun wieder eine ihm schon sattsam bekannte Richtung einschlagen würde.

»Vater«, warf er daher ein, »es geht nicht mehr nur um die Brände und die Tote in der Fuggerei, sondern um Mord, und es –«

»Du fürchtest um dein Leben, pah! Dir sollte vielmehr um deine Seele bang sein. Wozu, glaubst du, habe ich dich immer wieder nach draußen in die Welt geschickt? Du solltest den Schutz dieser Mauern schätzen lernen. Nicht jedem ist es gegeben, den Anfechtungen des Satans dort draußen zu widerstehen. Denn es ist ein beständiger Kampf, immer wieder aufs Neue, jeden Tag, jede Stunde, jeden Augenblick. Denen, die an ihn glauben, ist der Herr in seiner unendlichen Güte bereit zu vergeben. Dafür erwartet er aber auch, dass wir uns immer wieder aufraffen und kämpfen. Hier hinter den Klostermauern ist der Kampf leichter auszufechten.«

»Vater, Ihr wisst, dass ich kein Feigling bin. Mir ist es nicht darum zu tun, immer nur den angenehmsten Weg einzuschlagen. Im Gegenteil! Auch wenn Ihr mir vielleicht Hochmut vorwerfen mögt, aber das Einfache und Gewöhnliche langweilt mich.«

»Ich werfe dir gar nichts vor. Du bist noch jung. Und auch ich war einst ein ähnlich unruhiger Geist wie du. Jetzt bin ich alt und habe nicht vor, diesen Ort noch einmal zu verlassen. Trotzdem sage ich dir: Der Kampf endet nie. Auch für mich nicht. Auch nicht hinter diesen hohen Klostermauern. Auch ich muss mich jeden Tag aufs Neue wappnen gegen die Anfechtungen des Satans. Und doch fehle auch ich immer wieder. Aber für den wahrhaft Reuigen ist es nie zu spät zur Umkehr. Denn der Herr vergibt jedem, der –«

»Selbst einem Mörder?« Florian sah keine andere Möglichkeit, den Novizenmeister in seinem Sermon zu unterbrechen, wenn er noch auf die weltlichen Seiten der Angelegenheit zu sprechen kommen wollte.

Einen Augenblick herrschte Schweigen hinter dem Gitter. »Selbst einem Mörder. Du wirst doch jetzt wohl nicht ...«

»Vater, Ihr wisst, dass ich kein böser Mensch bin. Mein Fleisch ist schwach, aber ich bin kein Verbrecher, und ich habe noch nie jemandem wissentlich etwas zu Leide getan. Wenn es also kein Fluch ist, der auf mir lastet, warum verfolgt mich dann jemand mit einem solchen Hass, dass er mir nicht nur immer wieder das Dach über dem Kopf anzündet, sondern nun auch noch den Frauen, die sich mit mir einlassen, falsche Ablässe verkauft, bloß um sie hinterher der Reihe nach umzubringen?«

Hinter dem Gitter erklang ein unwilliges Hüsteln, das Florian zunächst nicht recht zu deuten wusste. Dann fiel ihm ein, dass Remigius von den Morden noch gar nichts wissen konnte.

»Verzeiht, Vater! Die Zunge eilt mir wieder einmal viel zu schnell davon, während meine Gedanken noch ungeordnet durch den Kopf schwirren.«

Schnell setzte er den Mönch von seinem Gespräch mit Conrad Peutinger, den Ablassfälschungen und den grausigen Leichenfunden in der Jakobervorstadt in Kenntnis. Während er sprach, war es hinter dem Gitter bemerkenswert still, kein Räuspern, kein Rascheln, nichts war zu hören. Fast schien es, als habe der Novizenmeister sogar das Atmen eingestellt. Florian versuchte ganz bewusst, sich auf das Wesentliche zu beschränken und vor allem sorgfältig die rechte Abfolge der Ereignisse einzuhalten, ohne voreilige Schlüsse daraus zu ziehen, ganz so, wie sein einstiger Lehrer es ihm beigebracht hatte. Dabei merkte er, wie sich schon beim Reden die Verwirrung und damit ein Teil der Angst in seinem Kopf zu lösen begannen.

Auch nachdem er seine Erzählung beendet hatte, verharrte Vater Remigius noch geraume Zeit in seinem Schweigen. Nur die Geräusche der sich langsam für die Frühmesse füllenden Kirche drangen in den Beichtstuhl herein.

»Fürwahr eine merkwürdige Aneinanderreihung abscheulicher Begebenheiten, die du mir da vorträgst, mein Sohn«, sagte der Novizenmeister endlich. »Was ist deine Conclusio aus all dem?«

»Nun, im Grunde ist alles wahrscheinlich viel einfacher, als ich dachte. Bisher ist es nämlich mein Fehler gewesen, die Brände und die Morde gedanklich nicht sorgfältig genug voneinander zu trennen, sodass ich stets nur ein einziges, wüstes Wirrwarr aus Feuer und Leichen vor Augen hatte.«

Florian machte eine kleine Pause, um sich noch einmal zu sammeln, bevor er daran ging, seine soeben erst gewonnenen Erkenntnisse in Worte zu fassen.

»Da sind zum einen die drei Brände, bei denen ich jeweils mit einer anderen Frauensperson zugegen war: der Brand in der Stadtmetzg-Schenke vor gut einem Jahr, der Brand im

›Weißen Hirschen‹ vor ungefähr einem halben Jahr und der Brand in der Fuggerei Anfang der Woche. Zum anderen sind da die drei toten Frauen: die Stellmacher-Trina, die Traudl und die Fischer-Barb. Alle drei sind erst in der letzten Zeit zu Tode gekommen, alle drei in oder zumindest in der Nähe der Fuggerei. Alle drei waren auch mit mir bekannt, wobei ich aber mit den beiden Erwürgten schon länger nichts mehr zu schaffen gehabt habe. Der einzig wirkliche Zusammenhang zwischen den Bränden und den Morden scheint mir daher auch weniger in der Bekanntschaft der Frauen mit mir als vielmehr in der ihnen eigenen Wesensart zu liegen. Immerhin waren die toten Weiber doch alle recht stattlich und alle drei auch noch aus der Unterstadt.«

Florian war stolz auf sich. Mit dieser Schlussfolgerung konnte er leben. Der Mörder schien es gar nicht auf ihn, sondern lediglich auf die gleiche Art Frauen wie er abgesehen zu haben. Was aber war dann mit Justina? Im Grunde war sie nicht mehr in Gefahr. Zum einen lag der »Weiße Hirsch« in der Oberstadt, zum anderen war sie schon rein äußerlich, vor allem aber auch was die Leichtfertigkeit der anderen Weiber anging, nicht mit den Toten in eine Reihe zu stellen.

»Sei gewarnt, mein Sohn«, riss Vater Remigius ihn aus seiner Selbstbeweihräucherung. »Du klingst schon wieder sehr selbstgefällig. Das schnelle Vergessen aber ist ebenso ein Privileg wie eine Bürde der Jugend. Du solltest nicht den Fehler machen zu glauben, es sei schon alles ausgestanden. Dass du nichts mit den Morden zu schaffen hast, ist schließlich kein Verdienst und wird deine Haut auch nicht retten, wenn es das nächste Mal brennt.«

»Ihr habt Recht, Vater.« Florian biss sich auf die Lippen. »Vielleicht war ja der Rat von Meister Sigmund gar nicht so schlecht, und ich sollte tatsächlich einmal mit dem Nachtwächter sprechen.«

»Glaubst du wirklich, dass er dir helfen kann? Auf jeden Fall darfst du die falschen Ablässe nicht gänzlich vergessen.«

»Die Traudl und die Barb hatten einen Ablass.« Florian

überlegte. »Damit könnten die Fälschungen eine weitere Verbindung zwischen den Bränden und den Morden sein. Sicherheitshalber sollte ich also noch mit Justina reden, ob sie nicht auch einen Ablass hat.«

»Das wäre wohl angebracht. Dabei darfst du allerdings nicht unbedingt voraussetzen, dass die falschen Ablässe in irgendeinem ursächlichen Zusammenhang zu den Morden stehen.«

»Vater, Ihr verwirrt mich wieder!«

»Nein, ich will dich lediglich vor vorschnellen Schlüssen bewahren.«

»Und was soll ich also nun Eurer Meinung nach tun?«

»Sprich ruhig mit dem Nachtwächter und dem Mädchen. Ansonsten aber empfehle ich dir: Vade et amplius iam noli peccare! Dann wird dir nichts geschehen.«

»Ich fürchte nur, stillhalten allein wird nicht ausreichen. Zumal Conrad Peutinger von mir erwartet, dass ich etwas tue.«

»Sei unbesorgt«, sagte Vater Remigius. »Unser werter Stadtschreiber ist ein alter Fuchs, der stets um Ausgleich bemüht ist. Wie ich gehört habe, speist Doktor Luther heute Abend bei ihm, während Kardinal Cajetan im Fuggerhause Hof hält. Und dort ist Peutinger ja auch ein gern gesehener Gast. Im Grunde hat er mit dieser ganzen Mordgeschichte, die ja eigentlich unter die Gerichtsbarkeit des Stadtvogts fällt, herzlich wenig zu schaffen. Er muss nur immer herhalten, wenn es brennt. Und dabei hat er in seiner langen Amtszeit schon ganz andere Schwierigkeiten gemeistert. Glaub mir, er hat einen breiten Rücken und einen noch breiteren Hintern, um so etwas auszusitzen. Bilde dir also bloß nicht ein, dass er auf deine Dienste angewiesen ist.«

»Na schön! Werde ich mich also fürs Erste einfach selbst einmal seiner Tugenden befleißigen und abwarten. Etwas Besseres ist mir sowieso noch nicht eingefallen.«

Obwohl die Beichte für Florian eher ein Vorwand für das Gespräch gewesen war, ließ er sich am Ende doch gerne die Absolution erteilen. Vater Remigius erlegte ihm als Buße allerdings so strenges Fasten und so viele Ave Marias auf, dass er wohl zwangsläufig mehrere Tage zur Untätigkeit verdammt gewesen wäre, hätte er alles befolgen wollen.

Als er den Beichtstuhl verließ, hatte sich die Kirche schon fast zur Hälfte gefüllt. Dennoch drückte sich Bruder Joachim immer noch in der Nähe herum und zündete Kerzen an.

»Eine lange Beichte, fürwahr!«, höhnte er. »Eines verdienten Lastersteinträgers würdig.«

»Ja«, sagte Florian, »aber anscheinend immer noch nicht lang genug, als dass Ihr derweil mit Eurer Arbeit fertig geworden wäret. Oder habt Ihr am Ende vielleicht wieder von vorn angefangen, weil Euch die ersten Kerzen schon heruntergebrannt waren, bevor Ihr die letzten entzündet hattet?«

Damit ließ er ihn stehen und ging hinaus. Er hatte keine Lust, auf den Beginn der Frühmesse zu warten, sondern zog es vor, in der frischen Luft noch eine Weile ungestört seinen Gedanken nachzuhängen, um dann später das Hochamt im Dom zu besuchen.

Draußen im Annahof gewahrte er den alten Erhart Ratdolt auf einer Bank sitzend. Seit sein Sohn Jörg die Geschäfte in der Offizin übernommen hatte, saß er oft hier und sann vor sich hin oder unterhielt sich mit einem der Mönche. Den Mann, der jetzt neben ihm saß, kannte Florian allerdings nicht, obwohl es sich, zumindest dem Gewande nach, um einen höheren geistlichen Herrn zu handeln schien, dem neben der Gemütlichkeit, die er wie so viele dicke Männer allein schon durch seinen Leibesumfang ausstrahlte, auch eine gewisse Würde nicht abging.

Die beiden Männer waren augenfällig in eine sehr angeregte Unterhaltung vertieft. Jedenfalls lachten sie gerade überaus herzhaft, als Florian an ihnen vorbeikam, und schienen seinen höflichen Gruß überhört zu haben.

Bevor er den Annahof verließ, sah er sich noch einmal nach ihnen um. Sie lachten immer noch, aber es schien ihm, als ob der Dicke dabei nicht mehr ganz so fröhlich gestimmt wäre, sondern ihm neugierig hinterher geblickt hätte.

TETZEL

Florians Spaziergang führte durch die weitläufigen Gärten hinter den Patrizierhäusern zwischen St. Ulrich und dem Perlach. Das launische Herbstwetter schien es ausnahmsweise gut zu meinen und den Müßiggängern einen Sonntag bescheren zu wollen, der seinen Namen auch verdiente. Der Morgen jedenfalls war klar und frisch heraufgezogen, und Florian strich mit neuer Lebenslust durch die noch nassen Wiesen. Während er sich mit gutem Appetit von den Apfel- und Birnbäumen bediente, ließ er sich das Gespräch mit Vater Remigius noch einmal durch den Kopf gehen.

Die Warnungen des Novizenmeisters waren sicherlich angebracht. Oft genug schon hatte Florian sich selbst gefragt, warum er immer wieder in die gleichen alten Sünden zurückfiel. Lag es tatsächlich nur an seiner Jugend und dem damit einhergehenden leichtsinnigen Vergessen aller Gefahren, oder gab es da am Ende vielleicht doch etwas in seiner Natur, in der ihm von Geburt an eigenen Wesensart, dass er die Finger nicht von den Weibern lassen konnte?

Florian drehte versonnen an dem Siegelring. Solange er nicht wusste, aus welchem Nest er geschlüpft war, ließen sich solche Fragen nicht beantworten. Und warum sollte er sich die Seele unnötig damit beschweren, wenn das Leben auch so schon hart genug war? Vater Remigius hatte Recht: Was zählte, war einzig das Herz eines Menschen, und seines war gewiss kein böses, auch wenn ihn die Bachlerin noch so sehr verfluchte.

Er würde den Rat des Novizenmeisters beherzigen und sich ruhig verhalten. Und er würde Grimms Anweisung befolgen und in Zukunft die Weibergeschichten sein lassen. Lediglich Justina wollte er versuchen abends einmal vor dem »Hirschen« abzupassen. Und vielleicht ergab es sich dabei ja auch zufällig, dass er den Nachtwächter auf seiner Runde traf. Er versprach sich zwar nicht viel von einer Begegnung mit ihm, wollte aber schließlich auch nicht undankbar erscheinen.

Der restliche Sonntag verstrich ohne weitere Vorkommnisse, und am Montag nahm die Arbeit in der Offizin für ihn wieder ihren gewohnten Gang. Grimm hatte einen neuen Bild-Stock von Meister Hans Weiditz für das geplante Musikalien-Buch erhalten und schien darüber alles andere völlig vergessen zu haben. Er erwähnte die Brände mit keiner Silbe mehr und erkundigte sich nicht einmal nach Florians Befinden. Offenbar kannte er die Wirkung seiner Salben zur Genüge und wusste, dass die Wunden nun ohne sein weiteres Zutun heilen würden. Und in der Tat fand Florian nach dem harten Arbeitstag in dieser Nacht auch sehr schnell zu einem tiefen und erholsamen Schlaf.

Am Dienstag, dem Namenstag des Kaisers, lag eine seltsame Spannung über der ganzen Stadt. Für den Abend wurde das Aufeinandertreffen Luthers mit Kardinal Cajetan erwartet.

Grimms Schwester hatte sich mit ihrem Mann, dem Maler Daniel Hopfer, zum Mittagsmahl angemeldet, weshalb statt des gewöhnlichen Erbsbreis und der dünnen Suppe ein tüchtiger Hasenpfeffer auf den Tisch kam. Meister Sigmund gab sich bester Laune und kündigte an, nach der Arbeit die Herrentrinkstube aufsuchen zu wollen, um dort den Ausgang des Disputs in Gesellschaft der anderen Patrizier abzuwarten.

»Aus dir soll auch mal einer schlau werden«, keifte seine Gattin, »heut gehst du, wo sich das ganze Gespräch doch nur um den Wittenberger drehen wird. Aber wenn es gilt, die Gesellschaft zu pflegen und etwas für das eigene Ansehen und Geschäft zu tun, bewegt sich der feine Herr wochenlang nicht dorthin!«

»Aber Magdalena«, sagte Hopfer gutmütig, »das ist doch heut auch wirklich ein bedeutsamer Anlass.«

»Ach was, was geht's denn uns an? Wenn der Sigmund Ablässe gedruckt hätte, könnt ich seine Anteilnahme ja noch verstehen, aber so …«

Florian sah, wie Grimm sich verschluckte und ihm die Zornesröte ins Gesicht stieg.

»Weib ...«, würgte er, »was redest du von Dingen, die du nicht verstehst!«

»Vom Kirchenrecht und der ganzen Wissenschaft, die um die Religion gemacht wird, mag ich ja vielleicht keine Ahnung haben«, sagte sie säuerlich, »aber so, wie ich die Sache sehe, geht's doch letzten Endes ohnehin wieder nur ums Geld und darum, dass der Fugger sein Kästchen füllen kann.«

»Womit du gewiss nicht ganz Unrecht hast«, sagte Hopfer.

»Wieso?«, mischte sich nun auch seine Frau ein. »Ich dachte, es geht um die Ablässe.«

»Ja«, erklärte Hopfer, »aber nur vordergründig. Angefangen hat eigentlich alles mit der Pfründenhäufung Markgraf Albrechts von Brandenburg. Mit Magdeburg, Mainz und Halberstadt hat er sich gleich drei Bistümer einverleibt, ein Vorgehen, das jeglichem Kirchenrecht zuwiderläuft. Ausnahmsweise hat sich nun aber unser Heiliger Vater in Rom in seiner schier überfließenden Gier ... äh ... Verzeihung, ich meine natürlich Güte, dazu bereit gefunden, großzügig über diesen Verstoß hinwegzusehen. Gegen ein ganz beträchtliches Sümmchen, versteht sich. Und damit Albrecht seine Schulden auch tilgen kann, hat er ihn gleich noch ermächtigt, den Petersablass, mit dem der Bau des neuen Doms in Rom bestritten werden soll, zu verkaufen. Albrechts Kommissäre vertreiben die Ablässe, und das Geld wandert zur Hälfte nach Rom, zur Hälfte in die Kassen der Fugger.«

»Wieso der Fugger?«

»Jakob Fugger hat Markgraf Albrecht das Geld vorgestreckt. Deshalb steht nun auch nicht von ungefähr neben jedem Ablassprediger einer seiner Angestellten und hält das Kästlein auf«, beschied Grimm seine Schwester.

»Ja, und deshalb ist mit der Ablassdruckerei auch immer noch gutes Geld zu verdienen«, mischte sich Magdalena Grimm wieder ein. »Denn wo der Fugger seine Finger mit im Spiel hat, fällt immer ein saftiger Gewinn ab.«

Gespannt wartete Florian auf Meister Sigmunds Erwiderung. Doch der schüttelte nur verzweifelt sein Haupt. Daniel

Hopfer lachte, und seine Frau versuchte dem Gespräch eine andere Wendung zu geben, indem sie den Männern für die Belehrung dankte und dann unvermittelt dazu überging, das Essen, insbesondere die vortreffliche Zubereitung des Hasenpfeffers, zu loben.

Florian wandte sich wieder ganz dem Mahl zu. Er war der Unterhaltung aufmerksam gefolgt, auch wenn er nichts wirklich Neues dabei erfahren hatte. Bereits unmittelbar nach dem Bekanntwerden von Luthers »Disputatio« hatte Vater Remigius ihm die Bedeutsamkeit des Falles erklärt, und auch Sigmund Grimm hatte es nicht versäumt, ihm bei jeder sich bietenden Gelegenheit seine Meinung dazu kundzutun. So wie Florian es verstanden hatte, waren sie sich über den Kern der ganzen Angelegenheit einig. Danach berührten die theologischen Streitfragen, die Martin Luther aufgeworfen hatte, den Vatikan im Grunde nur recht oberflächlich. In Wahrheit ging es den hohen geistlichen Herrschaften in Rom vielmehr um die Sicherung ihres Wohllebens und darum, einem kleinen, dagegen aufbegehrenden Mönchlein seine Grenzen zu zeigen.

Zwar waren Florians Sinne getrübt gewesen, als eben dieses Mönchlein ihn vor den Übergriffen der Bachlerin bewahrt hatte, dennoch hatten ihn das beherzte Eingreifen und die freimütigen Worte des kleinen Augustiners zutiefst beeindruckt. Er wünschte ihm für seine schwierige Mission jedenfalls allen nur erdenklichen Erfolg.

Da er sich wieder einigermaßen hergestellt fühlte und der alte Tatendrang sich in ihm zu regen begann, erwog er, es Grimm am Abend gleich zu tun und ebenfalls noch auszugehen. Ein kleiner Spaziergang über den Obstmarkt, dabei vielleicht zwei-, dreimal vorbei am »Hirschen«, dagegen war sicher nichts einzuwenden. Und wenn es im Fuggerhause irgendeine neue, außergewöhnliche Wendung gab, so dauerte es sicher nicht lange, bis das Geschrei darüber auf die Gasse drang.

Nachdem Daniel Hopfer und Gemahlin schon bald nach dem Mittagsmahl wieder abgezogen waren, verließ Grimm das Haus unmittelbar nach der Vesper in einer bei ihm ganz ungewohnten Hochstimmung. Florian zog es vor, noch ein Weilchen zu warten. Erst als es schon völlig düster und nicht mehr allzu viel Volk auf den Straßen unterwegs war, ging er hinaus. Schon fast gewohnheitsmäßig zog er die Krempe des Baretts tief ins Gesicht. Er hatte kein großes Verlangen danach, angesprochen zu werden oder gar wieder einige Ladungen Hühnerdreck ins Kreuz zu bekommen.

Zwei Stunden drückte er sich im Nieselregen in den Gassen um den Obstmarkt herum, ohne auch nur den kleinsten Schürzenzipfel von Justina zu sehen. Nicht einmal der Nachtwächter tauchte auf, und außer dem Gegröle dreier Trunkenbolde und dem Geschrei einiger ihre Revierkämpfe austragenden Kater gab es auch nicht viel zu hören. So schlich er müde und durchgefroren wieder nach Hause.

Dort war er schon auf der Treppe zum Gesindeboden, als er hörte, wie die schwere Eingangstür in den Angeln ächzte. Entweder hatte der Meister es nicht mehr länger in der Herrenstube ausgehalten, oder die Begegnung im Fuggerhaus war nur von kurzer Dauer gewesen und die Nachrichten darüber hatten nur wenig Gesprächsstoff geliefert.

Florian hastete die knarrende Treppe hinunter, um ihn noch abzupassen, bevor er in der Kammer verschwand. Grimm stand an der Tür zur Offizin und blickte ihm missbilligend entgegen.

»Sapperlot, du weckst das ganze Haus mit deinem Gepolter. Solltest längst schlafen!«

»Ich hab Euch kommen hören. Wie ist's denn ausgegangen?«

»Nix ist ausgegangen. Der Doktor Luther soll widerrufen, das ist alles. Gar nicht zu Wort kommen lassen hat ihn der gestrenge Herr Kardinal. Vertagt haben sie sich. Auf übermorgen. Dann sollen auch Conrad Peutinger und Generalvikar von Staupitz mit dabei sein.« Grimm gähnte. »Und jetzt schau halt, dass du endlich deinen Strohsack findest! Morgen gibt's allerhand zu schaffen.«

Damit öffnete er die Tür zur Offizin und verschwand dahinter. Offenbar gab es für ihn selbst zu dieser Stunde noch etwas zu schaffen, was keinen Aufschub duldete. Florian kämpfte einen Augenblick mit seiner Neugier, dann zuckte er die Achseln. Wahrscheinlich brauchte der Meister nur noch einen seiner selbst gebrauten Schlummertränke. Leise in sich hineinlachend stieg er nach oben in den Verschlag, wo Martin auf seinem Strohsack schon wie ein ganzes Heer besoffener Landsknechte vor sich hin schnarchte.

Am Mittwoch drang weder aus dem Lager der Augustiner in St. Anna noch aus dem Fuggerhause am Weinmarkt, wo der Kardinal sich breit gemacht hatte, etwas heraus. Ein wenig Aufregung brachte lediglich die Nachricht von einem missgebildeten Schneekater, den der Patrizierbursche Stefan Endorfer gefangen hatte. Der Vogel hatte dreizehn Klauen, sechs am rechten und sieben am linken Fuß, was bei der Anspannung, die über der Stadt lag, von notorischen Schwarzsehern als schlechtes Vorzeichen gedeutet wurde.

Sigmund Grimm machte sich lustig über derartigen Unsinn und schalt den abergläubischen Martin, der die Kunde von einem Botengang zu Wirsung mit zurück in die Offizin gebracht hatte, tüchtig für seine Dummheit. Florian hielt es ganz mit seinem Meister und ließ sich daher auch nicht davon abhalten, am Abend wieder einen kleinen Spaziergang zum Obstmarkt zu unternehmen.

So sehr sein Verstand sich auch dagegen sträuben mochte, war ihm dann allerdings doch recht flau im Magen, als er so allein durch die finsteren Gassen strich. Und er hatte erneut kein Glück. Zwar kamen gleich zweimal Mägde aus dem »Hirschen« heraus, das eine Mal, um einen Eimer mit einer dampfenden Flüssigkeit in die Gosse zu schütten, das andere Mal, um einem der Knechte, der mit einer Schubkarre durchs Hoftor herauskam, ein verschnürtes Bündel aufzuladen. Jedes Mal waren die Frauen jedoch wieder verschwunden, bevor er auch nur daran denken konnte, sie nach Justina zu fragen.

Auch der Nachtwächter schien sich dieser Tage um den Obstmarkt herum rar machen zu wollen. Florian hörte seinen Gesang nur aus der Ferne und verspürte wenig Lust, ihm hinterherzulaufen. So ging er nach Hause und beschloss, am nächsten Abend noch einen letzten Versuch zu unternehmen, ansonsten aber die Sache auf sich beruhen zu lassen. Schließlich konnte er sich nicht beständig seinen Feierabend auf diese Weise um die Ohren schlagen, zumal die Abende allmählich lausig kalt wurden.

Der Donnerstag, der in der Luthersache die Entscheidung bringen sollte, zog dann allerdings wieder mit viel Sonne und einem strahlend blauen Himmel herauf. Fast schien es, als wolle der Oktober sich zu Ehren der anstehenden Ereignisse noch einmal von seiner goldenen Seite zeigen.

Sigmund Grimm kündigte seiner Gemahlin über der Biersuppe wieder den abendlichen Besuch der Herrentrinkstube an, war aber ansonsten noch brummiger als üblich und verhielt sich den ganzen Tag über seltsam fahrig und unaufmerksam. Auch Florian ließ sich schließlich von seiner Unruhe anstecken, und als der Meister nach der Vesper das Haus verließ, wartete er nicht mehr, wie beim letzten Mal, den Einbruch der Dunkelheit ab, sondern folgte ihm fast auf dem Fuß.

Zu seinem Erstaunen schlug Grimm keineswegs den Weg zum Perlach ein, sondern marschierte schnurstracks in die entgegengesetzte Richtung. Florian wartete, bis er hinter der nächsten Ecke verschwunden war, dann lief er hinter ihm her. Es war nicht schwer, dem Meister unauffällig zu folgen. Die Straßen wimmelten noch von Menschen, die entweder auf dem Nachhauseweg oder unterwegs in eine der Schenken oder Zunftstuben waren. Und Grimm ging zielstrebig, ohne sich auch nur ein einziges Mal umzudrehen. Erst vor dem Portal der St. Annakirche hielt er einen Moment inne und schaute ein wenig gehetzt nach rechts und links, ehe er hineinging.

Florians Neugier war nun vollends geweckt. Der Meister besuchte zwar jeden Sonntag das Hochamt, war darüber hinaus aber kein besonders fleißiger Kirchgänger. Florian folgte ihm.

Im Kirchenschiff war niemand mehr zu sehen. Grimm musste in die Sakristei gegangen sein. Die Tür war nur angelehnt.

Florian öffnete sie vorsichtig einen schmalen Spalt und spähte hinein.

Er staunte nicht schlecht angesichts der Versammlung, die sich dort zusammengefunden hatte. Den Kanonikus Langemantel erkannte er und Leonhard Bayer, den Augustiner, der mit Luther von Wittenberg gekommen war, dazu Wenzeslaus Link, den Prior des Nürnberger Augustinerklosters, der seinen Ordensbrüdern auf ihrer Reise Obdach gewährt und sich dann entschlossen hatte, ihnen auf ihrem schweren Gang beizustehen, weiterhin einige der Brüder von St. Anna, darunter Vater Remigius und Prior Frosch, sowie eine Reihe von Augsburger Patriziern, die es ebenso wie Grimm vorgezogen hatten, hierher zu kommen, anstatt die Herrentrinkstube aufzusuchen.

Meister Sigmund schien zu spät gekommen zu sein, denn der dicke Mann, den Florian am Sonntag im Klosterhof mit Erhart Ratdolt gesehen hatte, war gerade am Ende einer Rede angelangt, in der es offenbar um Markgraf Albrecht von Brandenburgs Ämterhäufung gegangen war.

Prior Frosch stand auf. »Habt Dank für Eure aufschlussreichen Worte, Monsignore. Es erscheint in der Tat fast müßig, hier in diesem Kreise noch einmal die Anliegen aufzuzählen, um die unser hoch geschätzter Freund zur Stunde mit dem päpstlichen Legaten ringt. Ihr alle habt seine ›Disputatio‹ gelesen und befürwortet hoffentlich auch die Aussagen, die darin getroffen werden. Für alle, die immer noch zweifeln, mag Bruder Leonhard nun berichten, wie er den Marktschreier Johann Tetzel von den Dominikanern bei einem seiner schändlichen Auftritte erlebt hat.« Damit winkte er dem jungen Augustiner aufmunternd zu.

Leonhard Bayer stand auf und räusperte sich. Er wirkte ein wenig verlegen. Florian konnte es ihm gut nachfühlen. Sicher hatte er nicht jeden Tag Gelegenheit, vor einer solchen Schar gebildeter Herrschaften zu sprechen.

»In Jüterbog, im Magdeburgischen, habe ich ihn gesehen«, begann Bayer ohne jegliche Vorrede mit leicht zitternder Stimme. »Er trat auf, als sei er der Heilige Vater selbst, ganz in

Weiß gekleidet, auf einem weißen Pferd. Und die Ablassbulle des Medici ließ er auf einem Samtkissen vor sich hertragen. Schon an den Stadttoren wurde er von den Würdenträgern der Bürgerschaft empfangen, mit einer großen Prozession mit Fahnen und Kerzen, Weihrauch und Gesang. Alle Glocken läutete man, während er unter Orgelspiel in der Kirche Einzug hielt. Dort hängte er an einem roten Kreuz das Banner des Papstes auf und behauptete frech, das Ablasskreuz habe den gleichen Wert wie das Kreuz Christi. Gleich daneben stellte er seinen schweren eisenbeschlagenen Geldkasten auf, in den die Sündigen ihre Groschen werfen sollten. Darauf kam ein Behältnis, in dem die schon fertig gesiegelten Ablassbriefe lagen. Und die Menge lauschte gebannt, als er seine Versprechungen machte.«

Bayer schluckte schwer, bevor er weiterredete. »›Jetzt steht euch der Himmel noch offen, rettet eure Seelen und die eurer Verstorbenen!‹ brüllte Tetzel mit Donnerstimme. Und: ›Wie könnt ihr so hartherzig sein und eure Eltern im Fegefeuer schmoren lassen? Öffnet ihnen den Weg ins Paradies. Sobald der Gulden im Kasten klingt, die Seele aus dem Fegefeuer in den Himmel springt.‹ Einen vollständigen Ablass aller Sünden predigte er und brüstete sich, selbst der heilige Petrus habe keine größere Gnadenkraft als er, Tetzel, der Ablassverkäufer. Jedenfalls habe er mit seinen Ablässen allemal mehr Seelen erlöst als der heilige Petrus mit seinen Predigten. Den Menschen, die noch zögerten, warf er ihre Hartherzigkeit vor. Warum sie nicht um ein paar Groschen ihre Verstorbenen aus dem Fegefeuer erretteten. Man munkelte, er verkaufe sogar Ablässe für Sünden, die man erst in der Zukunft begehen würde, gleichsam als Absicherung für die Ewigkeit. Acht Dukaten kostete ein Mord, neun ein Kirchenraub. Ja, er behauptete dreist, selbst die Vergewaltigung der Gottesmutter Maria könne er durch Ablass vergeben!«

Entrüstetes Schweigen.

»Welch unerhörte Blasphemie!«, zischte schließlich jemand aus der Ecke, die Florian nicht einsehen konnte.

»Pah«, spottete der Dicke, der ganz zu Anfang gesprochen

hatte. »Das zeigt doch nur, wes Geistes Kind dieser Tetzel ist! Fahrt doch fort, Bruder Leonhard!«

Bayer nickte. »Viel habe ich nicht mehr zu berichten. Als fast schon alle Gläubigen Ablässe gekauft hatten, gingen seine Kommissäre mit dem Preis herunter und fingen an zu handeln und die Ablässe um weniger Geld zu verschachern. Sie gaben sich erst zufrieden, als sie auch noch den letzten Heller aus den Ärmsten der Armen herausgepresst hatten.«

Unvermittelt seufzte der Augustiner tief auf und schwieg. Florian wusste nicht recht, ob der Seufzer ausschließlich auf seine große Entrüstung zurückzuführen war oder vielleicht nur darauf, dass Bayer am Ende seines Berichts angelangt war und verzweifelt nach dem richtigen Schlusswort suchte.

»Es war schändlich!«, stieß er schließlich noch hervor und beendete damit die Stille, die schon lastend zu werden drohte.

Wieder stand Frosch auf und dankte für die Rede. »Schändlich ist es in der Tat«, fuhr er dann fort, »was alles unter dem Panier des Papstes geschieht. Doch damit nicht genug, ist mir nun zu Ohren gekommen, dass hier in der Stadt auch noch ein Ablassfälscher sein Unwesen treibt. Auf eigene Rechnung nützt er die Dummheit des gemeinen Christenvolkes aus und macht sich dabei am liebsten an junge, törichte Weibsbilder heran.«

Irgendjemand kicherte. Frosch ließ ein strenges, missbilligendes Räuspern hören. Florian sah unwillkürlich zu dem der Tür am nächsten sitzenden Sigmund Grimm hin.

»Wie man mir glaubhaft versichert hat, ist man dem Schurken aber schon auf der Spur und wird ihn wohl bald zur Strecke bringen. Die Fälschungen sollen jedenfalls aus einer Augsburger Offizin stammen.«

Grimm runzelte die Stirn, und Florian schien es fast so, als ob er dabei erbleichte.

»Bleibt nur zu hoffen, dass dieses unwürdige Spektakel in Gottes Namen bald ein Ende hat«, schloss Frosch. »Wenn niemand mehr etwas vorzubringen hat, dann lasst uns nun nach draußen gehen und gemeinsam für Bruder Martin und den guten Ausgang dieses Abends beten.«

Verfangen

Florian schlenderte zum Obstmarkt. Er hatte es gerade noch geschafft, durchs Hauptportal hinauszuschlüpfen, ehe die Männer ihn hatten sehen können. Die Versammlung der Luther-Anhänger mochte vielleicht kein großes Geheimnis und erst recht nichts Verbotenes darstellen – sicherlich gab es viele, die zur Stunde für den kleinen Augustiner und den Erfolg seines Unterfangens beteten. Trotzdem wollte Florian nicht von Grimm gesehen werden. Möglicherweise hätte der Meister daraus geschlossen, dass er ihm gefolgt war.

Leonhard Bayers Bericht über Tetzels Treiben war für Florian nicht gänzlich neu gewesen. Im Kloster waren hin und wieder Pilger eingekehrt, die von ähnlichen Auftritten erzählt hatten. Was ihn mehr beschäftigte, war die Person des dicken Monsignore, der vor Bayer gesprochen hatte. Der Mann wirkte überaus rechtschaffen und würdevoll und strahlte für Florian dennoch eine unerklärliche Beunruhigung aus. Der Blick, mit dem er ihm am Sonntag im Annahof nachgesehen hatte, ging ihm nicht aus dem Kopf.

Außerdem beunruhigte Florian die Frage, wieso Frosch von den Ablassfälschungen wusste. Hatte Peutinger ihn eingeweiht? Wozu? Hatte der Stadtschreiber vielleicht auch mit Frosch über seinen geheimen Auftrag gesprochen? Florian nahm sich vor, auf der Hut zu sein.

Als er vor dem »Weißen Hirschen« ankam, war keine Spur mehr von goldenem Oktober zu bemerken. Der Himmel hatte sich bewölkt, kein Mond und kein Stern waren zu sehen. Dennoch herrschte um den Obstmarkt herum immer noch reges Treiben. Die Händler und Kunden gingen vom Michaeli-Markt nach Hause.

Florian fühlte sich in dem Trubel nicht wohl und hielt es für besser, nicht allzu lange stehen zu bleiben. In der Ferne erklang der Ruf des Nachtwächters. Er beschloss, sich den Mann endlich einmal aus der Nähe anzusehen und ihm ein Stück weit entgegenzugehen.

Der Gesang verstummte. Florian war fast sicher, dass er aus der Weißmalergasse gekommen war und sich auf ihn zubewegt hatte. Als er die Budengasse des Michaeli-Marktes erreichte, verrammelte der letzte Händler gerade seinen Stand. Es war ein beleibter Tucher, der seinen Knecht wegen dessen Langsamkeit beim Einpacken der Ware tüchtig zusammenstauchte. Florian blieb einen Moment stehen, um der in seinen Ohren höchst drollig klingenden Sprache zu lauschen. Leider verstand er nicht alles. Sicher kamen die beiden von irgendwo aus dem hohen Norden.

Wieder erscholl das »Hört ihr Leut und lasst euch sagen« des Nachtwächters, diesmal weiter entfernt. Er musste sich vorhin also getäuscht haben. Wenn er sich nicht schon wieder irrte, kam der Gesang jetzt vom Perlach.

Langsam setzte er sich in Bewegung. Er wollte nicht laufen, um sich nicht verdächtig zu machen. Sonst hetzte ihm der dicke Händler am Ende noch seinen Knecht hinterher, weil er fürchtete, bestohlen worden zu sein, und der eben noch so heftig Gescholtene hätte sicher alles darangesetzt zu beweisen, dass er keineswegs langsam war.

Als Florian am Perlach ankam, hörte er schon von weitem den Lärm aus der nahen Bürgerstube. Ein paar Männer hatten die Fenster aufgerissen und disputierten heftig mit einem kleinen Grüppchen Davorstehender, die offenbar gerade erst die Stube verlassen hatten. Wie kaum anders zu erwarten, ging es um die Auseinandersetzung im Fuggerhause. Neue Nachrichten gab es jedoch noch keine.

Derweil hatte sich der Gesang des Nachtwächters in Richtung des Streffinger Tores entfernt. Die Runde schien nun in die Unterstadt zu führen. Florian zögerte. Nach den jüngsten Ereignissen war ihm die Jakobervorstadt, vor allem aber die Gegend um die Fuggerei herum, nicht mehr ganz geheuer. Andererseits – was sollte ihm schon zustoßen, wenn er nirgendwo einkehrte? Er zuckte die Achseln. Er durfte eben nur nicht wieder den Fehler machen und sich mit einem Weib einlassen.

Der Nachtwächter war schon außer Hörweite. Kurz entschlossen nahm Florian den steilen Weg den Perlachberg hinunter, vorbei am Fischmarkt mit dem Ulrichsbrunnen, dessen vergoldeter Namenspatron erst jüngst Gesellschaft von einem kupfernen Adler bekommen hatte. Da der Fischmarkt zugleich auch Ort des regelmäßig stattfindenden Blutgerichts war, passte der trutzige Vogel gar nicht so schlecht hierher.

Dessen scharfe Augen hätte Florian sich jetzt auch gewünscht. Hinter dem Streffinger Tor blickte er sich ratlos um. Der Saumarkt war völlig leer gefegt. Die Baustelle, wo Jakob Fugger seit nunmehr zwei Jahren eifrig an seinem Seelenheil und seiner Reputation für die Nachwelt arbeiten ließ, ragte als dunkle, von Mauerschluchten durchzogene Masse daneben auf. Obwohl die Armensiedlung immer noch nicht ganz vollendet war und die offizielle Stiftungsübergabe noch ausstand, hatten ein paar Glückliche bereits ein warmes Plätzchen darin gefunden.

Florian allerdings fröstelte beim Anblick der Häuserreihen. Selbst die schon bewohnten Teile der Siedlung wirkten seltsam gottverlassen auf ihn. Vielleicht war es die Erinnerung an die Barb, vielleicht der Gedanke, dass hier in der Nähe die Leiche der Stellmacherin gefunden worden war.

Er ging ein Stück an den Anfängen der Umfassungsmauer entlang, mit deren Bau man nach den Vorfällen, in die er so unglücklich verwickelt gewesen war, begonnen hatte. Dem Vernehmen nach sollte die Siedlung nach ihrer Fertigstellung eine kleine Stadt innerhalb der Stadt bilden.

Schon jetzt standen hier gut dreißig Häuschen in Reih und Glied, die alle nach dem gleichen Muster erbaut waren: einstöckige Zweiparteienhäuser entlang gerade geführter Gassen, unter durchlaufenden Traufdächern und mit gemeinsamen Scheidewänden aneinander gereiht. Damit hatte man die einfachste und billigste Bebauungsform gewählt, die den Grund am besten nutzte. Die Häuschen waren horizontal unterteilt, wobei jede Partei über einen eigenen Zugang von der Straße her verfügte. Die Türen lagen direkt nebeneinander an der Vorderseite. Ins Obergeschoss gelangte man dabei über einen ins Haus eingebauten steilen Treppenlauf.

Der Fischer-Toni und die Barb hatten eine Wohnung im Erdgeschoss gehabt. Das Stockwerk darüber war noch leer gewesen, und die Bewohner der angrenzenden Häuschen hatten sich rechtzeitig in Sicherheit bringen können, sodass außer der Barb bei dem Brand niemand zu Schaden gekommen war. Florian fragte sich, ob dem Toni schon eine neue Behausung zugewiesen worden war oder ob er mittlerweile gänzlich auf die Ofenbank des Seiler-Wirts übergesiedelt war.

Ohne es zu wollen stand er plötzlich vor der breiten Lücke, die der Brand in die Häuserreihen gerissen hatte und starrte in die Trümmer, als liege dort unter Schutt und verkohlten Balken die Antwort auf all seine Fragen und Nöte verborgen. Lange stand er so da, unfähig sich zu lösen. Wieder zogen die Bilder jener schrecklichen Nacht an ihm vorbei, wieder hatte er den süßlichen Geruch in der Nase und sah sich im Schein der Flammen draußen im Dreck liegen. Er schloss die Augen und zwang sich tief durchzuatmen, bis er spürte, wie sich ganz allmählich eine seltsame, fast friedvolle Leere in ihm auszubreiten begann.

Dann erst wandte er sich jäh ab und verließ fast fluchtartig das Gelände der Fuggerei, nur um sich kurz darauf vor dem Treppenabgang, der in das Kellergewölbe des Seiler-Wirts führte, wiederzufinden.

Den Ruf des Nachtwächters hatte er schon seit geraumer Zeit nicht mehr gehört. Wahrscheinlich hatte der Mann die Jakobervorstadt längst wieder verlassen. Einen Augenblick spielte Florian mit dem Gedanken, in die Schenke hinabzusteigen.

Da flog die Tür auf, und zwei Gestalten purzelten heraus, bei deren Anblick er schleunigst den Rückzug antrat. Einer der beiden war der mit dem Fischer-Toni verwandte Büttel, der ihm den Lasterstein aufgehalst hatte, den anderen kannte er nicht. Zum Glück waren die Männer sturzbetrunken und so mit sich selbst beschäftigt, dass sie ihn noch nicht entdeckt hatten.

Florian flüchtete um die nächste Ecke und fand sich in der Pulvergasse wieder. Auch an die hatte er nicht unbedingt die besten Erinnerungen, denn hier wohnte die Bachlerin. Weiß Gott, die Jakobervorstadt war augenblicklich kein gutes Pflaster für ihn.

Ein wenig gehetzt sah er sich um. Hinter ihm näherten sich lärmend die beiden Trunkenbolde. Um ihnen auszuweichen, schlug er sich kurzerhand durch eine Häuserlücke nach rechts in die Büsche, was hier recht mühelos möglich war. In der dünn besiedelten Vorstadt gab es noch eine Menge unverbautes Land, das zum Teil von den Patrizierfamilien der Oberstadt für ihre ausgedehnten Gartenanlagen, zumeist aber von den Bauern als Anbaufläche genutzt wurde.

Da er keine Lust hatte zu warten, bis die beiden Störenfriede sich verzogen hatten, ging er weiter zwischen Büschen und Obstbäumen hindurch Richtung Jakober Tor, um dann im Bogen an St. Jakob vorbei zurück über den Saumarkt und durchs Streffinger Tor die Vorstadt wieder zu verlassen.

Hinter ihm wurde das Geschrei plötzlich noch einmal lauter. Er wandte sich um. Gerade lange genug, um über einen großen im Gras liegenden Gegenstand zu stolpern und der Länge nach hinzuschlagen.

Disteln stachen in seine Hände. Sein linker Fuß hatte sich irgendwo verfangen. Leise fluchend kämpfte er gegen die Disteln und versuchte sich freizustrampeln. Es gelang. Der Gegenstand, an dem er hängen geblieben war, war schwer, aber er rollte ein Stückchen zur Seite, und sein Fuß kam wieder frei.

Für einen Moment grinste der Mond beifällig hinter den Wolken hervor. Der Anblick, der sich Florian bot, ließ ihn erbeben. Er hatte soeben jemandem recht unsanft in die Rippen getreten.

Seine erste Eingebung war »Weglaufen!«. Als die Gestalt sich jedoch überhaupt nicht zu regen schien, riss er sich zusammen und schaute nach ihr.

Die junge Frau konnte nicht mehr viel von seinen Tritten gespürt haben. Sie war nur halb bekleidet und mausetot. Davon zeugten allein schon die Würgemale am Hals und die Verheerungen in ihrem Gesicht. Die Hände waren mit einem Stück Kolumnenschnur hinter ihrem Rücken zusammengebunden. Irgendwie hatte Florian es geschafft, dort mit seinem Fuß einzufädeln.

Er zwang sich dazu, die Frau noch einmal näher zu betrachten. Ihr Körper wies eine Vielzahl von Verletzungen auf. Der Oberkörper, insbesondere die Brüste, war von Blutergüssen übersät. Zaghaft strich er ihr die Haare aus der Stirn. Sie fühlte sich noch warm an. Die Augen waren fast völlig zugeschwollen, die Nase hing schief und blutverkrustet über den offenbar vor Schmerz zerbissenen Lippen und der dunkel aus dem offenen Mund hervorstehenden Zunge.

Trotz der Entstellungen war Florian sicher, sie schon einmal irgendwo gesehen zu haben. Wahrscheinlich war sie ihm in einer der Schenken begegnet, die es hier in der Unterstadt zuhauf gab. Die meisten davon kannte er von innen.

Er überlegte fieberhaft, was zu tun war. Am besten, sich so schnell wie möglich aus dem Staub machen und die Sache vergessen. Da hörte er wieder den Ruf des Nachtwächters. Ganz in seiner Nähe. Und plötzlich verspürte er nicht mehr das geringste Verlangen, den Mann zu treffen.

»Nein, nein, mein lieber Brandner, eine große Hilfe bist du fürwahr nicht. Dabei habe ich im Augenblick weiß Gott ganz andere Sorgen.«

Conrad Peutinger ächzte kläglich, als er sich in seinen thronähnlichen Lehnstuhl fallen ließ. Florian fand dieses Gehabe reichlich übertrieben. So alt war der Stadtschreiber schließlich noch nicht, und hier in seiner warmen Stube ließ es sich schon aushalten. Florian spürte, wie die Angst vor dem, was nun unweigerlich kommen musste, seine Abneigung gegen den Mann noch mehr wachsen ließ.

»Die Gespräche zwischen Luther und dem päpstlichen Legaten stehen kurz vor dem Scheitern«, fuhr Peutinger fort. »Ich nehme an, du als ehemaliger Klosterschüler weißt um die Wichtigkeit dieser Angelegenheit. Die beiden Kontrahenten sind nicht bereit, noch einmal miteinander zu sprechen. Kardinal Cajetan besteht darauf, dass Luther die Aussagen seiner ›Disputatio‹ widerruft, aber der beharrt darauf, sein Gehorsam gegenüber Gott sei wichtiger als der gegenüber der Papstkirche. Harte Worte seitens des Kardinals sind gefallen. Ich habe Luther und seinen Freunden geraten, die Stadt zu verlassen, bevor Cajetan sie einkerkern lässt und ihnen als Ketzer den Prozess macht.«

Peutinger schnaubte schwer durch die Nase. Offenbar hatte er sich eine Erkältung eingefangen. Er hielt sich den Kopf mit beiden Händen, rutschte unzufrieden auf dem Stuhl hin und her und stand schließlich wieder auf. Florian fragte sich, wann er endlich zur Sache kommen würde.

»Immerhin haben wenigstens Staupitz und Link meinen Rat befolgt und sind gestern in aller Früh abgereist.« Peutinger trat ans Fenster. »Brennende Scheiterhaufen sind wirklich das Letzte, was ich hier in der Stadt sehen möchte. Unabhängig davon, wie ich persönlich zu der ganzen Sache stehe, muss ich doch stets und vor allem anderen das Wohl unseres schönen Augsburgs im Auge behalten. Das ist schwer genug, glaub mir! Da ist mir diese leidige Geschichte mit den Ablassfälschungen und dem Würger in der Unterstadt nur noch ein zusätzlicher Stachel im Fleisch.«

Peutingers Stimme war zum Schluss immer leiser geworden, sodass Florian näher zu ihm ans Fenster getreten war. Sein Blick folgte dem des Stadtschreibers hinaus auf die Straße vor dem Dom. Immer noch standen viele der Kirchgänger in Grüppchen beisammen und ereiferten sich darüber, ob es richtig gewesen war, dass Bischof Christof, in Anwesenheit des Kardinals, die Ereignisse der vergangenen Tage in seiner Sonntagspredigt geflissentlich totgeschwiegen hatte. Florian hatte ein paar Gesprächsfetzen aufgeschnappt, bevor er von einem von Peutingers Knechten unauffällig beiseite gezogen worden war.

»Über eine Woche ist es nun schon her, seit du den Lasterstein um St. Anna getragen hast. Natürlich war mir bewusst, dass ich keine Wunderdinge von dir erwarten darf, aber ein bisschen mehr als nichts hatte ich mir denn doch erhofft.«

Florian senkte den Blick und starrte auf die dicken Finger des Stadtschreibers, die rastlos auf dem Fensterbrett tanzten und Peutingers gleichmütigen Ton Lügen straften. Zwei Tage hatte Florian sich mucksmäuschenstill verhalten, gearbeitet und darum gebetet, nie wieder etwas von falschen Ablässen und ermordeten Frauenzimmern zu hören.

»Nun ist schon wieder eine Leiche aufgetaucht. Ein Bauer hat sie vorgestern gefunden. Auf einem Acker unweit des Jakober Tors. Grete Linnenweber, eine junge Witwe, die als Magd in der Stadtmetzg-Schenke ausgeholfen hat. Sie war mit einer Kolumnenschnur gefesselt. Der falsche Ablass fand sich in ihrer Kammer.«

Peutinger trat so nahe an Florian heran, dass dieser seinen nach Zwiebeln riechenden Atem abbekam.

»Das leidige Spiel muss ein Ende haben. Die Morde lassen sich nicht mehr länger verheimlichen. Das Volk wird schon bald damit anfangen, nach einem Sündenbock zu suchen. Alles weist darauf hin, dass jemand aus dem Druckergewerbe beteiligt ist. Jemand, der zudem in geistlichen Dingen Bescheid weiß und sich in der Unterstadt auskennt.«

Florian spürte den Blick des Stadtschreibers fest auf sich geheftet. Er sah auf. Peutingers Augen waren leicht wässrig, sein Gesicht völlig ausdruckslos.

»Nach meinem Dafürhalten wird es nicht allzu lange dauern, bis sie so jemanden gefunden haben ...«

Als Florian nach Hause kam, erwartete Grimm ihn bereits und winkte ihn in sein Kämmerchen. Florian mochte es recht sein. Er musste jetzt etwas unternehmen. Da konnte er auch gleich dem Meister den gefälschten Ablass zeigen.

»Was wollte er denn von dir, der liebe Conrad, dass er dich dafür sogar am heiligen Sonntag eigens zu sich in die gute Stube bestellt hat?«

»In der Unterstadt sind ein paar Frauenspersonen erwürgt worden.«

Grimm runzelte die Stirn. »Und was hast du damit zu schaffen, wenn man fragen darf?«

»Es gibt Hinweise auf einen Täter aus dem Druckergewerbe.«

»Hinweise ...« Grimm starrte ihn mit unverhohlenem Misstrauen an. »Und warum hat dich Schwager Peutinger dann nicht gleich festgesetzt, wenn er dich verdächtigt?«

»Im Grunde verdächtigt er mich ja gar nicht. Er hat mir nur nahe gelegt, bei der Suche nach dem Täter nach Kräften mitzuhelfen, damit sich Volkes Zorn am Ende nicht etwa über mich ergießt.«

»Volkes Zorn, ach was?« Grimm grinste spöttisch. »Und wie darf man sich deine geschätzte Mithilfe vorstellen?«

»Er hat mir einen Auftrag erteilt.«

»Einen Auftrag?« Grimm sperrte das Maul auf, dass man einen ganzen Setzkasten hätte hineinschieben können. »Dir erteilt? Ausgerechnet einem Nichtsnutz wie dir? Der Peutinger?

Und dabei dachte ich doch, du seiest immer noch mein Geselle!«

»Der Doktor meint wohl, die Interessen der Stadt gingen vor.«

»Die Interessen der Stadt, soso?« Grimm gab sich belustigt. »Und was wären wohl diese Interessen der Stadt an ein paar losen Weibern?«

Florian griff sich unters Hemd, wo er den falschen Ablass der Stellmacherin immer noch mit sich herumtrug. Der kleine Verschlag auf dem Gesindeboden war ihm als Aufbewahrungsort zu unsicher, zumal er seinem Mitbewohner Martin nicht über den Weg traute.

»Es geht nicht nur um die Morde, sondern darum, einen Ablassfälscher, der vermutlich in sie verwickelt ist, zu fangen. Peutinger hat mich beauftragt, in den Augsburger Offizinen nach dem Urheber der Fälschungen zu forschen. Dies hier ist …«

»Darf ich mal?« Die Frage erübrigte sich, da Grimm ihm das Papier ohnehin schon aus der Hand gerissen hatte. »Warum kommt er denn damit nicht zu mir!«

Florian beobachtete gespannt jede Regung seines Meisters.

»Wollen doch mal schauen, vielleicht lässt sich ja auch so feststellen, in welcher Offizin die Fälschung hergestellt wurde …«

Spätestens jetzt musste ihm die Ähnlichkeit der Lettern mit denen der Hutten-Schrift aufgehen. Es sei denn, er wusste ohnehin schon Bescheid und verstellte sich nur geschickt.

Geräuschvoll flog die Tür auf.

Florian fuhr herum.

»Hier bist du also!«

»Kruzifix!«, entfuhr es ihm.

Grimm sah drein, als sei ihm ein Gespenst erschienen. Es war allerdings nicht auszumachen, ob der Schreck, der sich in seinem Gesicht abzeichnete, auf den Anblick des Majuskel-Ms oder das Erscheinen seines Eheweibs zurückzuführen war.

»Heut ist Sonntag, falls ihr das vergessen habt!«, schimpfte Magdalena Grimm. »Wenn ihr unter der Woche nix schafft, braucht ihr's ausgerechnet heut auch nicht zu tun! Da liegt kein Segen drin.«

Der Meister winkte verärgert ab.

»Dieser Mucker hat schon wieder nachfragen lassen. Der weiß auch nicht, was sich gehört!«

»Ich komme gleich«, brummte Grimm.

»Nicht mal am Sonntag hat man seine Ruh! Meinetwegen kannst du hingehen, wo der Pfeffer wächst.«

Und damit war sie, nach einem heftigen Zuknallen der Tür, auch ebenso schnell wieder verschwunden, wie sie erschienen war.

Grimm wandte sich wieder dem falschen Ablass zu. Falls er tatsächlich erschrocken war, so ließ er sich zumindest jetzt nichts mehr davon anmerken. Sorgfältig befühlte er das Papier, schnupperte sogar daran, nur um gleich darauf angewidert das Gesicht zu verziehen, und vertiefte sich dann eine ganze Weile in den Text. Dabei brummelte er hin und wieder unverständlich vor sich hin, grunzte ein paar Mal unzufrieden und schüttelte schließlich ratlos den Kopf.

»Ehrlich gesagt glaube ich nicht, dass dieses Machwerk in einer Augsburger Offizin hergestellt wurde. Zumindest nicht von einem der alteingesessenen Drucker.«

»Was macht Euch da so sicher?« Florian erschien das Gebaren, das sein Meister an den Tag legte, ein wenig zu dick aufgetragen. »Gerade Ihr solltet doch wissen, wie leicht es für einen Drucker ist, unbekannt zu bleiben. Es braucht nur einen fremden Stempelschneider, ein paar –«

»Schweig! Kein Wort mehr von der Hutten-Geschichte, wenn du nicht willst, dass ich dich augenblicklich vor die Tür setze. Vielleicht hätte ich das besser schon längst getan!«

»Gemach, gemach, lieber Meister! Ich bin mir sicher, Ihr würdet mich schon recht bald schmerzlich vermissen. Bedenkt doch nur, der Kardinal weilt immer noch in der Stadt. Bietet es sich da denn nicht an, gleich noch einmal gegen den Medici-Papst vom Leder zu ziehen? Wer aber soll Euch dann zur Hand gehen, wenn Ihr mich jetzt so einfach hinauswerft?«

»De hoc satis! Was weißt du Gelbschnabel schon von diesen Dingen? Knaben wie du sollten gefälligst den Rand halten, wenn es um Politik geht! Ich möchte bloß wissen, was dem alten Peutinger eingefallen ist, dir so einen Auftrag zu erteilen!«

»Er wird sich schon seinen Teil dabei gedacht haben«, sagte Florian keck. Grimms falsche Herablassung ließ ihn kalt. Der Meister wusste genau, dass er keinen ahnungslosen Knaben vor sich hatte. »Möglicherweise ahnt Peutinger ja etwas von der Hutten-Sache und glaubt, dass hier noch mehr Heimlichkeiten zu finden sind.«

»Unfug! Nichts ist hier zu finden, rein gar nichts! Nicht einmal die Lettern, mit denen die Hutten-Blätter gedruckt wurden, sind noch da. Die habe ich nämlich längst vernichtet, damit du es weißt und endlich Ruhe gibst!«

Florian glaubte ihm nicht. »Aber weiß das denn auch Conrad Peutinger?«, fragte er spöttisch.

»Er ist mein Schwager. Und er weiß genau, woran er mit mir ist.«

»Und warum hat er Euch dann die Fälschungen nicht schon längst gezeigt?«

Grimm starrte ihn einen Moment fassungslos an. Da war sie wieder, die Frage, die er am Anfang so schnell übergangen hatte und die auch Florian nach wie vor zu schaffen machte.

»Pah!« Grimm zuckte die Achseln. »Ich weiß jedenfalls eines, und wenn du trotz deiner schier überbordenden Klugheit noch einen Rat von mir annehmen kannst, dann lass es dir gesagt sein: Dieses unselige Papier wurde von keinem der ehrenwerten Augsburger Drucker hergestellt. Schönsperger und Ratdolt haben gewiss nichts damit zu tun. Auch wenn der junge Ratdolt vor allem ein Geschäftemacher ist, so weiß er doch, was er dem Ruf seines Vaters schuldig ist. Und Miller, Otmar und die Übrigen ...« Er schüttelte den Kopf. »Wenn das Machwerk überhaupt in Augsburg gedruckt wurde, dann allenfalls von einem dieser dahergelaufenen Pfuscher, die sich hier wegen des Reichstags eingefunden haben.«

Florian nickte, um Grimm nicht noch mehr gegen sich aufzubringen. Ohne das verteufelte Majuskel-M war der Gedanke an die Wanderdrucker gar nicht einmal so abwegig. Da in dem neuen Handwerk noch kein Zunftzwang herrschte, konnte in Augsburg jeder, der die nötigen Mittel und Fertigkeiten besaß, eine Druckerei eröffnen. Für Florian selbst war dies von erheblichem Vorteil gewesen, denn um ein Zunfthandwerk zu erlernen, musste man seine eheliche Geburt nachweisen. Um die »schwarze Kunst« auszuüben, war dagegen nicht einmal das Bürgerrecht vonnöten. So war das Druckergewerbe nicht nur schnell zu einem Sammelbecken für in ihrem eigenen Handwerk unzufriedene Buchbinder, Briefmaler oder Formschneider geworden, sondern auch für mancherlei unstete Geister, die ihre gesamte Offizin mit sich führten und dorthin zogen, wo gerade die fettesten Aufträge winkten.

Florian nahm sich vor, den Gedanken an die Wanderdrucker auf alle Fälle im Hinterkopf zu behalten und dem einen oder anderen in den nächsten Tagen vielleicht einmal einen kleinen Besuch abzustatten. Heute Nacht aber wollte er sich erst einmal um das Nächstliegende kümmern und die Offizin seines Meisters einer gründlichen Durchsuchung unterziehen. Möglicherweise erledigte sich damit alles andere ja von selbst.

Wie ein Dieb in der Nacht

Das elende Weib wog schwer wie Blei. Viel schwerer noch als der Lasterstein drückte es ihn danieder. Doch jedes Mal, wenn er straucheln wollte, riss ihn der Lederriemen um den Hals unbarmherzig wieder zurück. Sein Atem ging stoßweise im Rhythmus der Schenkel, die seinen Brustkorb eisern umklammert hielten und ihn gleichsam pumpend vorantrieben. Die Füße drohten ihm zu versagen, aber die Furie auf seinem Rücken hetzte ihn weiter. Hinaus zum Klinkertor, dann immer den Berg hinab, über Stock und Stein ging die gnadenlose Jagd. Wen scherte noch der Weg, wenn es ohnehin schwarz vor Augen war? Es half kein Stolpern, kein Schreien. Nur weiter, immer weiter, hinunter zur Richtstatt.

Erst hier bremste ihn endlich der scharfe Zügel. Die Meisterin schwang sich von seinem Rücken, riss ihm die Scheuklappen von den Augen. Vier schwarz gewandete Männer standen da und starrten schweigend durch ihn hindurch: Grimm und Peutinger, Luther und Frosch. Ein fünfter näherte sich ihm gemessenen Schritts. Ganz in Rot. Die Augen des Mannes hielten seinen Blick gefangen, sodass das Gesicht für ihn nur aus diesen zwei unergründlichen Augen bestand. Erst ganz langsam, dann immer schneller zogen sie ihn hinein in einen Strudel, dessen stilles Brausen in seinem Kopf widerhallte.

Die Meisterin war verschwunden und mit ihr der Zügel, der ihm den Hals zugeschnürt hatte. Trotzdem wurde die Luft immer knapper. Er wusste, der brenzlige Geruch in seiner Nase war der Geruch des Todes. Und das tosende Schweigen würde ihn unweigerlich für immer umfangen, wenn er nicht augenblicklich dagegen anschrie!

Florian fuhr hoch. Sein eigener Schrei hatte ihn geweckt. Nach seinem Verstummen war es seltsam still in der Kammer. Er strich sich durch die schweißverklebten Haare und blickte sich suchend um. Der Strohsack in der gegenüberliegenden Ecke war leer. Martin war nicht da.

Florian hatte keine Ahnung, wie spät es sein mochte. Er hatte vorgehabt, wach zu bleiben, bis Martin eingeschlafen war, um dann vorsichtig nach unten zu schleichen und die Offizin zu durchsuchen.

Es hatte auch nicht lange gedauert, und Martin war in sein übliches Schnarchen verfallen. Zum Handeln war es allerdings noch zu früh gewesen. Trotz der Schelte seines Ehedrachens hatte Grimm fast den gesamten Nachmittag in der Offizin verbracht und war immer noch dort zugange gewesen, als Florian und Martin sich zur Nacht zurückgezogen hatten.

So hatte Florian lieber noch eine Stunde gewartet, um sicher zu sein, dass alle zu Bett gegangen waren. In Gedanken war er sein Vorhaben noch einmal durchgegangen.

Es war nicht schwer, in die Offizin hineinzukommen. Grimm begnügte sich abends damit, den Haupteingang zu verriegeln und lediglich sein Hinterstübchen sorgsam zu verschließen. Aber auch das stellte kein wirkliches Hindernis dar. In der Offizin gab es genügend Haken und Häkchen, Nägel, Ahlen und kleine Federzangen, mit denen man dem Schloss erfolgreich zu Leibe rücken konnte. Florian musste nur aufpassen, im Dunkeln nicht zu stolpern und unnötigen Lärm zu verursachen, da sich Grimms Kammer direkt über der Offizin befand.

Eine Weile hatte er sich noch mit der Frage beschäftigt, was er unternehmen sollte, wenn er tatsächlich fündig wurde, sich herausstellte, dass Grimm die Ablässe gedruckt hatte und in die Morde verwickelt war. Was würde dann aus ihm werden? Wer würde ihn aufnehmen? Wehmütig hatte er an Justina gedacht, und von ihr waren seine Gedanken bald weitergeschweift zu der blassen, rothaarigen Schönheit, die er stets vor Augen hatte, wenn er schlaflos auf seinem Strohsack lag und den Siegelring an seinem Finger drehte.

Und dann war er, ganz gegen seinen Willen, eingenickt. Zu lange schon der eisernen Klosterdisziplin mit ihren nächtlichen

Gebetsstunden entwöhnt, hatten Martins eintöniges Schnarchen und sein eigener immer noch leicht geschwächter Zustand das Übrige dazu beigetragen, ihn in einen unruhigen Schlaf zu versenken.

Als er sich nun, noch halb unter dem Eindruck seines Albtraums, nach dem Gesellen umsah, erwog er ernstlich, seinen Plan fallen zu lassen. Vielleicht war Martin ja nur auf dem Abort, aber allein, dass er wach war, konnte die Durchsuchung der Offizin vereiteln. Zumindest machte es sie ungleich gefährlicher. Wenn Martin ihn beim Herumschnüffeln erwischte und es dem Meister erzählte, bedurfte es keiner weiteren Erklärungen mehr. Dann konnte er sein Bündel schnüren.

Draußen erscholl der Ruf des Nachtwächters. Unwillkürlich kam Florian das Bild der grausig zugerichteten Linnenweberin wieder vor Augen. Die Uhr vom Perlachturm schlug eins! Vor zwei Wochen hatte er zu dieser Stunde noch der Fischer-Barb beigelegen. Er fröstelte und wickelte sich fester in die Decke. In seinem Kopf begann sich alles zu drehen. Fratzenhaft entstellte Gesichter tanzten um ihn herum. Die Acht-Maß-Traudl, die Stellmacherin, die Linnenweberin, die Barb. Justina! Seine Augen suchten in der düsteren, formlosen Schattenwelt des Gesindebodens nach einem Halt.

»... wieder eine Leiche ... das Spiel muss ein Ende haben ...«, hallten die Worte des Stadtschreibers in seinem Ohr.

Mit einem Ruck warf Florian die Decke ab und stand auf. Wenn Martin im Haus herumgeisterte, warum sollte er es dann nicht auch tun dürfen.

Er wartete, bis das leichte Schwindelgefühl, das ihn gepackt hielt, vorüber war, dann zog er sich an und schlich, vorbei an den Verschlägen des Hausknechts und der beiden Dienstmägde, zur Treppe. Er kannte die verräterisch knarrenden Dielen zur Genüge und wusste, welche Tritte er auf dem Weg nach unten meiden musste. Der Abort war leer. Martin musste sich also woanders herumtreiben.

In der Offizin machte sich jemand zu schaffen. Ein schwacher Lichtschimmer drang unter der Tür hindurch. War Grimm etwa immer noch am Werk? Und Martin? Ließ sich der Meister bei den Ablassfälschungen vielleicht von diesem Esel zur Hand gehen? Das mochte als Erklärung für die ungewohnt schlechte Arbeit herhalten.

Florian musste unbedingt einen Blick in die Werkstatt werfen.

Das Seitenfenster im Durchgang zum Hinterhaus fiel ihm ein. Die breiten Ritzen der Schlagläden erlaubten noch am ehesten einen ungefährdeten Blick in die Druckerei. Er huschte zur Eingangstür, schob den Riegel zurück und glitt hinaus in die Nacht. Selbst wenn es jemandem auffiel, dass die Tür unverriegelt war, würde sich niemand viel dabei denken. Grimm war zerstreut genug, auch so etwas einmal zu vergessen. Und hinein kam Florian immer. Notfalls über den Apfelbaum und die Dachluke im Hinterhaus.

Er drückte sich an die Mauer und spähte durch die Ritzen. Der Winkel war ungünstig. Alles, was er erkennen konnte, waren die Druckerpresse und der Setztisch. Das Licht schien jedoch aus dem hinter der Offizin liegenden Kämmerchen zu kommen. Es musste sich jemand dort befinden und die Tür zur Offizin offen gelassen haben.

Florian schlich um die Hausecke, wo ein weiteres, wenn auch wesentlich kleineres Fenster einen Blick in das Kämmerchen zuließ.

Vor Grimms Sekretär stand Martin, nicht nur vollständig bekleidet, sondern auch noch mit einem Überrock angetan, als wolle er zu dieser Stunde noch hinaus auf die Gasse. Mit der einen Hand zerknüllte er sein Barett, in der anderen hielt er ein versiegeltes Stück Papier. Neben ihm stand Meister Grimm, der dagegen nicht viel mehr als ein Hemd trug und leise, dabei aber wild gestikulierend auf ihn einredete.

Zu Florian drang davon nur ein unverständliches Gezischel, aus dem er ein-, zweimal die Worte »Ablass«, »Mönch« und »unmöglich« herauszuhören glaubte. Martin nickte mehrmals heftig. Schließlich sagte Grimm mit Nachdruck und daher auch für Florian deutlich vernehmbar: »Rasch jetzt, aber sei vorsichtig. Dass dich nur ja niemand sieht!«Martin brummelte noch etwas, stülpte sich das Barett auf den Kopf und rannte so ungestüm aus der Stube, dass er an der Schwelle stolperte und am Türrahmen hängen blieb. Fluchend rieb er sich im Weitergehen die linke Schulter. Einen Augenblick lang sah Grimm ihm kopfschüttelnd nach. Dann verschloss er sorgsam den Sekretär.

Florian hörte, wie die schwere Eingangstür zufiel. Er huschte zur Hausecke, wo er Martin gerade noch in der nächsten Gasse verschwinden sah. Die Nacht war empfindlich kühl, und er hatte keinen Überrock an. Er zuckte die Achseln, dann lief er kurz entschlossen hinterher.

Martin schlug zunächst den Weg zu Wirsungs Apotheke ein, einen Gang, den sie häufig unternahmen, um Botschaften zwischen den beiden Teilhabern hin und her zu tragen. Kurz davor bog er jedoch ab auf die Weißmalergasse und lief zwischen Rathaus und Perlachturm weiter Richtung Dom. Nun sah es fast danach aus, als solle es zu Conrad Peutinger gehen, ein Gedanke, der Florian einiges an Unbehagen bereitete.

Obwohl die Straßen menschenleer waren, war Martin sichtlich bemüht, sich stets im Schatten der Häuser zu halten. Florian folgte ihm in sicherem Abstand und versuchte es ihm gleichzutun. Zu seiner Erleichterung ließen sie die Straße, in der der Stadtschreiber wohnte, links liegen, gleich darauf auch den Dom, passierten unbemerkt das nur mehr selten besetzte Burgtor in der alten Stadtmauer und liefen geradewegs auf die Stiftskirche von St. Georg zu.

Neben einem kleinen Bürgerhaus im Schatten des Wertachbrucker Tores blieb Martin stehen. Vor dem Hintergrund des mächtigen, dreigeschossig über die Stadtmauer hinausragenden Torturms nahm sich das Häuschen recht armselig aus. Florian suchte Deckung hinter einer umgestürzten Schubkarre, von wo er Martin aus sicherer Entfernung beobachten konnte.

Der Geselle sah sich noch einmal flüchtig nach allen Seiten um, bevor er sich einem der Seitenfenster näherte und mehrmals gegen den Schlagladen pochte.

Geraume Zeit geschah gar nichts. Dann wurde in der Stube ein Lichtschimmer sichtbar. Martin rief etwas mit unterdrückter Stimme, woraufhin der Laden halb geöffnet wurde, das Licht in der Stube wieder erlosch und sich dafür eine Gestalt mit einer sorgsam abgeblendeten Lampe herausbeugte.

Florian war zu weit entfernt, um die Person erkennen oder gar etwas von ihren Worten verstehen zu können. Die Unterhaltung schien jedoch schnell in eine hitzige Auseinandersetzung überzugehen, denn Martin fuchtelte wild mit den Händen herum, drohte seinem Gegenüber sogar mit der Faust und wandte sich schließlich mit einer geringschätzigen Geste ab, um sogleich zielstrebig auf Florians Versteck hinter der Schubkarre zuzusteuern.

Florian stockte der Atem. Das Zittern, das ihn überfiel, war eindeutig nicht mehr nur der Kälte zuzuschreiben. Gleichgültig, was hier ablief, wenn Martin ihn entdeckte, half nur noch der sofortige Rückzug. Der Kerl war stark wie ein Bär, zum Glück aber nicht unbedingt der Schnellste. Trotzdem brauchte Florian in seiner augenblicklichen Verfassung ein wenig Vorsprung. Er machte sich bereit, aufzuspringen und dem Kraftprotz die Karre mit Schwung vor die Beine zu wuchten.

Nur wenige Schritte vor ihm blieb Martin stehen. Florian biss sich auf die Lippen. Martin schien einen Moment zu überlegen und wandte sich noch einmal um. Der Fensterladen war schon wieder geschlossen, ein schwacher Lichtschimmer aber immer noch dahinter sichtbar. Er zögerte, brummelte etwas vor sich hin, schien mit sich zu kämpfen. Endlich fasste er einen Entschluss, drehte ab und stiefelte, nun deutlich weniger darauf bedacht, nicht gesehen zu werden, in Richtung des Klinkertores davon.

Florian atmete auf. Er wartete einen Augenblick, bis in dem Häuschen auch das letzte Licht wieder erloschen war. Dann erhob er sich steif, schüttelte sich kurz den Schreck und die Kälte aus den Gliedern und folgte Martin, so schnell es sich unter der gebotenen Vorsicht bewerkstelligen ließ.

Als er an Heilig Kreuz um die Ecke lugte, hatte er ihn schon wieder im Blick. Vorbei an der Baustelle der neuen Kornschranne, ging es, immer an der Stadtmauer entlang, geradewegs auf St. Anna zu. Kurz hinter dem Hyrnschen Seelhaus verschwand Martin im Schatten der Klostermauer in einem Gebüsch.

Florian stutzte. Die Stelle war ihm von seinen früheren nächtlichen Streifzügen bestens bekannt. Es war der günstigste Ort, um ungesehen über die Mauer in den Klostergarten zu gelangen. Er wartete lange genug, um sicherzugehen, dass Martin wohl so schnell nicht wieder auftauchen würde, dann schlug auch er sich in die Büsche.

Seine letzte Kletterei lag schon ein Weilchen zurück, aber es hatte sich nichts verändert. Hier kannte er jeden Ast und jeden Stein. Mit zwei, drei geübten Griffen war er oben auf der Mauer, überzeugte sich, dass die Luft rein war, und schwang sich dann rasch auf der anderen Seite hinunter, mitten hinein in das von Bruder Thomasius so liebevoll gepflegte Lilienbeet.

Da war er also wieder. Heimlich eingedrungen wie ein Dieb in der Nacht. Wie schon so oft. Diesmal allerdings mit dem Unterschied, dass er hier nicht mehr zu Hause war. Er hatte nichts mehr verloren hinter diesen Mauern. Aber hatte er das jemals gehabt? War er nicht selbst einst hier verloren worden, mehr oder weniger?

Wenn er es sich recht überlegte, gehörte schon ein gehöriges Stück Verrücktheit dazu, in einem solchen Gefängnis zu leben, unter lauter Männern, die den ganzen Tag beteten und sangen und freiwillig auf die angenehmsten Seiten des Lebens verzichteten. Sicher ließ sich das Gleiche nicht von allen Klöstern behaupten. Ein Dach über dem Kopf, hinreichend Nahrung und die Möglichkeit, Lesen und Schreiben zu lernen, waren schließlich keineswegs zu verachten. Aber die Karmeliter in St. Anna waren ein Bettelorden, lebten ausschließlich von Stiftungen und Almosen, und ihre strengen Regeln waren ganz und gar nicht nach Florians Geschmack. Jetzt, im Nachhinein, schrieb er es vor allem dem lauen Regiment des alten Priors Johannes Starck zu, dass er es überhaupt so lange dort ausgehalten hatte.

Er war dankbar, dass die Mönche ihn aufgezogen hatten, aber musste er deshalb denn auch gleich ihrem Orden beitreten? Es hatte lange gedauert, solche Gedanken zulassen zu können, ohne sie als schwere Sünde zu betrachten. Die Umstände seines Abschieds hatten es ihm nicht unbedingt erleichtert, und die Schuldgefühle bei jedem Verstoß gegen die Ordensregeln hallten noch immer in seinem Inneren nach. Dennoch konnte er mittlerweile gar nicht mehr anders, als die Verbannung durch den neuen Prior Frosch wie eine Befreiung zu erleben.

Auch jetzt, da er sich wieder innerhalb der Klostermauern befand, spürte er einen Hauch von jener seltsamen Mischung aus Beklemmung und Beschütztheit, die er immer hier empfunden hatte. Und zugleich kehrte ein weiteres wohl vertrautes Gefühl, das ihn all die Jahre in St. Anna begleitet hatte, zurück. Er stand allein da, wusste nicht, wohin er sich wenden sollte.

Martin war wie vom Erdboden verschluckt. Einen Augenblick lang spielte Florian mit dem Gedanken, zu Medardus an die Pforte zu gehen und ihn zu fragen, ob er etwas gesehen hatte. Ein Gedanke, den er ebenso schnell wieder verwarf wie den, Vater Remigius um Rat zu fragen.

Ein Knacken aus dem Dunkel ließ ihn zusammenfahren. Er schaffte gerade noch zwei rasche Sätze hinüber ins andere Beet, wo er sich in seiner Not zwischen Rosenhecke und Mauer quetschte. Die Dornen stachen durch sein dünnes Wams und das Hemd, sodass er es nun gleich doppelt bereute, keinen Überrock bei sich zu haben. Dennoch war er keinen Augenblick zu früh hinter der Hecke verschwunden.

Zwei Gestalten tauchten am Lilienbeet auf und blieben ganz in seiner Nähe stehen. Sie sprachen leise, aber keineswegs im Flüsterton. Florian verstand, was sie sagten, ja er erkannte sie sogar an ihren Stimmen.

Es waren Martin Luther und sein junger Begleiter Leonhard Bayer. Was trieb die beiden Augustiner zu dieser Stunde, zwischen Matutin und Laudes, in den Klostergarten? Wollten auch sie etwa nun bei Nacht und Nebel das Weite suchen, wie es

Wenzeslaus Link und Generalvikar von Staupitz schon vor ihnen getan hatten? Florian lauschte gespannt.

»Und doch, glaub mir«, sagte Bayer gerade, »ein wahrer Teufel ist er! Ein Teufel in Menschengestalt! Hast du seine Augen gesehen?«

»Unsinn! Du steigerst dich da wieder in etwas hinein.«

»Und du solltest vorsichtiger sein, Martin. Nun, da Staupitz dich von deinen Gelübden entbunden hat, stehst du auch nicht mehr unter der Obhut des Ordens.«

»Der gute Staupitz hat ganz recht daran getan. Ich belaste die Augustiner nicht länger durch meine Person, und ich selbst bin frei und nur noch Gott verpflichtet.«

Bayer schwieg einen Moment. Dann sagte er trotzig: »Auf jeden Fall ist der Kardinal ein den Putz liebender Pfau! Allein die Art, wie er Cappa magna, Rochett und das vor Edelsteinen nur so blitzende Kreuz auf seiner Brust zur Schau trägt, ist mir in höchstem Maße zuwider. Und beim Fugger lässt er sich jeden Tag nur vom Besten auftischen, dass es eine Schande ist!«

Luther lachte gutmütig. »Täusch dich nicht in ihm, Bruder, nur weil er beim Fugger logiert. Ein Mann in seiner Position muss schließlich standesgemäß wohnen. Der Pomp kann mich nicht blenden. Und aus seinen Augen blickt nicht der Teufel, sondern ein scharfer Verstand und gnadenlose Härte. Er ist allerdings kein wirklich christlicher Denker und eignet sich daher für den Disput mit mir gerade so wie der Esel zum Harfenspiel. Aber vielleicht hat der Papst ihn ja gerade deshalb hierher geschickt.«

»Du meinst, es ging von Anfang an nur darum, Härte zu zeigen?«

»So ist es. Und die Niederlage, die Cajetan auf dem Reichstag wegen des Türkenkreuzzuges erlitten hat, macht ihn für meine Darlegungen auch nicht unbedingt zugänglicher. Offen gestanden glaube ich nicht, dass ich noch viel ausrichten werde. Auch mit der Appellation ...«

Den Rest des Satzes verstand Florian nicht mehr, da die beiden nur kurz stehen geblieben waren und sich nun wieder entfernten.

Es schien jedoch rege Betriebsamkeit zu dieser nächtlichen Stunde zu herrschen, denn kaum waren sie aus seinem Gesichtskreis verschwunden, als er schon wieder das Geräusch nahender Schritte hörte und gleich darauf ein Rascheln unmittelbar neben sich.

Er fuhr herum.

Zu spät!

Ein dumpfer Schmerz ließ seinen Schädel bersten. Rot. Schwarz. Dann nichts mehr.

REMIGIUS

Ein Schlund sog ihn auf, dunkler als das finsterste Schwarz, bodenloser und abgründiger als die tiefste Hölle. Eine Stimme flüsterte unverständliche Befehle, grausig verzerrte, nie gehörte Worte. Er versuchte sich zu wehren, aber sein Körper gehörte ihm nicht mehr, raste ins Nichts. Bilder jagten in einem einzigen flammenden Augenblick an ihm vorbei, Kinder, Weiber, Männer, bekannte und längst vergessene Gesichter, nackte Leiber, ein feuriger Wirbel aus Fleisch und Blut, nichts, was seinen Fall in die ewige Verdammnis zu bremsen vermochte.

Da! Justina! Er versuchte sie festzuhalten, zu rufen. Womit nur? Er hatte keine Arme mehr, keine Stimme! Gab es ihn überhaupt? Wer war er? Sein Name? Hatte er einen Namen? Ohne Namen war er verloren.

»Florian!«

Florian? Ja, Florian! So hatten sie ihn getauft. Er musste es hinausbrüllen, damit das Nichts ihn nicht aufsog: »Ich heiße Florian, Florian Brandner!«

Hatte er doch noch eine Stimme? Er versuchte es, aber es ging nicht. Sein Mund war verstopft, und er drohte an seinen eigenen Lauten zu ersticken. Er ruderte mit den Armen. Ja, er hatte noch welche! Er hatte einen Namen, und er hatte Arme! Es gab ihn noch!

»Ich bin Florian Brandner!« Diesmal hörte er sein eigenes Keuchen. Es klang wunderbar, auch wenn ihm von der Anstrengung der Kopf dröhnte. Er atmete tief durch. Dann sagte er es noch einmal, leise, aber so, dass er es selbst hören konnte: »Ich bin Florian, Florian Brandner, und der Teufel kriegt mich noch lange nicht!«

»Ja, du bist Florian Brandner«, flüsterte wieder die Stimme, dieses Mal jedoch nicht mehr verzerrt, sondern klar verständlich.

Florian schlug die Augen auf und wandte den Kopf. Eine Anstrengung, die ihn laut aufstöhnen ließ.

»Aber der Teufel hat dich fast schon gehabt. Und wenn du jetzt nicht gleich still bist, wird er es sich vielleicht noch mal überlegen und dich am Ende doch noch holen!«

»Vater Remigius!«

»Schön, dass du mich erkennst. Vor fünf Minuten wusstest du nicht mal, wer du selbst bist.«

»Was ist los? Wo sind wir?«

Vater Remigius breitete seine langen Arme aus. Die Fingerspitzen reichten fast an die Wände des winzigen Raumes, den Florian nun als die bescheidene Klosterzelle des Novizenmeisters ausmachte.

»Ich fand dich vorhin bei einem kleinen Spaziergang im Klostergarten. Du lagst da wie tot. Ich hielt es für das Beste, dich erst einmal ohne weiteres Aufhebens hierher zu bringen.«

Florian richtete sich auf und befühlte vorsichtig seinen schmerzenden Schädel. Er saß auf einer härenen Decke, die der Mönch offenbar eigens für ihn auf dem Boden ausgebreitet hatte. Remigius selbst pflegte sommers wie winters auf der bloßen Erde zu schlafen. Die einzigen Einrichtungsgegenstände, die die Zelle enthielt, waren ein grob zusammengezimmertes Tischchen und ein dazu in der Höhe passender Hocker sowie ein Regal voller Bücher an der Wand neben der Eingangstür. Es brannte keine Kerze im Raum, und das schwache Mondlicht, das durch das schmale Fensterchen hereinfiel, erlaubte es Florian gerade einmal, Remigius schemenhaft zu erkennen.

»Wie spät ist es?«

»Bald Zeit für die Prim. Ich weiß nicht, wie lange du dort draußen im Beet gelegen hast, aber ich habe dich kurz nach den Laudes gefunden. Und wenn mir jetzt auch eine Frage erlaubt ist, dann erklär mir doch bitte, wie du da hingekommen bist und was du hier wolltest. Das Heimweh wird dich ja wohl kaum gepackt haben, und bei deiner langjährigen Übung wirst du auch nicht von der Mauer gestürzt sein.«

»Nein.« Florian fasste sich wieder an den Kopf. »Jemand muss mich von hinten niedergeschlagen haben.«

Vater Remigius seufzte tief.

»Dabei war ich wirklich ehrlich bemüht, Eurem Ratschlag zu folgen und mich ruhig zu verhalten. Bis Donnerstag ging auch alles ganz gut. Und dann stolperte ich über diese Frau ...«

Vater Remigius seufzte noch tiefer.

In aller Kürze setzte Florian ihn von den jüngsten Ereignissen in Kenntnis, verschwieg aber, dass er vor dem Leichenfund in der Jakobervorstadt noch die Versammlung in der Sakristei belauscht hatte. Als er von seinem Besuch bei Peutinger berichtete, runzelte der Mönch sorgenvoll die Stirn, sagte aber nichts. Erst als Florian auf das Gespräch mit Grimm, seinen Verdacht gegen ihn und die Verfolgung Martins zu sprechen kam, fiel er ihm kopfschüttelnd ins Wort.

»Was du auch immer gesehen und gehört haben magst, vergiss diesen unseligen Verdacht gegen Meister Sigmund! Wenn er dich nicht aufgenommen und bei Peutinger für dich gesprochen hätte, wärst du schon längst nicht mehr am Leben.«

»Aber Peutinger traut ihm doch offensichtlich auch nicht. Außerdem passt jetzt alles bestens zusammen. Grimm hat die falschen Ablässe gedruckt und an jemanden hier im Kloster geliefert, der sie dann an die Frauen weiterverkauft hat. Nach unserer kleinen Unterredung von heute Nachmittag weiß Grimm, dass man ihm auf der Spur ist, und hat Martin losgeschickt, um seinen sauberen Kumpanen zu warnen.«

»Und wo war Martin, bevor er hierher kam?« Vater Remigius schüttelte den Kopf. »Du machst es dir ein wenig zu einfach, mein lieber Florian!«

»Aber die Flugschrift und die Ablässe ... mittlerweile bin ich mir so gut wie sicher, dass sie mit denselben Lettern gedruckt wurden! Das Majuskel-M ist einfach unverwechselbar.«

Erneut schüttelte der Mönch den Kopf. »Das sagst du jetzt. Nachdem du lange gezweifelt hast. Glaub mir, Meister Sigmund ist ein durch und durch aufrechter Mann. Dass er die Schrift für Hutten gedruckt hat, kann mich in dieser Ansicht nur bestärken. Warum sollte er so unvorsichtig sein, zweimal mit denselben Lettern zu arbeiten, und beim ersten Mal dich, beim zweiten Mal aber Martin ins Vertrauen ziehen? Je mehr Menschen ein Geheimnis teilen, umso weniger ist es eines. Das weiß auch Meister Sigmund.«

Florian schüttelte enttäuscht den schmerzenden Kopf. »Ich hatte gehofft, Ihr könntet mir wenigstens diesmal weiterhelfen.«

»Alles, was ich kann, ist, dich zur Vorsicht zu mahnen. Die Sache scheint recht undurchsichtig, und du weißt noch viel zu wenig. Auch Conrad Peutinger hat dir sicher nicht alles erzählt.«

Der Mönch schloss die Augen und sank in sich zusammen, als wolle er schlafen. Eine Weile herrschte Schweigen, während draußen allmählich der Morgen heraufdämmerte. Die Zeit wurde knapp für Florian, wenn er ungesehen aus dem Kloster herauskommen wollte, aber er wusste, dass der Novizenmeister ihn so noch nicht gehen lassen würde und es keinen Zweck hatte, zu drängen.

»Je länger ich darüber nachdenke«, sagte Remigius schließlich, »umso klarer wird mir, wie sehr du Gott danken kannst, noch am Leben zu sein. Gälte den Stadtoberen das Leben dieser armen Dirnen nicht so gering, hättest du die Morde an ihnen längst auf der Folterbank gestanden und wärst dafür aufgeknüpft worden.«

»Aber ich –«

»Still! Ob schuldig oder nicht spielt überhaupt keine Rolle. Unsere Justiz sucht gewöhnlich sehr schnell nach einem Sündenbock. Gibt es keine ausreichenden Beweise, hilft ihr die Folter, den Nächstbesten dazu zu machen. Das bist in diesem Falle du. Allein schon deine Vergangenheit und der Zugang zu Grimms Offizin machen dich verdächtig. Zudem kanntest du die Opfer und bist mittlerweile als stadtbekannter Lüstling verschrien.«

Florian wollte protestieren, aber der Mönch bedeutete ihm zu schweigen.

»Du hast das Glück, dass sich der Mörder offenbar dieser

Ablässe bedient, um seine Opfer gefügig zu machen. Für Peutinger bist du daher momentan als Helfer noch wertvoller denn als Sündenbock. Das kann sich allerdings schnell ändern, wie er dir ja deutlich zu verstehen gegeben hat.«

»Und was soll ich nun Eurer Meinung nach tun?«

»Versuch herauszubekommen, wo Martin heute Nacht war, bevor er hierher gekommen ist. Ich werde mich derweil hier drinnen ein wenig umhören. Vielleicht kann ich ja zumindest in Erfahrung bringen, wen er aufgesucht hat.«

Florian nickte.

»Und dann wäre es vielleicht auch nicht schlecht, einmal ein paar von deinen ...«, Remigius runzelte die Stirn, »... von deinen ... hm, ehemaligen Buhlschaften zu besuchen. Vielleicht ist ja noch eine am Leben und auch im Besitz eines solchen Ablasses. Oder sie weiß vielleicht etwas über einen Verrückten, der, ähnlich wie du, nächtens durch Augsburg schleicht und nach haltlosen Weibern Ausschau hält.«

»Vater«, sagte Florian empört, »Ihr wollt mich doch nicht etwa mit einer solchen Bestie vergleichen!«

»Gott bewahre, nein, auch wenn ich finde, dass du wenig Anlass hast, dich über die Schwäche dieses armen Sünders zu erheben.«

»Was wäre der Mensch denn anders als ein Spielball des Satans«, sagte Florian bissig, »sähe er sich nicht in den Stand gesetzt, seinen Versuchungen zu widerstehen!«

Remigius lachte unfroh. »Ich höre, du hast dir meine Worte gut gemerkt. In der Tat verfügt der Mensch über seinen eigenen Willen. Der Mörder tötet aus freien Stücken. Der Satan versucht ihn, und er ist zu schwach, ihm zu widerstehen.«

»Eben das macht den Unterschied zwischen mir und diesem Vieh aus«, sagte Florian. »Satan oder nicht, ich würde nie einem Weib gegen seinen Willen beiwohnen. Und mein Wille ist stark genug, dass ich mich nicht hinter Klostermauern vor dem Versucher verschanzen muss. Maxime peccantes, quia nihil peccare conantur.«

In den dunklen Augen des Mönchs stand ein unheilvolles

Glitzern, das Florian noch nie darin gesehen hatte. Remigius schien zu einer heftigen Entgegnung anheben zu wollen, besann sich dann aber anders.

»Gott vergebe dir deinen Hochmut«, sagte er offenbar wieder völlig gelassen. »Und was deinen Willen angeht, so bete ich dafür, dass du Recht behältst. Doch geh nun, es ist höchste Zeit. Wenn nichts dazwischenkommt, erwarte ich dich spätestens am Sonntag zur Beichte. Du wirst es nötig haben!«

Im nächsten Augenblick öffnete er die Tür, spähte vorsichtig nach links und rechts und schob Florian hinaus in den Kreuzgang.

Es wurde langsam hell. In Kürze würde es hier von Karmelitern auf dem Weg zur Morgenandacht nur so wimmeln. Florian atmete erst auf, als er es ohne unliebsame Begegnungen bis zur Mauer geschafft hatte. Er ahnte nichts von dem hasserfüllten Blick, der ihm folgte, als er sich kurz darauf wieder nach draußen schwang.

Es half alles nichts, Florian kam zu spät. Immerhin hatte er noch die Hoffnung, dass wenigstens sein nächtlicher Ausflug nicht bemerkt worden war.

Als er grüßend die Stube betrat und sich anschickte wie selbstverständlich seinen gewohnten Platz einzunehmen, waren die anderen schon fast fertig mit ihrer dünnen Morgensuppe.

»Da ist er ja der Hurenbock, der saubere!«, geiferte Magdalena Grimm. »Von dir kennt man solche Sprünge ja, aber dass du jetzt auch noch den Martin mit deiner Sündhaftigkeit ansteckst, das geht zu weit!«

Erstaunt blickte sich Florian um. Er war noch gar nicht dazu gekommen, sich darüber zu verwundern, dass Martin fehlte. Aber dafür war nun auch keine Zeit.

»Und jetzt auch noch scheinheilig tun!«

Im nächsten Augenblick sprang die Meisterin auf, langte mit beiden Händen nach dem gewaltigen Brotlaib vor sich auf dem Tisch und schwang ihn bedrohlich durch die Luft.

Ein unterdrücktes Kichern kam aus der Ecke, in der die beiden Mägde saßen, was die Meisterin nur noch mehr erboste.

»Verworfenes Gesindel!«, brüllte sie und holte aus.

Florian hob schützend die Hände vors Gesicht.

»Was tust du mit dem Brot!«, fuhr der Meister ihr im letzten Augenblick in den Arm. Offenbar mochte er sein Weib nicht gänzlich der Lächerlichkeit preisgeben. »Willst du den Rumtreiber auch noch belohnen, indem du ihm gleich den ganzen Laib in den Rachen wirfst?«

»Die Zähne schlag ich ihm aus, dem garstigen Schelm!«

Einen Moment lang rangen sie um das Brot, und es sah schon so aus, als solle es dem Meister aufs schüttere Haupthaar niederfahren. Da besann sich die Furie endlich und ließ los, sodass Grimm mit dem Schwung seiner nun ins Leere gehenden

Anstrengung heftig auf die Bank niederplumpste. Dort blieb er erst einmal sitzen und atmete tief durch.

»Recht hast du, Sigmund!«, wetterte derweil seine Frau. »Hunger soll er leiden, der streunende Bock! Das ist immer noch die beste Strafe für so einen dahergelaufenen Bastard. Und schad wär's doch nur um das schöne Brot!«

Florian nutzte die Gelegenheit, sich geschwind aus der Stube zu verdrücken, bevor sie die Aufmerksamkeit wieder auf ihn richtete. Mit knurrendem Magen hatte er ohnehin wenig Lust, den anderen beim Essen zuzusehen.

Er ging in die Offizin, wo er erwartete, von Grimm noch einmal tüchtig ins Gebet genommen zu werden. Wenn der Meister wieder eine Weibergeschichte hinter seinem nächtlichen Fortbleiben vermutete, war alles vorbei. Dann musste er notfalls sogar die Wahrheit sagen, zumindest aber, dass er Martin auf dem Gesindeboden vermisst und ihn in der Stadt gesucht hätte.

Aber vielleicht hatte er ja auch Glück, und der Meister war milde gestimmt. Immerhin war es ihm seit langem wieder einmal gelungen, sich gegen seinen Hausdrachen zu behaupten.

Nach Florians Dafürhalten litt Magdalena Grimm ganz erheblich darunter, dass ihr Mann die sichere Anstellung als Stadtphysikus um der Druckerei willen geopfert hatte und auch bei seinen alchimistischen Studien recht sorglos mit dem Geld umzugehen schien. Als reiche Kaufmannstochter hatte sie wenig übrig für derlei brotlose Kunst, was sie immer wieder ganz unverhohlen zeigte. Vielleicht sollte er dem Meister raten, sie öfter bei ihrem Geiz zu packen.

Oder nein! Besser gar nichts sagen und abwarten, wie Grimm beginnen würde. Vorlaute Ratschläge zu erteilen war im Augenblick sicher nicht angebracht.

Seine Gedanken wanderten wieder zurück zu Martins rätselhaftem Verschwinden. War er am Ende gar im Kloster geblieben? Hatte Martin ihn im Lilienbeet niedergeschlagen? Und versteckte er sich vielleicht nun, weil er fürchtete, Florian umgebracht zu haben?

»Verteufelte Geschichte«, brummte der Meister, als er die Werkstatt betrat, »ausgerechnet heut muss der Kerl solche Zicken machen. Du weißt nicht zufällig, wo er abgeblieben ist?«

Einerseits war Florian erleichtert, andererseits aber auch fast ein wenig enttäuscht, dass Grimms einzige Sorge Martin galt, sein eigenes nächtliches Ausbleiben dem Meister dagegen nicht einmal eine Erwähnung wert war.

Martin stand schon wesentlich länger in seinen Diensten. Grimm hatte ihn nicht, wie Florian, eigens für die Druckerei eingestellt, sondern lediglich für die gröberen Arbeiten angelernt. Schon das gleichmäßige Einfärben des Satzes ging über seinen Horizont.

»Hilft alles nichts«, stöhnte Grimm, ohne eine Antwort abzuwarten. Er schien es gar nicht ernsthaft in Betracht zu ziehen, dass Florian etwas wusste. »Ich muss sichergehen!«

Damit zog er sich in sein Hinterstübchen zurück, ließ aber die Tür offen.

Florian beobachtete, wie er noch eine ganze Weile vor seinem Schreibpult stand und finster vor sich hinbrütete. Endlich schien er zu einem Entschluss gekommen zu sein, schüttelte den Kopf, griff zu Feder und Tinte und kritzelte rasch etwas auf ein Papier, das er anschließend sorgsam versiegelte.

Und so kam es, dass Florian, knapp zwei Stunden nachdem er sich in St. Anna über die Mauer geschwungen hatte, wieder zurück dorthin unterwegs war. Er hatte strengste Anweisung, nirgendwo zu verweilen und im Kloster mit niemandem zu sprechen außer mit dem Ostiarius, den er nach dem Augustinerbruder Leonhard Bayer fragen sollte. Bayer, aber nur ihm persönlich, sollte er das versiegelte Papier übergeben.

Florian war nun erst recht verwirrt. Was ging hier vor? Hatte sein Meister etwa schon wieder geheime Druckaufträge entgegengenommen? Steckten am Ende vielleicht gar die Augustiner hinter den Fälschungen, um damit das ungeliebte Ablasswesen in Verruf zu bringen?

Offenbar war Martin in der vergangenen Nacht auch schon

zu Bayer geschickt worden. Wahrscheinlich hatten die beiden Mönche ihn im Klostergarten erwartet. Aber wo war er davor gewesen, und warum war er nicht wieder nach Hause gekommen? Aus irgendeinem Grund hatte er seinen Auftrag nicht ausgeführt und hielt sich nun möglicherweise vor dem Zorn des Meisters versteckt.

Als Florian die Klosterpforte erreichte, war er so in Gedanken, dass er den Krüppel, der gerade um die Ecke humpelte, völlig übersah. Dabei war der Mann alles andere als unscheinbar. Gut sechs Fuß groß, stützte er sich schwer auf eine Krücke, die, von Florians ungestümem Tritt getroffen, unter ihm nachgab. Der Dicke geriet ins Straucheln, verlor die Krücke, ruderte mit den Armen und drohte umzufallen und den wie angewurzelt dastehenden Florian unter sich zu begraben. Im letzten Augenblick fand er Halt an einem Vorsprung der Klostermauer.

»Puh, das war knapp«, sagte er ganz außer Atem. »Ihr seid schnell auf den Beinen, junger Freund. So schnell, dass Eure Augen und Gedanken ein paar Schritte hinterherhinken.«

Florian bückte sich und hob die Krücke auf. Es war ein erstaunlich schweres, mit kunstvollen Schnitzereien verziertes Stück, wie er noch keines gesehen hatte.

Der Mann war ganz in schwarze Gewänder gekleidet. Dennoch konnte die sonst eher der niederen Geistlichkeit vorbehaltene Farbe Florian nicht darüber hinwegtäuschen, dass es sich um einen hohen geistlichen Herrn handeln musste. Selbst wenn das edle Tuch, seine aufwendige Verarbeitung und die kostbare Pelzverbrämung der bis zu den Fußknöcheln reichenden Schaube noch Zweifel offen gelassen hätten, wären diese spätestens beim Anblick der Augengläser zerstreut worden. Der Mann, in dem Florian unschwer den Dicken wiedererkannte, den er mit Ratdolt im Klosterhof und später bei der Versammlung in der Sakristei gesehen hatte, trug das seltene Stück ziemlich sorglos an einer samtenen Kordel um den Hals.

»Ihr scheint es ja rechtschaffen eilig zu haben«, sagte er, nachdem er die Krücke wieder an sich genommen und Florians

Entschuldigung großzügig beiseite gewischt hatte. »Erlaubt mir dennoch eine Frage: Seid Ihr nicht der junge Mann, der weiland den Lasterstein um dieses schöne Kloster schleppen musste?«

Florian nickte einigermaßen beschämt. Zwischenzeitlich hatte er sich schon der Hoffnung hingegeben, nicht mehr darauf angesprochen zu werden. Aber wenigstens war der Mann freundlich.

»Haben mich meine trüben, alten Äuglein also doch nicht getrogen. Allerdings hatte ich ja auch hinreichend Gelegenheit, Euch aus der Nähe zu betrachten. Ich nehme an, Ihr wart zu sehr mit Euch selbst beschäftigt, um mich überhaupt wahrzunehmen. Ihr seid nämlich direkt vor meinen Füßen zusammengebrochen.«

Florian nickte wieder nur, unfähig, etwas zu sagen. Der Mann schien jedoch gar keine Antwort zu erwarten.

»Zufällig habe ich dabei den Ring gesehen, den Ihr an der Hand trugt. Ich hoffe, Ihr habt ihn nicht verloren.«

Florian fuhr zusammen. Er hatte es noch gar nicht bemerkt. Der Ring steckte nicht mehr an seinem Finger.

»Schönes Stück. Würde zu gerne erfahren, wo Ihr es herhabt.«

»Ich …«, Florians Kehle war plötzlich wie zugeschnürt, »… ich …«

»Keine Sorge, junger Freund«, sagte der Dicke beschwichtigend, »niemand wirft Euch etwas vor. Ich frage wirklich nur aus reiner Neugier, weil ich glaube, ein ähnliches Stück vor vielen Jahren schon einmal gesehen zu haben. Waren recht merkwürdige Umstände damals … Würde Euren Ring deshalb gern noch mal sehen.«

»Ich … ich … ich fürchte, ich habe ihn heute nicht dabei.«

»So? Schade.« Er zuckte die Achseln. »Na ja, dann …«

»Was wisst Ihr denn über den Ring, Herr?«, fragte Florian und fügte sogleich hastig hinzu: »Ich selbst weiß leider fast nichts. Er hing an einer Schnur um meinen Hals, als die Mönche mich im Säuglingsalter hier vor der Pforte fanden.«

Der Mann horchte auf. »Hm, um wirklich etwas dazu sagen zu können, müsste ich ihn natürlich noch einmal sehen. Jammerschade, dass Ihr ihn nicht zur Hand habt.«

»Ich könnte ihn ja holen«, sagte Florian schnell, ohne eine Ahnung zu haben, wo der Ring überhaupt steckte.

Der Dicke überlegte. »Ja, das könntet Ihr. Schätze mal, ich werde noch ein paar Tage Gast hier im Kloster sein. Wenn Ihr wollt, kommt also wieder und fragt nach Monsignore Heinrich Marsilius. Und nun Gott befohlen, junger Freund!«

Damit nahm er seine Krücke wieder fest unter den Arm und humpelte Richtung Perlach davon. Florian blickte ihm nach und beobachtete, wie er im Gehen noch ein paar Mal den Kopf schüttelte.

Als er selbst kurz darauf an der Klosterpforte klopfte, war er wie immer, wenn Vater Medardus ihm öffnete, höchst erleichtert. In den letzten Jahren hatte der greise Mönch seinen Posten des Öfteren mit dem Krankenlager vertauschen und Bruder Joachim überlassen müssen. Heute aber wirkte er frisch und bester Laune und schien sich über Florians Besuch zu freuen. Seitdem er ihn einst auf der Schwelle gefunden hatte, hegte er eine fast väterliche Zuneigung für »sein« Findelkind, die durch Florians Verbannung kaum geschmälert worden war.

Florian trug ihm sein Anliegen vor, worauf Medardus einen der jüngeren Brüder beauftragte, nach Bayer zu suchen. Dann warteten sie gemeinsam in dem kleinen Pförtnerstübchen, und Florian nützte die Gelegenheit, den Alten ein wenig auszuhorchen.

Über die nächtlichen Vorkommnisse im Klostergarten wusste er erwartungsgemäß nichts, ebenso wenig über Martin. Dafür konnte er Florian aber erschöpfende Auskunft über den geistlichen Herrn mit der Krücke geben.

»Heinrich Marsilius ist Prälat in Bingen und Propst des Mainzer Domkapitels. Er ist zwar mit der Mainzer Abordnung zum Reichstag gekommen, dann aber auf eigene Faust länger geblieben, um den Ausgang der Auseinandersetzung zwischen

Doktor Luther und Kardinal Cajetan abzuwarten. Obwohl er sich ziemlich neutral gibt, munkelt man doch, dass er sich mit Markgraf Albrecht, der sich ja nun in seiner unmittelbaren Nachbarschaft eingenistet hat, nicht allzu gut versteht. Soweit ich weiß, geht er beim Peutinger ein und aus und war auch zu dem Essen geladen, das dieser für den Doktor Luther gegeben hat.«

»Beim Peutinger, soso«, murmelte Florian einigermaßen besorgt. Er konnte sich nicht helfen, aber momentan versetzte ihm jede Erwähnung des Stadtschreibers einen kleinen Stich. Am meisten beschäftigte ihn im Augenblick jedoch die Frage, wie lange er noch mit Marsilius' Anwesenheit in der Stadt rechnen konnte. »Gibt es denn Neuigkeiten? Weiß man schon, wie es weitergeht und wann der Doktor Luther abreisen will?«

Medardus sah ihn erstaunt an. »Wieso abreisen? Es ist doch noch nichts entschieden.«

Florian schüttelte den Kopf. Obwohl der Alte gleichsam an der Quelle saß, schien er keine Kenntnis davon zu haben, wie die Sache wirklich stand. Es hatte keinen Zweck, ihn auf diese Weise weiter auszufragen. Florian musste zusehen, dass er den Ring schnellstens wieder fand. Er durfte die Gelegenheit nicht verstreichen lassen, etwas über seine Herkunft in Erfahrung zu bringen. Und Heinrich Marsilius war der einzige Hoffnungsschimmer, den er diesbezüglich jemals gehabt hatte.

»Als Ihr mich damals hier auf der Schwelle gefunden habt, ist Euch da wirklich nichts aufgefallen?«

Medardus stöhnte. Dann setzte er sein nachsichtiges Lächeln auf, wie jedes Mal, wenn Florian ihn aus heiterem Himmel mit dieser Frage überfiel, und antwortete so wie immer: »Nein, nein, mein Lieber, mir ist wirklich rein gar nichts aufgefallen.«

Florian hatte auch diesmal gar nichts anderes erwartet. Dennoch hatte die Begegnung mit Marsilius ihm neue Zuversicht gegeben. Er war sicher, dass der Alte etwas wissen musste, was ihm weiterhalf. Wahrscheinlich hielt er es nicht bewusst zurück, sondern es erschien ihm einfach nicht bedeutsam genug, um es zu erwähnen. Man musste ihm nur die richtigen Fragen stellen.

»Was war mit dem Ring?«

»Was soll schon mit dem Ring gewesen sein? Er hing an einer Schnur um deinen Hals. Der Prior nahm ihn in Verwahrung und hat ihn dir später ja auch wieder gegeben.«

Florian nickte. Johannes Starck hatte ihm den Ring am zehnten Jahrestag seiner Aufnahme in die Hand gedrückt. Starck war kein Freund großer Worte gewesen. Er hatte sich um nichts gekümmert und am liebsten den Dingen ihren Lauf gelassen, wenn er nur seine Ruhe hatte.

»Aber das Wappen ... die Schnur ...?«

Medardus schüttelte den Kopf.

»... die Windeln, in die ich gewickelt war? Es muss doch irgendein ...«

»Florian! Über all das haben wir doch schon tausendmal gesprochen ... Niemand kannte das Wappen. Und die Windeln sahen erbärmlich aus, auch wenn das Leinen, aus dem sie gemacht waren, sicherlich nicht von schlechter Beschaffenheit war.«

Florian seufzte. So kamen sie nicht weiter. Er musste von einer ganz anderen Seite an die Sache herangehen, um die Erinnerung des Alten neu zu entfachen. »Was war damals los in der Stadt? Was kostete ein Laib Brot?«

Medardus blickte ihn befremdet an. Dann erschien jedoch sogleich wieder das nachsichtige Lächeln auf seinem Gesicht.

»Das ist lange her, wie soll ich das heute noch so genau wissen!« Er überlegte. »Wenn ich mich recht entsinne, gab es eine Teuerung wegen des Reichstags, genau wie heuer auch. Leider ist es ja immer so, wenn der Kaiser kommt, bringt er die Teuerung in seinem Gefolge gleich mit. Die hohen Herren wollen schmausen, und es kann nicht genug ...«

Jäh hielt er inne, denn es klopfte an der Tür des kleinen Stübchens.

Auf Medardus' Aufforderung trat Leonhard Bayer ein. Der Augustiner grüßte freundlich, aber zurückhaltend, nahm dankend und ohne weitere Umschweife Grimms Schreiben in Empfang und verabschiedete sich sogleich wieder, kaum dass Florian Zeit gehabt hatte, ihn auch nur näher in Augenschein zu nehmen.

Als er ging, gab er Bruder Joachim die Klinke in die Hand. Der alte Medardus wurde zum Prior zitiert, und Joachim kam, ihn abzulösen. Florian, der keinen Wert auf dessen Gesellschaft legte, zog es vor, sich schleunigst aus dem Staub zu machen.

Das Majuskel-M

Fast wünschte Florian sich das schützende Dunkel der Nacht zurück, als er erneut durch die Augsburger Gassen dem Haus zustrebte, vor dem er Martin in so heftigem Streit beobachtet hatte. Überall herrschte rege Betriebsamkeit. Er zog das Barett tiefer in die Stirn, auch wenn er wusste, dass es nichts nützte. Man erkannte ihn. Immer noch. Er merkte es an den unverschämten Blicken und dem Getuschel. Wenigstens bewarf ihn niemand mehr mit Hühnerdreck.

Er kannte niemanden, der in der Nähe des Wertachbrucker Tores wohnte und den er nach dem Bewohner des armseligen Häuschens hätte fragen können. Wenn er etwas wissen wollte, war es das Beste, einfach anzuklopfen. Seine Gedanken kreisten noch darum, was er sagen würde, als er auch schon davor stand. Nun, bei Tageslicht betrachtet, sah es erst recht elend aus.

Er zögerte. Aber mit jedem Augenblick, den er davor stand, fühlte er sich unbehaglicher. Es war ihm, als richteten sich die Blicke der Vorbeigehenden noch eine Spur aufdringlicher auf ihn. Ja, einige schienen jetzt sogar selbst stehen zu bleiben, um ihn anzustarren. Andere wiederum standen offenbar schon länger herum, fast so, als hätten sie ihn erwartet.

Das konnte nicht sein. Florian schrieb es der Einbildung seines übermüdeten Hirns zu. Beherzt klopfte er an, um möglichst rasch den Blicken zu entkommen.

Die Tür öffnete sich langsam mit misstrauischem Knarren. Im nächsten Augenblick packten ihn vier kräftige Hände und zerrten ihn hinein. Drinnen war es duster. Die Schlagläden waren noch geschlossen. Zwei nach Verwesung stinkende Kerle, die er mehr roch als sah, drehten ihm roh die Arme auf den Rücken und schoben ihn vor sich her. Der Raum war nicht groß und schien fast gänzlich leer zu sein.

Der Gestank wurde stärker. Florian fragte sich, ob er tatsächlich von den beiden Männern herrührte. Seine Augen hatten sich mittlerweile an das Dämmerlicht gewöhnt. Im Vorbeigehen glaubte er eine kleine Handpresse zu erkennen, unter der etwas lag, das wie ein Mehlsack aussah. Er hatte keine Zeit, die Sache näher in Augenschein zu nehmen. Die beiden Kerle schoben ihn weiter auf eine geschlossene Tür zu, hinter der jetzt eine leise klagende Frauenstimme zu vernehmen war. Einer der Kerle riss die Tür auf. Das plötzliche Licht blendete Florian.

»Aha, der Verbrecher kehrt an den Ort seiner Tat zurück!« Diese Stimme kannte er doch …

Vor ihm stand eine abgehärmte Frauensperson, ihrer Kleidung und Haltung nach eine ebenso arme wie zumindest im Augenblick auch überaus verängstigte Dienstmagd. Bei seinem Anblick hörte sie schlagartig auf zu schluchzen und starrte ihn mit weit aufgerissenem Mund an.

Hinter ihr, auf dem einzigen Stuhl im Raum, saß Conrad Peutinger und blickte ihm neugierig entgegen. Auf einen Wink von ihm ließen ihn die Kerle los, blieben aber rechts und links von ihm stehen.

»Ich glaube, du kannst den Mund wieder schließen, Anna! Meister Brandner hatte nun hinreichend Gelegenheit, dein Gebiss zu bewundern. Es war recht von dir, sofort den Büttel zu alarmieren. Du darfst jetzt gehen.«

Die Magd wurde rot bis über beide Ohren, fiel fast auf die Knie vor Peutinger und wollte dann an Florian und den beiden Häschern vorbeihuschen.

»Halt, einen Augenblick noch!«

Sie zuckte zusammen und hätte sich wohl am liebsten ins nächste Mauseloch verkrochen. Angstvoll presste sie einen Schürzenzipfel vor den Mund.

»Hast du den Milchbart da vorher schon einmal gesehen?«

Sie starrte Florian an, als stünde sie dem Leibhaftigen gegenüber. Zögerte. Dann nickte sie.

»Ich meine, hast du ihn vorher schon einmal hier bei euch im Hause gesehen?«

Sie schüttelte den Kopf so heftig, dass es Florian beim bloßen Hinschauen schwindlig wurde. Als sie sich auch noch bekreuzigte, konnte er sich nicht länger beherrschen und kicherte dümmlich. Allmählich wurde das alles ein bisschen zu viel für ihn.

Peutinger verzog indes keine Miene, zeigte sich mit ihrer Auskunft zufrieden und entließ sie mit einem gnädigen Wink. Anschließend schickte er, sehr zu Florians Erleichterung, auch die beiden Stinker hinaus.

»So, mein lieber Brandner, nun also zu dir! Ich nehme an, du willst dein Herz erleichtern und hast mir einiges zu erzählen.«

»Ich ... Ich ... also ich habe nicht die geringste Ahnung. Aber wenn Herr Doktor von den Ablässen spricht, so habe ich da eigentlich immer noch nichts in Erfahrung gebracht, Herr Doktor.«

Peutinger stutzte. Einen Augenblick lang sah es so aus, als wolle er aufbrausen. Dann schien er sich zu besinnen und musterte Florian nachdenklich.

»Wo hatte Marbach die Lettern versteckt? Wie bist du ausgerechnet auf ihn gekommen?«

Florian verstand kein Wort. Wer war Marbach? Er wusste nur, dass einer der Wanderdrucker, die sich anlässlich des Reichstags in Augsburg niedergelassen hatten, so hieß, Hans Marbach. Zufällig hatte er gehört, wie Grimm und Wirsung sich einmal über ihn unterhalten hatten. Angeblich war er nur mit einem Handgießinstrument, einem Satz Stempel und den wichtigsten Teilen der Presse, Büchse und Spindel, aus irgendeinem kleinen Städtchen des Rheingaus gekommen. Hier in Augsburg hatte er sich dann die fehlenden Teile des Drucktischs zusammenbauen lassen. Florian wusste nicht einmal, wo sich seine Offizin befand. Allerdings stieg jetzt langsam ein fürchterlicher Verdacht in ihm auf.

»Musstest du ihn denn gleich erwürgen?«

»Waaas?« Florian starrte den Stadtschreiber entgeistert an.

Der rümpfte die Nase. »Ich glaube, es wird Zeit, ihn endlich wegzuschaffen. An die Mär, dass das Opfer anfängt zu bluten, wenn sein Mörder neben ihm steht, habe ich ohnehin noch nie geglaubt. Das können wir uns wohl schenken. Purer Aberglaube.«

Er klopfte mit einer Ahle, die er bisher spielerisch in seiner Rechten geschwungen hatte, dreimal laut auf die Stuhllehne. Augenblicklich wurde die Tür aufgerissen, und die beiden Stinker stürzten sich auf Florian.

»Ich … wer … wieso … Ich habe niemanden umgebracht!«

Peutinger gebot ihnen Einhalt. »Mit dem werd ich schon alleine fertig. Schafft den Leichnam weg. Aber vorher bringt mir noch den Sack herein. Und sagt dem Barnabas Bescheid, wenn ihr geht.«

Während der Stadtschreiber sich ihm wieder zuwandte, beobachtete Florian durch die Tür, wie die beiden sich im Dämmerlicht des Nebenraumes unter dem Drucktisch zu schaffen machten. Gleich darauf kam der eine zurück und brachte Peutinger den Mehlsack, in dem es metallisch klimperte.

Florian nahm kaum Notiz davon, denn unter dem Sack waren ein paar nackte Beine zum Vorschein gekommen. Als der andere Mann nun roh an den Füßen zog, erschienen auch noch ein farbloses, wollenes Nachtgewand und zwei noch farblosere Arme. Dann verdeckte ihm der zurück zu seinem Kumpan eilende Häscher die Sicht, und im nächsten Augenblick war die Tür zu.

»Saubere Sache eigentlich«, sagte Peutinger, während er in dem Sack herumkramte, »so ein Mord mit einer Kolumnenschnur. Du hast doch auch gelernt, mit so etwas umzugehen, nicht wahr, Brandner?«

»Ich war's nicht. Es muss der Martin gewesen sein!«

»Welcher Martin?«

»Jawohl, der Martin. Er war letzte Nacht hier und hatte Streit mit Marbach …«

Es war ihm herausgerutscht, ohne dass er darüber nachgedacht hätte. Aber es hatte ohnehin keinen Zweck, Martin schützen zu wollen. Wozu auch? Wahrscheinlich hatte der Schurke ihn nicht nur niedergeschlagen, sondern auch noch seinen Ring gestohlen. Warum also sollte er ihn schonen?

Rasch berichtete er dem Stadtschreiber von der nächtlichen Verfolgung Martins, verschwieg allerdings die Ereignisse im Klostergarten und sein Gespräch mit Vater Remigius sowie Sigmund Grimms Rolle in der Geschichte. Zum einen band ihn immer noch das Versprechen, das er Grimm bezüglich des Hutten-Papiers gegeben hatte, zum anderen sah er nicht ein, warum er alles erzählen sollte, wenn Peutinger ihm gegenüber ebenfalls nicht mit offenen Karten spielte.

Der Stadtschreiber bohrte auch gar nicht weiter nach, sondern gab sich mit Florians Erklärung zufrieden, er habe Martin nur deshalb verfolgt, weil dieser mitten in der Nacht aus dem Haus geschlichen sei, ein Gebaren, das ihm im höchsten Grade verdächtig vorgekommen sei. Nachdem er dann die Spur im Kloster verloren habe, sei er einfach wieder nach Hause gegangen. Erst als Martin am Morgen immer noch nicht wieder aufgetaucht war, habe er sich mit Sorge des nächtlichen Streits erinnert und sei hierher zurückgekehrt, um der Sache nachzugehen.

»Nun denn«, sagte Peutinger und kraulte sich bedächtig das breite Kinn, »hier ist er nicht – oder zumindest nicht mehr. Aber deine Geschichte hat einiges für sich, und wenn der Bursche de facto verschwunden ist, liegt es durchaus nahe, in ihm auch den Mörder Marbachs zu vermuten.«

Während Florians Erzählung hatte er aufgehört, in dem absonderlichen Mehlsack auf seinem Schoß herumzukramen. Als er nun weiterredete, fing er wieder damit an.

»Es wäre aber schon aufschlussreich zu wissen, was deinen Mitgesellen zu seiner Tat getrieben hat. Zumal wir ja nun auch dies hier auf Marbachs Leiche gefunden haben.«

Damit zauberte er etwas aus dem Sack und hielt es Florian auf der geöffneten Handfläche entgegen. Ein Druckbuchstabe. Das Majuskel-M des Hutten-Papiers und der gefälschten Ablässe, ganz unverkennbar.

In Florians Hirn arbeitete es fieberhaft. Hatten Grimm und

Marbach etwa gemeinsame Sache gemacht? Oder hatte am Ende vielleicht sogar Martin die Lettern entdeckt, gestohlen und an Marbach verschachert? Der Umstand, dass Grimm den Diebstahl nicht anzeigen konnte, ohne sich als Drucker der Flugschrift zu verraten, musste die Sache verlockend ungefährlich für ihn gemacht haben.

»So, wie es aussieht, haben wir hier unseren Ablassfälscher gefunden«, riss ihn Peutinger aus seinen Überlegungen. »Freund Martin hat uns also in gewissem Sinne sogar einen Dienst erwiesen. Ich frage mich allerdings, ob er von den Fälschungen wusste. Was meinst du dazu?«

Florian zuckte die Achseln. »Wenn er davon wusste, warum hat er Marbach dann umgebracht? Wäre es nicht viel einfacher gewesen, ihn anzuzeigen?«

»Vorausgesetzt, die beiden haben nicht unter einer Decke gesteckt. Vielleicht kam es zum Streit, und er hat versucht, Marbach zu erpressen. Wie dem auch sei, falls Martin wieder bei euch in der Offizin auftaucht, sag ihm, er darf mit einer wohlwollenden Bestrafung rechnen.«

Florian nickte. »Eine Bitte hätte ich noch, Herr Doktor ...«

Peutinger zog die Brauen hoch.

»Falls Euch der Martin in die Hände gerät ...« Er wand sich ein wenig und wusste nicht recht, wie er es am besten sagen sollte. »Na ja, es könnte sein, dass er etwas hat, was mir gehört. Einen Siegelring. Das Wappen darauf zeigt eine Taube, die einen Schlüssel im Schnabel trägt.«

»Hat er ihn dir gestohlen?«

»Es ist nur eine Vermutung, ich kann es nicht mit Gewissheit sagen ...« Ihm kam ein Einfall, um seine Geschichte glaubwürdiger zu machen. »Deshalb habe ich den Martin auch in der Nacht beobachtet und bin ihm hinterher ...«

»Und das fällt dir jetzt erst ein?« Peutinger sah ihn zweifelnd an. »Na schön. Wir werden sehen ...« Er ließ die Ahle in die offene Hand klatschen. »Damit wäre die ganze Angelegenheit jedenfalls für dich auch erledigt. Wir haben den Fälscher, und ich brauche deine Dienste nicht länger in Anspruch zu nehmen. Eine große Hilfe warst du ohnehin nicht.« Er lächelte spöttisch. »Ich empfehle dir allerdings dringend, dich in nächster Zeit nicht wieder in der Nähe eines brennenden Hauses blicken zu lassen. Und nun ab mit dir!«

Florian atmete auf. Er war heilfroh, den unangenehmen Auftrag so schnell loszuwerden. Und an die Brände hatte er in den letzten Tagen kaum mehr gedacht. Vielleicht löste sich das Rätsel um die seltsamen Feuersbrünste ja tatsächlich von selbst, wenn er in Zukunft nur einfach die Finger von den verfluchten Weibern ließ.

Er war schon wieder draußen auf der Straße, als ihm mit einem Mal klar wurde, dass Peutinger kein einziges Wort über die Frauenmorde verloren hatte. Er hatte lediglich etwas von einer Kolumnenschnur erwähnt, mit der Marbach getötet worden war. Und war nicht auch die Linnenweberin mit einer Kolumnenschnur erdrosselt worden?

Es ging auf die sechste Stunde zu. Für Florian wurde es höchste Zeit, in die Offizin zurückzukehren. Der Meister würde ungehalten und in Sorge darüber sein, dass nun auch der zweite Bote, den er nach St. Anna geschickt hatte, so lange ausblieb.

Andererseits stand Florian überhaupt nicht der Sinn nach Arbeit, erst recht nicht bei dem Gedanken, womöglich Martins Aufgabe am Pressbengel mit übernehmen zu müssen. Und war es denn außerdem nicht viel wichtiger für ihn, möglichst schnell wieder zu dem Ring zu kommen, auch wenn er im Augenblick noch nicht die geringste Ahnung hatte, wie er es anstellen sollte?

Als er am Brotmarkt vorbeikam, wehte ihm der Duft frisch gebackenen Brotes verführerisch um die Nase. Plenus venter non studet libenter, hieß es zwar, aber nach einer so aufreibenden Nacht mit knurrendem Magen herumzulaufen und dabei auch noch etwas halbwegs Vernünftiges auszubrüten, war sicherlich zu viel verlangt. Er beschloss, erst einmal das ausgefallene Frühmahl nachzuholen. Bei den Launen der Meisterin konnte ohnehin niemand wissen, ob er heute überhaupt auf etwas Essbares hoffen durfte. Grimm konnte er später immer noch mit den ungewöhnlichen Neuigkeiten über den Ablassfälscher versöhnlich stimmen.

Zielstrebig näherte er sich den Reihen der Karren und Wägen, auf denen die Bäcker aus dem Umland ihre Waren feilboten. Im Gegensatz zu den ortsansässigen, für die der Rat eine weiträumige Markthalle mit wetterfesten Verkaufsständen im Erdgeschoss des Tanzhauses bereitgestellt hatte, durften die auswärtigen Bäcker ihre Waren nur bis zur Mittagsstunde auf dem Brotmarkt verkaufen.

Schon beim bloßen Anblick der Körbe und Butten voller Kuchen und süßer Leckereien lief ihm das Wasser im Munde zusammen. Trotzdem ließ er die Fein- und Zuckerbäcker links liegen. Er brauchte jetzt etwas Herzhaftes und steuerte die Stände der Schwarz- und Sauerbäcker an, wo ihn Berge knuspriger Brote, Brezeln und Semmeln anlachten. Dunkle Roggenbrote waren da aufgetürmt neben kräftigen, runden Dinkellaiben und den hellen Weizenbroten für die vornehme Kundschaft. Nur zu gerne hätte Florian jetzt getauscht mit dem dicken Augsburger Bäckermeister, der mit Waage, Maßstab und wichtiger Miene von Karren zu Karren lief, um die Einhaltung der Vorschriften zu überwachen. Dabei ging es nicht nur um Größe und Gewicht des Brotes, sondern auch um den Geschmack, wobei dem Dicken Letzteres, nach seinen vielen Kostproben zu schließen, besonders am Herzen lag.

Suchend blickte Florian sich um. Er hielt Ausschau nach der Friedberger Bäcker-Liese. Die Alte war ein Original und hatte auf dem Brotmarkt Narrenfreiheit. Seit dem Tod ihres Mannes stand sie nicht nur Tag für Tag allein hinter dem hoch beladenen Karren, sondern zog diesen in Ermangelung eines Pferdes auch noch selbst in aller Herrgottsfrüh nach Augsburg. Dabei trug sie die alten Hosen und Wämser ihres Mannes auf, ob aus Gewohnheit oder Geiz wusste niemand so recht zu sagen, und fluchte beim Feilschen wie ein Kesselflicker. Dürr wie ein Stecken, runzlig wie ein Wirsing, mit einem Überbiss, der ihre Zahnruinen ständig entblößte, pflegte sie derart heftig mit den großen Brotlaiben zu hantieren, dass Magdalena Grimms morgendlicher Angriff dagegen allenfalls hausbacken wirkte.

Anders als bei seiner Meisterin hatte Florian bei ihr allerdings einen Stein im Brett. Schon als sie ihn von weitem auf sich zukommen sah, pfiff sie laut durch die Zähne, schnappte sich ein gewaltiges Dinkelbrot und schwang es im Kreis über dem Kopf, als wolle sie ihn damit in Grund und Boden rammen.

»Da soll doch der Donner dreimal dreinschlagen, wenn das nicht der Brandnerlümmel ist! Teufel noch mal, Kerlchen, du siehst aus, als trügst du den vermaledeiten Hurenklumpen immer noch um den Hals! Blasser als ein Mehlwurm und Ringe um die Augen, dass es der ärgsten Geiß graut ...«

Ohne eine Antwort abzuwarten, brach sie ein ordentliches Stück von dem Brot ab und drückte es Florian in die Hand.

Die Alte hatte einen Narren an ihm gefressen, seit er vor vielen Jahren das erste Mal an ihrem Stand erschienen war.

Damals war er noch ein Knabe gewesen, zudem ein rechter Hänfling, der aussah, als würde ihn der nächste Windstoß umpusten. Mehr im Scherz und ohne sich viel davon zu versprechen, hatte der Bruder Refectarius ihn auf den Markt geschickt, um Brot zu besorgen. Er aber hatte den Auftrag außerordentlich ernst genommen und mit der Bäcker-Liese so lange gefeilscht, bis sie sich hatte breitschlagen lassen, ihm für das Lesen einer Seelenmesse so viel Brot zu überlassen, wie er auf den Armen wegtragen konnte. Sie hatte wohl geglaubt, ein ganz gutes Geschäft zu machen und obendrein noch ihren Spaß mit ihm zu haben, sich dann aber kräftig getäuscht gesehen, als er ihr, sehr zur Belustigung der Umstehenden, fast den halben Stand auf seinen dünnen Ärmchen davongeschleppt hatte.

Bei all ihrer Absonderlichkeit hatte sie sich als gute Verliererin und wenig nachtragend erwiesen. Jedes Mal, wenn er seitdem bei ihr auftauchte, hatte sie neben ihren üblichen Drohungen und Verwünschungen auch immer einen ordentlichen Bissen und einen Trunk für ihn übrig. Auch jetzt stand, noch bevor er Zeit gefunden hatte, sich für das Brot zu bedanken, eine Schale Milch vor ihm.

»Siehst aus, als könntest du es verdammt noch mal gebrauchen, Kerlchen!«

Florian nickte und griff zu. Während er herzhaft in die knusprige Kruste biss, beobachtete er belustigt, wie die Alte ihre Kundschaft bediente. Die meisten schienen zu wissen, woran sie bei ihr mit ihrer groben Art waren. So mancher Käuferin sah man dennoch die Erleichterung an, wenn sie endlich bezahlt hatte und sich ungeschoren mit ihrem Brot davonmachen konnte.

Florian wusste, dass die Liese trotz ihres gefürchteten Mundwerks nicht um ihr Auskommen bangen musste. Erst recht nicht, da während des Reichstags wieder einmal einige Bäcker beim Versuch erwischt worden waren, aus der verstärkten Nachfrage Vorteil zu ziehen, indem sie Sägemehl unter ihren Teig gemischt hatten.

Die übliche Strafe für das Backen eines solchen »Feichenbrots« war das Schupfen, ein bei den Zuschauern höchst beliebtes Spektakel. Florian war selbst auf dem Kitzenmarkt dabei gewesen, als sie den Langbäck im Korb am Wippgalgen über der Pferdeschwemme hochgezogen hatten. Der alte Betrüger war zu feige gewesen, sich selbst aus der misslichen Lage zu befreien. Unter dem Johlen der Menge hatte einer der Stadtknechte mit einer langen Stange nachgeholfen und ihn so lange drangsaliert, bis er in die Schwemme gepurzelt war.

Bei der Bäcker-Liese wusste jeder, dass es ehrlich zuging. Dafür nahm man die eine oder andere Beschimpfung gerne in Kauf, und einige der Kunden schienen sogar eigens wegen ihrer derben Art zu kommen.

Florian tauchte gerade den Rest seines Brotes in die Milch, als die Alte ihm heftig zuzwinkerte. Er drehte sich um.

Dort, wo die Bäckerin hinblickte, ging eiligen Schritts eine junge Magd an den Marktkarren entlang.

Auf den ersten Blick unterschied sie sich kaum von den vielen anderen Mägden, die allein oder in Begleitung ihrer Herrschaft über den Markt schweiften. Ihre Kleidung wirkte ärmlich, aber sauber. Mieder und Rock waren aus sichtlich schlechtem Tuch gefertigt und mehrfach geflickt, nur die Schürze schien noch recht neu zu sein. Ihre Figur war schlank, aber nicht zu schlank, ihr Gang leicht gebeugt, aber dennoch forsch, trotz der beiden Körbe, die sie trug und von denen der eine mit Fleischwaren, der andere aber mit Obst und Gemüse voll gepackt war.

Was sie bei näherem Hinsehen jedoch deutlich aus der Menge hervorhob, war der Schnitt ihres Gesichts. Umrahmt von widerspenstig unter dem Haarband hervorquellenden rotbraunen Locken wirkte es unnatürlich schmal, und die hohen, leicht vorstehenden Wangenknochen, die etwas zu lange, spitze Nase, vor allem aber der Blick ihrer grünlich schimmernden Augen verliehen ihm eine eigentümliche, fast hexenhafte Ausstrahlung. Sie war nicht schön, ja vielleicht nicht einmal hübsch zu nennen, und doch zitterten Florian bei ihrem Anblick die Knie.

»Justina!«

Sie drehte sich um. Für einen Augenblick schien ein Lächeln über ihr Gesicht zu huschen, dann verfinsterten sich ihre Züge, und sie schickte sich an, weiterzugehen.

»Komm halt her, du katziges Lausmensch, geschertes!«

Offenbar wusste die alte Liese besser, wie man mit Justina umzugehen hatte, denn die kam nun tatsächlich, setzte ihre Körbe ab und pflanzte sich furchtlos vor dem Karren auf.

»Wenn ich es nicht besser wüsste, Liese, würde ich glatt denken, du seiest unter die Kupplerinnen gegangen. Der lüsterne Bock jedenfalls, der hier bei dir steht, legt die Vermutung nahe.«

Florian schoss das Blut ins Gesicht. Er brachte keinen Laut heraus.

Die Alte aber rümpfte geziert die Nase und sagte in gekünsteltem Ton: »Wenn ich es nicht besser wüsst, du hohluftige Bissgurg, würd ich glatt denken, du wärst eines von diesen Schwälbchen, das aus der Gosse aufgeflogen ist und nun nicht mehr weiß, wo es herkommt.«

Justina stemmte die Hände in die Hüften, holte tief Luft, doch die Alte kam ihrer Erwiderung zuvor.

»Närrische Schafsköpf!«, schnaubte sie verächtlich und winkte ab. »Macht eure Liebeshändel unter euch aus, und lasst eine alte Bäckersfrau ihre ehrliche Arbeit verrichten!« Damit wandte sie sich laut fluchend wieder ihrer Kundschaft zu und ließ die beiden stehen.

Florian grinste verlegen und zuckte die Achseln. Justina blickte finster drein.

»Schön, dich zu sehen, du schaust gut aus«, sagte er zaghaft.

Sie musterte ihn spöttisch. »Spar dir die Schmeicheleien! Du siehst jedenfalls aus wie der leibhaftige Tod.« Trotz ihres abweisenden Tones wurde der Ausdruck in ihren Augen ein wenig milder.

»Vielleicht, weil du mir gefehlt hast.«

Das war schwach. Ihm fehlten die Worte. Von einer tüchtigen Watsche bis hin zu schallendem Gelächter oder einem wortlosen Abgang rechnete er mit allem. Aber sie blieb stehen und sah ihn nur an. Er hielt den Blick aus, auch wenn die kalte grüne Glut, in die er dabei versank, ihn erbeben ließ.

»Ich hab mich nicht mehr getraut, in den ›Hirsch‹ zu kommen. Ich war ein paar Mal kurz davor, aber dann …«

»Ich bin nicht mehr im ›Hirschen‹. Ich arbeite jetzt im ›Anker‹ am Schwibbogentor.«

»Der Wirt …?«

Sie nickte. »Es war nicht mehr zum Aushalten. Zudringlich war er ja immer schon, aber nach dem Brand glaubte er wohl, sich alles herausnehmen zu dürfen.«

»Wie hast du es nur geschafft, da herauszukommen?«

»Ein Freund hat mir geholfen, die neue Stellung zu finden. Es geht mir gut dort, und der –«

»Ein Freund? Was für ein Freund?«

Sie lachte auf. Der spöttische Ausdruck kehrte wieder in ihr Gesicht zurück. »Ein wirklich guter Freund. Und das Beste ist, er will nicht einmal etwas von mir.«

Florian schüttelte den Kopf. »Wart's nur ab. Du bist zu gutgläubig.«

»Na, du musst es ja wissen!«

»Wer ist es?« Er rechnete nicht mit einer Antwort.

»Lorenz heißt er. Viel mehr weiß ich auch nicht. Außer dass er Nachtwächter ist.«

»Der …?« Florian horchte auf. »Weißt du, wo er wohnt?«

Sie sah ihn mit einer Mischung aus Misstrauen und Entrüstung an.

»Ich möchte mich bei ihm bedanken. Er hat mir das Leben gerettet. Beim Brand in der Fuggerei.«

»Ja«, sagte sie kalt, »davon habe ich gehört. Ich glaube, ich muss jetzt weiter.« Sie winkte der Bäcker-Liese einen kurzen Gruß zu und nahm ihre Körbe wieder auf.

Im letzten Augenblick wandte sie sich noch einmal um. »Soviel ich weiß, wohnt er bei den Stadtsoldaten am Gögginger Tor. Manchmal kommt er aber auch zu uns in den ›Anker‹, weil er mit dem Wirt auf recht gutem Fuß steht.«

»Ein Grund mehr, einmal bei euch hereinzuschauen.«

»Mach, was du willst!«

Weg war sie. Ohne Abschied. Und ohne dass er dazu gekommen war, sie vor dem Ablassmörder zu warnen.

Durch die unverhoffte Begegnung mit Justina war Florian viel zu aufgewühlt, um sofort nach Hause an die Arbeit zu gehen.

Einerseits war er erleichtert, dass sie sich nach dem anfänglichen Geplänkel mit der Liese ihm gegenüber nicht gänzlich abweisend gezeigt hatte und dass sie nicht mehr im »Hirschen« arbeitete. Andererseits störte es ihn ganz gewaltig, dass ihr ein anderer Mann zu der neuen Stellung verholfen hatte. Und dass er selbst diesem Mann auch noch sein Leben verdankte, störte ihn – wenn er es recht bedachte – sogar am allermeisten.

Es ließ ihm keine Ruhe. Er musste sich diesen Nachtwächter endlich einmal aus der Nähe ansehen. Tagsüber war der Mann sicherlich zu Hause anzutreffen, und er brauchte ihm nicht hinterherzulaufen. Irgendwann musste er ja schließlich schlafen.

Vom Brotmarkt bis zum Gögginger Tor war es nicht allzu weit. Die Wohnungen der Stadtsoldaten, von denen Justina gesprochen hatte, befanden sich im Zwinger südlich des Tores, durch das ein Großteil der Lebensmittelversorgung aus dem Umland, vor allem die Kornlieferungen aus dem Hochfeld, in die Stadt kamen. Es waren einfache, mit Lehm ausgestakte Fachwerkbauten, die gerade genug Raum für eine Küche, eine Stube und eine Kammer sowie Keller und Boden boten.

Als er in Sichtweite kam, fragte Florian zwei auf der Gasse spielende Buben nach dem Nachtwächter.

Sie starrten ihn an wie eine Erscheinung. Im Ausdruck ihrer dreckverschmierten Gesichter mischten sich schnell nacheinander Neugier, Angst und etwas, das Florian zunächst für ein mitleidiges Lächeln hielt.

Schon im nächsten Augenblick entpuppte es sich jedoch als schadenfrohes Grinsen. Sie stießen sich gegenseitig in die Seiten und brüllten: »Hört ihr Leut und lasst euch sagen, den Lorenz tut die Unzucht plagen!« Dann nahmen sie die Beine in die Hand, grölten im Weglaufen zu allem Überfluss auch noch das Florian bereits sattsam bekannte Verslein vom »Hennadreck« und waren um die Ecke verschwunden.

Verdutzt sah er ihnen hinterdrein. Was sollte das nun wieder? Musste er sich etwa wirklich ernsthaft Sorgen um Justina machen, wenn sogar schon die Gassenjungen von der Unzucht des Nachtwächters Lorenz sangen? Er kam nicht dazu, den Gedanken weiter zu vertiefen, denn das nächste Unheil schien schon heranzunahen.

Eine fette Matrone in bäuerlicher Tracht kam durchs Tor auf ihn zugewackelt. In ihrem Schlepp hatte sie ein Wägelchen, auf das ein Käfig mit drei mageren Hühnchen darin gebunden war. Sie maß Florian mit einem Blick, als hätte er nicht nur die soeben entschwundenen Rotzlümmel fressen wollen, sondern selbiges nun auch noch mit ihrem Federvieh vor.

Er versuchte es trotzdem mit einem freundlichen Gruß und der Frage nach dem Nachtwächter.

Die Alte blieb stehen, holte tief Luft. Florian trat vorsichtshalber einen Schritt zurück.

»Der Lorenz?« Sie war puterrot im Gesicht.

Florian nickte und rechnete mit dem Schlimmsten.

»Der Lorenz ... der wohnt ... gleich unten ... rechts. Neben dem Eingang ... dort. Aber wahrscheinlich ... werdet Ihr ihn ... jetzt ... nicht antreffen.«

Nach fast jedem zweiten Wort schnaufte sie wie eine Ertrinkende. Ihre gewaltige Brust hob und senkte sich in beängstigendem Tempo, was sie jedoch nicht daran hinderte, weiterzusprechen.

»Um die Zeit ... ist er gewöhnlich ... in St. Anna ... zur Andacht. Wenn Ihr ihn ... trotzdem seht ... bestellt ihm ... schöne Grüße von mir.«

Florian dankte rasch für die Auskunft, fragte lieber erst gar nicht, von wem er die Grüße bestellen sollte, aus Angst, sie könne über der Antwort womöglich den letzten Schnaufer tun, ließ sie stehen und eilte in Richtung Zwinger davon.

Die Tür unten rechts neben dem Eingang war nur angelehnt. Florian klopfte ein paar Mal kräftig. Als sich nichts rührte, trat er kurz entschlossen ein.

Dunkelheit umfing ihn, erhellt nur von einer kleinen, fast völlig heruntergebrannten Kerze und dem Licht, das er selbst durch die Tür mit hereinbrachte. Ein muffiger Geruch hing in der Luft. Er stand in einem kleinen, fensterlosen Verschlag, der wohl von einer der Soldatenwohnungen abgetrennt worden war.

Als seine Augen sich an das Dunkel gewöhnt hatten, entdeckte er an der gegenüberliegenden Wand einen Strohsack. Daneben waren ein niedriger Tisch und ein Schemelchen die einzige Einrichtung. Für mehr hätte sich ohnehin kaum Platz gefunden.

Auf dem Tisch war die Ausrüstung des Nachtwächters zu sehen: eine alte, zerbeulte Laterne und das Horn, das sich offensichtlich besonderer Zuwendung erfreute. Es blitzte Florian geradezu in die Augen, wozu es bei der spärlichen Beleuchtung schon peinlichster Sauberkeit bedurfte. In der Ecke stand eine Hellebarde, die dagegen schon bessere Zeiten gesehen hatte und kaum noch jemanden zu erschrecken vermochte.

Das schaffte dafür die reglose Gestalt am Boden ganz mühelos. Lang hingestreckt, mit dem Gesicht nach unten und unnatürlich neben dem Kopf ausgebreiteten Armen, lag sie zwischen Strohsack und Tür und schien nicht mehr zu atmen. Florian stieß ihr vorsichtig mit dem Fuß in die Seite.

»Was wollt Ihr, wer hat Euch hier hereingebeten?«

Florian fuhr zurück.

Der Mann rührte sich immer noch nicht. Seine Stimme klang, als spräche er mit Erde im Mund, aber seine Worte legten den Schluss nahe, dass ihm nichts fehlte.

»Ich habe geklopft, die Tür war nicht verschlossen …«

»Und da seid Ihr einfach so hereingekommen!«

»Ich wollte mich bei Euch bedanken … Aber könnt Ihr nicht vielleicht wenigstens …«

»Bedanken? Wofür?«

»Nun, immerhin …«, angesichts der merkwürdigen Umstände kamen Florian die Worte nur schwer über die Lippen, »... immerhin habt Ihr mir das Leben gerettet. Und es würde mich freuen, wenn ich nun meinem Retter auch einmal in die Augen schauen könnte.«

Der Mann erhob sich. Seine Bewegungen waren leicht und mühelos wie die eines Mannes in den besten Jahren. Seine Haare dagegen waren schlohweiß, und sein vom Wetter gegerbtes Gesicht war das eines Greises. Was es Florian jedoch schier unmöglich machte, sein Alter auch nur annähernd richtig zu schätzen, waren die strengen, eulenartigen Augen, deren wachsamer Blick dem Mann im Gegensatz zu den übrigen mitgenommenen Zügen ein frisches, ja fast altersloses Aussehen verlieh. Er mochte schon weit über sechzig sein, aber ebenso gut auch nur ein paar Jahre älter als Florian selbst.

»Ich habe meine Pflicht als Christenmensch getan.«

Die Stimme hatte den erdigen Klang verloren und hörte sich nun enttäuschend eintönig an.

»Ach, seid doch nicht so bescheiden. Man hat mir erzählt, wie mutig, ja fast tollkühn Ihr wart, als Ihr mich aus den Flammen gezogen habt, während alle anderen nur herumstanden und Maulaffen feilhielten ...«

»Ich bin Nachtwächter.« Es klang wie eine Entschuldigung. »Ich habe den Brand als Erster gesehen und Alarm gegeben. Dann musste ich nachsehen, ob noch jemand im Haus war.«

»Zu meinem Glück. Leider war ich ohnmächtig und kann mich an rein gar nichts mehr erinnern. Aber Ihr habt zu meinen Gunsten ausgesagt, sonst hätte ich womöglich längst mit der Seilersbraut getanzt.«

»Ich habe ausgesagt, was ich gesehen habe.«

»Ihr sagtet, ein Balken habe der Barb quer über der Brust gelegen, sodass Ihr sie alleine unmöglich darunter hervorziehen konntet. Ich dagegen sei wohl nur von irgendetwas am Kopf getroffen worden.«

Der Mann nickte teilnahmslos, als ginge die Sache ihn nicht mehr das Geringste an. Florian merkte, wie seine Vorbehalte gegen ihn mit jedem Augenblick wuchsen.

»Wisst Ihr, mir ist es nun schon wiederholt passiert, dass mir das Haus über dem Hintern wegbrannte, während ich darin mit einem drallen Weib …«, Florian machte bewusst eine kleine Pause und zwinkerte ihm zu, »… na ja, Ihr wisst schon, was ich meine …« Die Unnahbarkeit dieses Eisheiligen reizte ihn, seine Worte mit einer eindeutigen Geste zu untermalen.

Der Mann sah ihn an, scharf aber anscheinend vollkommen gleichgültig.

»Allmählich weiß ich nicht mehr, was ich davon halten soll. Fast habe ich das Gefühl, dass mir jemand nach dem Leben trachtet. Ihr habt nicht zufällig jemanden weglaufen sehen, der den Brand gelegt haben könnte?«

»Nein.« Der Gesichtsausdruck des Mannes wurde noch verschlossener, auch wenn die Augen unruhig zu flackern begannen.

»Ist ja nur so eine Vermutung von mir. Der Reichstag hat viel Gesindel in die Stadt gebracht«, sagte Florian.

»Die Zeiten sind gottlos. Die Sitten verrohen immer mehr. Die Reichstage sind eine Geißel Gottes!«

Ein seltsam fanatisches Feuer glomm plötzlich in den bisher so ungerührt dreinblickenden Augen auf. Florian dachte an die Nacht, als er ihm durch die Jakobervorstadt gefolgt war und wie sein Gesang ihn bei der Leiche der Linnenweberin aufgeschreckt hatte.

»Als Nachtwächter kriegt Ihr doch allerhand mit. Sicher habt Ihr auch schon von den seltsamen Frauenmorden gehört?«

»Der Leibhaftige geht wieder um in der Stadt. Ich habe ihn gesehen.«

Florian war nicht sicher, ob der Mann der Frage bewusst auswich oder sie nur nicht richtig verstanden hatte. Er wirkte plötzlich völlig geistesabwesend, seine Stimme hatte einen beschwörenden Ton angenommen.

»In Zeiten wie diesen steigt er aus der Hölle herauf. Der Schneekater mit den dreizehn Klauen, den der Endorfer gefangen hat, war ein sicheres Zeichen. Noch ist Zeit umzukehren, auch wenn die Zahl der Frevel wahrlich groß genug ist. Hat nicht der Kaiser schon zur Fastnacht die Weiber beim Geschlechtertanz aufgefordert, den Schleier zu lüften? Und im Frühjahr kam aus dem Jechtland die Kunde, dass man die Anna Lamenit als Hure und Ketzerin ertränkt hat.«

Er lachte seltsam hohl. »All die Jahre ging sie hier als keusche Jungfrau um, die nur vom Heiligen Sakrament lebte, und nun stellt sich heraus, dass sie fünf Bälger hatte. Sogar der alte Welser hatte einen Bankert mit ihr. Da kann sein sauberer Eidam, der ehrenwerte Doktor Peutinger, noch so sehr versuchen, es zu vertuschen.«

Der Mann schien Florians Anwesenheit nun völlig vergessen zu haben. Er griff sich mit beiden Händen an die Stirn und schloss die Augen, während er weiterredete.

»Unsere Welt steht Kopf vor lauter Wohlleben. Im Mai hat sich der Röslin beim Zutrinken zu Tode gesoffen. Kein Wunder, dass der Herrgott uns straft. Den ganzen Sommer über hat die fürnehme Bagage hier herumgehurt, gesoffen und gefressen, allen voran unser ritterlicher Kaiser Max. Jetzt auf seine alten Tage will er sich noch krönen lassen vom Papst, heißt es. Dabei war er sogar einmal so verrückt und wollte selbst Papst werden.«

Er lachte gackernd, verschluckte sich und musste Luft holen.

»Geld wollten sie, um gegen die Türken zu ziehen, darüber haben sie hier auf ihrem Reichstag verhandelt. Die Türken, der Erzfeind der Christenheit, dass ich nicht lache! Dabei ist er doch in der Christenheit selbst zu finden, der Erzfeind. Ist gerade nicht einer in der Stadt, der den Papst stürzen will? Und das Schlimmste ist, dass er Recht hat. Bischof Christof beklagt schon lange, dass die Pfaffen es schlimmer treiben als die Pfeffersäcke, dass sie die Frömmigkeit, den Gehorsam und die Demut hassen, den Umgang mit Weibspersonen, den Wucher, den Handel und Gewinn aber lieben. Schlimmer als die Juden sind sie, jene Juden, die sie einst mit Schimpf und Schande aus der Stadt getrieben haben. Der Fugger, der jetzt in ihren Häusern am Weinmarkt sitzt, mag noch so mildtätig tun, unser großer Wohltäter, Jakob der Reiche, seine Stiftungen sind doch nur das Deckmäntelchen dafür, dass er auf seinem Geld sitzt wie der Leibhaftige auf der armen Seel. Geld, Geld, Geld! Immer mehr Geld scheffelt er! Und heißt es nicht, wo der Teufel hinscheißt, da kommt immer noch mehr dazu!«

In seinem Wahn riss er sich die Hände wieder von der Stirn und reckte sie Florian entgegen. Dennoch bezweifelte Florian, dass er ihn überhaupt noch wahrnahm. Die vor kurzem noch so klaren Eulenaugen schienen jedenfalls starr durch ihn hindurchzusehen.

Wie konnte man nur einem solchen Menschen die Sicherheit Augsburgs anvertrauen? Florian stand vor einem Rätsel. Für einen Nachtwächter verfügte der Mann zwar über ein erstaunliches Wissen und hatte es in seinem kurzen Sermon tatsächlich geschafft, nahezu alle einflussreichen Persönlichkeiten der Stadt nebst dem Kaiser zu verunglimpfen, aber sein Blick und das ganze Gebaren zeugten von hochgradiger Verwirrung.

»Einen schönen Gruß von Justina soll ich Euch ausrichten!«

Es war nur ein plumper Versuch, den Nachtwächter aus seiner Selbstvergessenheit zu reißen. Er zeigte Wirkung. Die Hände sanken herab, der ganze Mann schien in sich zusammenzufallen. Es dauerte nur einen Augenblick, dann straffte sich der hagere Körper wieder.

»Justina!«

Obwohl er nur dieses eine Wort sagte, glaubte Florian aus seiner Stimme doch eine Spur Wärme herauszuhören, die ihr bisher abgegangen war.

»Ja, Justina. Sie hat mir erzählt, was Ihr für sie getan habt.«

»So? Hat sie das? Ich denke, es war wohl kaum der Rede wert.« Der Mann sah ihn an. In seinem Blick lag wieder die alte wachsame Unnahbarkeit. »Ich wäre Euch sehr verbunden, wenn Ihr mich jetzt vielleicht wieder meiner Andacht überlassen könntet. Und Ihr solltet auch wieder an Eure Arbeit gehen. Meister Grimm wird Euch sicherlich schon schmerzlich vermissen.«

Zum Anker

Nach der verspäteten Rückkehr von seinem Botengang zu Leonhard Bayer war der Empfang für Florian überaus frostig. Zum Glück hatte dieses Mal wenigstens Magdalena Grimm nichts von seinem langen Ausbleiben bemerkt. Mit Meister Sigmund konnte man immerhin reden.

Nachdem er sich Florians Geschichte angehört hatte, wurde er sogar wieder zugänglich. Ja, die Nachricht von der Ermordung des mutmaßlichen Ablassfälschers schien ihn Martins spurloses Verschwinden fast vergessen zu lassen. Zwar erbleichte er sichtlich, als Florian ihm von den im Hause des Wanderdruckers aufgefundenen Lettern erzählte, erholte sich aber sofort wieder, als er hörte, dass Peutinger den Fall nun als erledigt betrachtete.

Um die neu gewonnene Harmonie mit dem Meister nicht sofort wieder aufs Spiel zu setzen, verschob Florian den geplanten Besuch im »Anker« auf den nächsten Tag und verbrachte stattdessen seinen Feierabend damit, noch einmal alle Winkel des Verschlags auf dem Gesindeboden zu durchsuchen. Die Hoffnung, doch noch den Ring oder aber vielleicht wenigstens einen Anhaltspunkt für Martins Verbleib aufzuspüren, erfüllte sich leider nicht. Als er sich endlich erschöpft zur Ruhe begab, hatte er rein gar nichts gefunden und fiel sogleich in einen unruhigen Schlaf.

In den wirren Träumen, die ihn heimsuchten, schlichen die Doctores Peutinger und Luther und Meister Grimm gemeinsam durchs nächtliche Augsburg. Alle drei waren in schwarze Gewänder gehüllt und hatten die Gesichter mit Ruß geschwärzt wie eine Bande finsterer Mordbuben. Sie drückten sich im Schatten der Häuser und Türme herum und blieben nur ab und an vor einem Fensterladen, hinter dem noch ein Lichtschimmer zu sehen war, stehen. Dort äugten sie verstohlen durch die Ritzen in die Stuben und Kammern, um vielleicht einen Blick auf ein dralles Weib beim Entkleiden zu erhaschen. Vor Marbachs Haus gesellte Florian sich zu ihnen. Augenzwinkernd ermunterte ihn Luther, doch auch einmal einen Blick zu wagen.

In der Kammer lag Justina, unzüchtig hingestreckt auf einem schwarzen Schaffell, gegen das sich ihr nackter Leib in blendend anmutiger Blässe abhob. Ein großer, kräftiger Kerl trat zu ihr ans Lager. Sein Gesicht war verborgen hinter einem Ablassbrief, den er mit eintöniger Stimme verlas. Krampfhaft versuchte Florian, der Stimme ein Gesicht zuzuordnen.

Dann wurde sie von einem Kichern übertönt. Die Herrschaften hinter ihm drängelten ungeduldig heran. Florian warf noch einen letzten Blick durch die Ritzen. Der Ablassbrief war verschwunden. Das Gesicht ...! Ein Dolch blitzte auf. Plötzlich war Martin da, und es brannte lichterloh. Das Horn des Nachtwächters ertönte.

»Justina!«

Mit ihrem Namen auf den Lippen schreckte er hoch.

Er war sicher, den Mörder gesehen zu haben, für einen flüchtigen Augenblick nur, aber es hatte gereicht, um ihn zu erkennen.

Florian war schweißgebadet. Er hatte nicht lange geschlafen. Es war immer noch mitten in der Nacht. Eiseskälte kroch ihm in die Glieder. Er legte sich wieder hin, zog die Beine an den Leib, wickelte sich fester in die Decke und versuchte, sich das Gesicht seiner Mutter vorzustellen. Es gelang ihm nicht, aber nach einer Weile schlief er dennoch wieder ein.

Als er am nächsten Morgen erwachte, fühlte er sich völlig zerschlagen. Sein Traum war nur mehr eine Schimäre, ein flüchtiges Hirngespinst, die Erinnerung an einen Alb, dessen Inhalte nicht mehr greifbar waren. Verschwunden waren die Gesichter der Nacht, und er fieberte den ganzen Tag nur noch dem Moment entgegen, in dem er die Offizin wieder verlassen konnte, um Justina zu sehen.

Die Gastwirtschaft »Zum Anker« lag am Schwibbogenplatz, wo der Schwallech über den Stadtgraben nach Augsburg eingeleitet wurde. Der Arm des Lechs war hier breit genug, um Flöße zu führen und den Warenaustausch auf dem Wasserweg zuzulassen. Zudem lagen vor dem Schwibbogentor die städtischen Holzlagerplätze, denen das Bauholz ebenfalls über den Lech zugeführt wurde. So war es nicht weiter verwunderlich, dass die Schenke hauptsächlich von Schiffern und Flößern aufgesucht wurde, rauen Gesellen mit losem Mundwerk und locker sitzendem Dolch, denen ein Menschenleben nicht viel galt.

Wenn der »Anker« dennoch keinen schlechten Ruf besaß, so lag dies wohl einzig an seinem Wirt. Ähnlich wie die Bäcker-Liese war auch Franz Väterle stadtbekannt. Stark wie ein Ackergaul und mit einem entsprechenden Gemüt ausgestattet, hatte der ehemalige Flößer keine Mühe, seine Gäste im Zaum zu halten. Dabei war ihm die eigene Lust an Essen, Trinken und Geselligkeit deutlich anzumerken, und wer auf die waghalsige Idee kam, ihm diese mit Messerstechereien vergällen zu wollen, bekam rasch zu spüren, was es hieß, mit einem Riesen wie ihm anzubinden. Waffen waren im »Anker« verpönt, wer sich aber nicht ohne Schwert oder Hirschfänger auf die Gasse traute, hatte diese bei seinem Eintritt an Väterle abzuliefern.

Florian kannte den Wirt nicht persönlich, hatte aber schon allerhand über ihn gehört und daher den kleinen, scharfen Dolch, den er seit dem niederschmetternden Erlebnis im Klostergarten immer am Gürtel trug, lieber gleich zu Hause gelassen.

Der Lärm und die Wärme, die ihm entgegenschlugen, als er die Gaststube betrat, betäubten ihn fast. Ein Schwall der unterschiedlichsten Gerüche drang auf ihn ein, in dem neben einem sich langsam verflüchtigenden Duft nach Knoblauch, Zwiebeln und Schweinebraten vor allem ein hartnäckiger Schweißgeruch auszumachen war.

Die Tafel war schon aufgehoben, und die Knechte hatten die blank polierten Holzplatten samt Schüsseln von den roh gefertigten Tischen entfernt. Dennoch fasste die Stube wohl immer noch an die vierzig Mann, die alle schwitzten und sich

Karten spielend oder einfach nur trinkend und schwatzend auf den Bänken herumlümmelten.

Zu seiner Erleichterung fand Florians Eintreten wenig Beachtung, lediglich der wachsame Wirt musterte ihn eingehend über ein paar Tische und Bänke hinweg, bevor er ihn mit freundlichem Nicken dazu einlud, sich einen Platz zu suchen. Florian steuerte einen kleinen Tisch in der Ecke an, wo sich gerade drei Holzknechte zum Gehen anschickten.

»Sieh an, sieh an«, sagte der älteste, als er ihn erblickte, »Sankt Florian, der Feuerteufel. Kommst ja wie gerufen. Na, Flori, legst es doch wohl nicht drauf an, heute auch noch die neue Erfindung zu erproben?«

Neckend klopfte er Florian auf die Schulter. Seine beiden Begleiter lachten. Florian hatte die Männer noch nie gesehen.

»Das wird Väterle aber gar nicht gefallen, Flori!«

Er hatte noch nicht ganz ausgesprochen, da stand der Wirt auch schon neben ihnen.

»Was weißt du kleiner Klugscheißer denn davon, was mir gefällt, he?«

Der Holzknecht zuckte zusammen, seine Kumpane lachten. »Nur ein Spaß. Nix für ungut.«

Während die drei sich trollten, fragte Florian den Wirt, was der Mann mit seinen Worten gemeint und von welcher Erfindung er gesprochen hatte.

Väterle deutete auf einen langen Tisch, an dem sich eine größere Schar um einen für diese Umgebung auffallend gut gekleideten Mann versammelt hatte. Der Mann hatte augenscheinlich schon tüchtig dem Bier zugesprochen und schien die Aufmerksamkeit, die ihm zuteil wurde, zu genießen. Jedenfalls begleitete er seine lauten Reden unentwegt mit den lebhaftesten Gesten.

»Der da so wild herumfuchtelt, das ist der Plattner-Anton aus Friedberg. Eigentlich ist er Goldschmied, aber heute hat er dem Augsburger Rat eine Erfindung vorgeführt, mit der man der Feuersbrünste in der Stadt endlich Herr werden will, eine fahrbare Wasserspritze.«

Florian runzelte die Stirn.

»Keine schlechte Sach«, sagte Väterle. »Hab selbst ein bissle zugeschaut bei der Vorführung draußen auf dem Holzplatz. Ein Riesentrumm ist das, aber dennoch gut zu handhaben, mit einem großen Wasserkasten aus Kupfer und einem beweglichen Messingrohr zum Spritzen. Mehr als sechzig Gulden haben es sich die Stadtoberen kosten lassen. Und der Plattner soll jetzt sogar noch das Bürgerrecht bekommen.«

Florian zuckte die Achseln. Er war wenig überzeugt von der Sache, verspürte im Augenblick aber auch wenig Verlangen, sich ausgiebiger damit zu befassen. Er hielt Ausschau nach Justina. »Wenn's hilft, warum nicht.«

Väterle merkte wohl, dass ihm nicht nach einem Plausch war, und ließ ihn einfach stehen. Florian setzte sich an den frei gewordenen Tisch und wartete.

Es beunruhigte ihn, Justina nirgends zu sehen. Er ärgerte sich, dass er gestern nicht mehr dazu gekommen war, sie vor dem Ablassmörder zu warnen. Nach einer Weile kam eine üppige, blonde Schankmagd vorbei, machte ihm schöne Augen und stellte ungefragt einen Bierkrug vor ihm ab. Es gab ohnehin nur Bier.

Florian fragte sie nach Justina.

»Ich heiß aber nicht Justina, ich heiß Wally.«

Er nahm sie näher in Augenschein. Die Aussicht war gar nicht übel und wurde sogar noch besser, als sie sich ein wenig mutwillig zu ihm herunterbeugte, um sich auf dem Tisch abzustützen.

Er schenkte ihr seinen treuesten Hundeblick. »Du bist ein hübsches Mädel, Wally, aber weißt du, es wäre schon dringend, dass ich …«

»Was willst denn mit der Justina?«

Er zuckte die Achseln, legte den Kopf schief und verdrehte die Augen.

»So schlimm? Jaja, ist schon eine rechte Hex, die Justina.« Sie schüttelte lachend den Kopf. »Heut hilft sie in der Küche aus. Aber dort ist bald Schluss. Wenn du willst, kann ich ihr sagen, dass du im Hof auf sie wartest.«

Die Selbstverständlichkeit, mit der sie den Vorschlag unterbreitete, verhieß Florian nichts Gutes. Sah das nicht fast danach aus, als ob solche höfischen Verabredungen an der Tagesordnung waren? Er willigte trotzdem ein und wartete voll Ungeduld, dass sie mit einer Nachricht von Justina zurück an seinen Tisch kommen würde.

Sie ließ sich Zeit. Obwohl sich die Stube zusehends leerte und die Gäste, die noch da waren, keine neuen Bestellungen mehr machten, gab sie sich geschäftig, wischte hier an einem Tisch, räumte dort ein paar leere Krüge fort und tändelte unentwegt mit den Männern herum, vermied es aber offenbar ganz bewusst, in seine Nähe zu kommen.

Erst als auch die Gruppe um den Friedberger Plattner ihr heftiges Zutrinken beendet hatte und die Männer torkelnd und johlend die Stube verließen, kam sie so dicht an Florian vorbei, dass er sie am Schürzenzipfel erwischte.

»Was ist nun? Hast du mit ihr gesprochen?«

»Sag ich nicht! Bissle Kitzel sollt schon sein.« Sie lachte und entwand sich seinem Griff. »Versuch halt einfach mal dein Glück!«

»Dumme Gans!« Er zahlte bei einem der Knechte, nickte Franz Väterle einen kurzen Gruß zu und ging nach draußen.

Da im »Anker« auch Pferdeställe für die Gäste bereitgehalten wurden, war der Innenhof über eine Toreinfahrt von der Straße her bequem zugänglich. Üblicherweise wurde das Tor erst dann vom Wirt persönlich geschlossen, wenn die Logiergäste alle versorgt waren und er den letzten Zecher aus der Gaststube verabschiedet hatte.

Florian blieb einen Augenblick in der Einfahrt stehen, um sich zurechtzufinden. Der Geruch nach schalem Bier war überwältigend. Zu seiner Linken türmten sich mehr als mannshoch leere Fässer auf, hinter denen der Eingang zum Keller und zu den Lagerräumen zu vermuten war. Zur Rechten mussten sich demnach wohl die Wohngebäude für Wirtsleute und Gesinde befinden, während die Stallungen jenseits des großen, von Kastanien bestandenen und zu einem Teil auch als Nutzgarten angelegten Hofes lagen.

Im Schatten eines der mächtigen Bäume schien sich etwas zu regen. Florian trat aus der Einfahrt und steuerte beherzt darauf zu. Aus der Gaststube hinter ihm drang nur noch gedämpfter Lärm, der lediglich dann, wenn Franz Väterle selbst das Wort ergriff, zu einem lauten, tiefen Brummen anschwoll. Unter dem Baum blieb Florian stehen. Er hatte sich getäuscht. Vielleicht war es nur ein Eichhörnchen oder eine Katze gewesen.

In den Ställen, in denen noch Licht brannte, wieherte angstvoll ein Pferd. Florian sah hinüber und war für einen Moment geblendet. Da raschelte es hinter ihm, und zwei fest zupackende Hände legten sich um seine Kehle.

»Ergib dich, du Schuft!«, flüsterte es heiser.

»Teufel, Justina! Musst du mich so erschrecken?«

Trotz des Flüsterns glaubte er, sie an der Stimme erkannt zu haben, an ihrem Atem in seinem Ohr und Nacken und der Berührung ihrer Hände auf seiner Haut. Er ließ sie gewähren, genoss die Nähe des Körpers hinter sich und das ungewöhnliche Spiel.

Dann wurde der Griff um seinen Hals fester und raubte ihm die Luft. Er wollte sprechen, aber es ging nicht mehr. Alles, was er noch zustande brachte, war ein schwaches Röcheln.

Seine Hände suchten die Klammer um seinen Hals zu lösen. Vergeblich. In einem verzweifelten Versuch, den Angreifer abzuschütteln, stampfte er blind im Kreis herum. Der Gegner blieb an seiner Kehle hängen, ohne den Druck zu lockern, sprang ihm ins Kreuz und umklammerte mit den Beinen seine Hüften.

Florian ließ sich fallen, arbeitete mit den Ellbogen, wälzte sich zur Seite, auf den Rücken, kam schließlich obenauf zu liegen. Endlich Luft! Auch die Beinschere erschlaffte. Er rollte sich ab. Keuchte. Wandte sich um.

Zu spät!

Schon wieder war der Schatten über ihm. Hände packten

sein Gesicht, Lippen saugten sich an seinen fest, eine feuchte Schlange fuhr in seinen Mund, raubte ihm erneut den Atem. Als sie endlich von ihm abließ, hatte er die größte Lanze seines Lebens und war so fertig, dass er kein Glied mehr rühren konnte.

»So«, sagte sie ernsthaft, »ich hoffe, jetzt weißt du, woran du mit mir bist!«

Er lag stocksteif auf dem Rücken, während sie dicht neben ihm kauerte, ohne ihn zu berühren. Nur ihr Blick war fest auf ihn geheftet. Sie trug eine Kniehose mit daran genestelten Strümpfen und ein dunkles, eng anliegendes Wams. Das Haar hing offen auf die Schultern herab, sodass ihr scharf geschnittenes Gesicht noch eine Spur schmaler wirkte.

In den Stallungen hinter ihr ging das Licht aus. Für einen Moment war nur das grünliche Funkeln ihrer Augen zu sehen. Auch als er ihre übrigen Formen wieder erkennen konnte, kam er nicht mehr von dem Funkeln los. Lange lag er so da, unfähig sich zu regen, unfähig zu sprechen, fühllos für die Kälte des Untergrunds, die zwar das Wams durchdrang, aber seine innere Glut nicht zu kühlen vermochte.

Erst als die Geräusche aus der Wirtschaft endlich verstummt waren, Franz Väterle mit großem Gepolter das Hoftor geschlossen hatte und mit den letzten Mägden und Knechten im Wohngebäude verschwunden war, setzte er sich neben ihr auf. Im Schatten der Bäume waren sie drinnen von den Fenstern aus nicht zu sehen. Aber es war nicht die Angst vor Entdeckung gewesen, die ihn am Boden gehalten hatte.

»Eigentlich wollte ich dich vor einem Frauenwürger warnen«, sagte er, wobei ihm das Sprechen immer noch in der Kehle wehtat.

»Und nun?«

»Nun denke ich, man sollte ihn vielleicht besser vor dir warnen.«

»Schön, dass du endlich begriffen hast, wie wenig mit mir zu spaßen ist.«

Er fasste sich an den Hals. »Weißt du, so einfach war das nach dem Brand und der Verbannung aus dem Kloster auch nicht für mich. Ich musste mich draußen erst einmal zurechtfinden. Und zum ›Hirschen‹ durfte ich nicht mehr kommen …«

»Es gab ja auch genügend andere Häuser, in denen sich willige Weiber in ihrer Glut nach dir verzehrten.«

Das Wortspiel war geschmacklos, und sie wusste es wohl auch. Er tastete vorsichtig nach ihrer Hand. Sie zog sie nicht weg.

»Florian Brandner«, sagte sie feierlich, »du kannst alles von mir haben. Aber solltest du dich noch einmal mit einer anderen erwischen lassen, bring ich dich eigenhändig um. Das schwöre ich dir!«

JAKOB DER REICHE

Wo die neue Stadtmauer, welche die nördliche Vorstadt in den Schutz des Mauerrings mit einbezog, fast rechtwinklig an die alte Mauer zwischen Gögginger Tor und Heilig Kreuzer Tor stieß, befand sich ein kleiner Seiteneinlass. Auf den ersten Blick war es nur ein unscheinbarer Torbau, ein Haus mit einem einfachen Satteldach und einer steinernen Brücke, die über den trockenen Stadtgraben führte. Nichts deutete darauf hin, dass Kaiser Maximilian höchstpersönlich sich an dieser Stelle ein Hintertürchen in die Stadt hatte einbauen lassen.

Seine häufigen Besuche in Augsburg hatten ihn dazu veranlasst, sich von der Stadt vor dem Heilig Kreuzer Tor ein Anwesen zur Verfügung stellen zu lassen, das über den Einlass auch mitten in der Nacht bequem und ohne Aufenthalt zu erreichen war. Die Zugbrücke des Einlasses war ständig mit Wachen besetzt und darüber hinaus eigens mit einem kunstvollen, geheimen Getriebe versehen worden. Zwischen dem Einlass und dem Heilig Kreuzer Tor hatte der Rat der Stadt den zur Verteidigung nicht mehr notwendigen Teil der Mauer abreißen lassen, um Raum für ein neues Kornhaus zu schaffen.

Dort, im Schutt des noch nicht gänzlich aufgefüllten Grabens fand am Morgen ein Bauarbeiter die offenbar nur hastig unter ein paar Gesteinsbrocken und morschen Brettern verborgene Leiche eines jungen Mannes. Da der Kaiser die Stadt gerade erst verlassen hatte und so bald nicht zurückerwartet wurde, waren die Wachen in ihrer Aufmerksamkeit wohl etwas nachlässig geworden. Der Arbeiter schüttelte jedenfalls verwundert den Kopf darüber, dass die Leiche nicht schon früher bemerkt worden war, zumal sie von einer Schar fetter Raben umlagert wurde. Die frechen Burschen hatten sich schon tüchtig daran gütlich getan. Dennoch war am Hinterkopf immer noch eine klaffende Wunde erkennbar, die sicher nicht von den Vögeln herrührte und deren Anblick den Arbeiter erschauern ließ.

Er meldete seinen Fund den Bütteln, die sich kurz darauf beim Einsammeln der sterblichen Überreste weitaus weniger zimperlich zeigten. Der Tod war für sie etwas Alltägliches. Sie hatten schon übler zugerichtete Leichen gesehen. Einer der Männer erkannte den Toten trotz der Verunstaltungen durch die Raben. Der Vorfall musste dem Stadtvogt angezeigt werden; da der Büttel jedoch um Conrad Peutingers besonderes Augenmerk auf diese Angelegenheit wusste, hielt er es für angezeigt, den Stadtschreiber davon in Kenntnis zu setzen.

Conrad Peutinger hatte allerdings gerade wichtigen Besuch in seiner Schreibstube, als man ihm die Nachricht von dem Leichenfund brachte, und zeigte sich ob der Störung höchst unangenehm berührt.

»Schlechte Nachrichten, Conrad?«, fragte der Mann, der ihn, ganz gegen seine sonstigen Gewohnheiten, so unerwartet aufgesucht hatte.

Er trug eine lange dunkle Schaube, deren kostbarer Pelzbesatz ebenso von Reichtum zeugte wie die mit feinen Stickereien versehene Kappe, unter der sein Haar fast gänzlich verborgen war. Da auch die Brauen über den strengen, tief liegenden Augen kaum ausgebildet waren, wirkte das bartlose, schmallippige Gesicht mit dem ausgeprägten Kinn und der hohen Stirn seltsam nackt.

Peutinger schüttelte den Kopf.

Gewöhnlich pflegte er seinen Gast in dessen Palais zu besuchen, wo ihre Unterhaltungen einen weniger förmlichen Anstrich hatten. Dass Jakob der Reiche heute eigens zu ihm in die Schreibstube gekommen war, sagte schon alles. In Augsburg braute sich etwas zusammen, was den Geschäften der Fugger entschieden zuwiderlief.

»Ihr wisst, in dieser Stadt hustet kein Floh, ohne dass ich davon erfahre«, sagte der Kaufmann. »Und Ihr wisst auch, dass Ihr Euch jederzeit getrost an mich wenden könnt, wenn Ihr Hilfe braucht.«

Gleichmütig winkte Peutinger ab. »Habt Dank, Jakob, aber

in dieser Angelegenheit werde ich wohl auch ohne Eure Unterstützung zurechtkommen.«

Peutingers Zuversicht war indes nur gespielt. In facto beschäftigten ihn diese leidigen Mordgeschichten mehr, als ihm lieb war. Die Nachwehen des Reichstags und die Aufregung um die Disputation im Fuggerhause hatten bislang verhindert, dass man den Frauenmorden allzu viel Beachtung schenkte. Was zählten schon ein paar wertlose Weiber aus der Unterstadt, wenn es um die große Politik ging?

Mit Hans Marbach hatte es dann zwar einen vermeintlich ehrbaren Handwerker getroffen, doch war der erst kürzlich nach Augsburg gekommene Wanderdrucker weder Bürger der Stadt noch Zunftmitglied gewesen. Ein leicht zu verschmerzender Verlust, erst recht, nachdem man die verräterischen Lettern in seinem Hause gefunden hatte, mit denen man ihm sowohl die Ablassfälschungen als auch die Frauenmorde anhängen konnte. So gesehen war nun auch die Ermordung des Druckergesellen kein großes Unglück. Er hatte keine Angehörigen, niemand würde ihm eine Träne hinterher weinen. Dennoch fing die Sache an, mehr als nur lästig zu werden, und schien längst noch nicht ausgestanden. Wenn nicht bald etwas geschah, würde es zweifellos weitere Tote geben.

Der Fugger war schließlich auch nicht von ungefähr gekommen. Er hatte zwar zur Entlarvung des Ablassfälschers gratuliert, traute dem Erfolg aber augenscheinlich noch nicht ganz. Zudem wollte er endlich den aufrührerischen Augustiner aus der Stadt und den Kardinal aus seinem Hause haben.

»Nun gut«, sagte er jetzt und schreckte Peutinger damit aus seinen Gedanken auf, »dann möchte ich einstweilen auch nicht weiter in Euch dringen. Mein Angebot gilt natürlich weiterhin.«

Peutinger nickte höflich zum Zeichen des Dankes. Die Fugger hatten ihre Spitzel überall, und ihr Arm war stark und weitreichend. Dennoch wollte er, wenn irgend möglich, den Fall auf seine Art und Weise zu Ende bringen, ohne großes Aufsehen, ohne unnötige Verwicklungen, ohne hinterher in jemandes Schuld zu stehen.

»Um also wieder auf die Luthersache zu sprechen zu kommen: Ihr wisst, was dabei auf dem Spiel steht«, hub der Kaufmann noch einmal an, »nicht nur für mich, sondern auch für Augsburg. Dieses toll gewordene Mönchlein muss aus der Stadt verschwinden, und zwar schnell. Der Mann ist gefährlich. Weder Macht noch Geld können ihn verlocken. Er glaubt tatsächlich an das, was er predigt, und seine Ansichten verbreiten sich im Volk schneller als eine Feuersbrunst. Jetzt hat er ein Schreiben öffentlich gemacht, in dem er den bisherigen Gang der Gespräche mit Cajetan zusammenfasst. Der Kardinal ist außer sich. Gütlich ist diese Auseinandersetzung ganz sicher nicht mehr beizulegen. Und wenn es zu einem Ketzerprozess kommt, vermag niemand zu sagen, was daraus wird. Es gilt zu verhindern, dass in Augsburg ein Scheiterhaufen errichtet wird, der die Welt in Brand setzt und die gesamte Christenheit in ihren Grundfesten erschüttert.«

Conrad Peutinger nickte. Er vermutete stark, dass Jakob Fugger in Wahrheit mehr um seine Ablassgeschäfte als um die Grundfesten der Christenheit bangte. Trotzdem war es gewiss das Beste, wenn der kleine Wittenberger endlich aus der Stadt verschwand. Er fragte sich allmählich ernsthaft, was den Augustinermönch noch so dringend in Augsburg festhielt, dass er sich dafür der von Stunde zu Stunde wachsenden Gefahr einer Verhaftung aussetzte.

Der Nachtwächter

Es war anders als sonst.

Er hatte die Augen geschlossen, sodass er die sich wie von Sinnen unter ihm windende Frau gar nicht sah. Er hörte nur ihr schweres Keuchen und spürte, wie ihre Fingernägel seinen Rücken zerkratzten. Er ließ nicht locker. Es steigerte nur seine Erregung.

Zitternd ließ er sich fallen. Ein mit jeder Faser seines Körpers herbeigesehnter Sturz in einen tiefen, bodenlosen Abgrund, bei dem er sich so völlig verlor, wie es vollkommener nur noch im Tod geschehen konnte. Nackte, blinde Lust.

Erst als er ihre letzten Zuckungen herannahen fühlte und auch bei ihm alle Dämme brachen, öffnete er die Augen und suchte ihren Blick. Und wieder verlor er sich in diesem rätselhaft funkelnden Grün. Dann lagen sie lange regungslos, ohne ein Wort, hielten sich fest umklammert, als könnten sie die ganze Welt um sich herum vergessen.

Justina war die Erste, die das Schweigen brach. »Ich muss bald wieder zurück, wenn ich nicht unangenehm auffallen will.« Zärtlich strich sie ihm über die Stirn. »Aber ich gehe nicht, bevor du mir nicht gesagt hast, was dich bedrückt.«

Florian hasste es, schon wieder mit ihr über diese unseligen Mordgeschichten zu sprechen, erst recht jetzt, da sie so vertrauensvoll in seinen Armen ruhte und ihr Gesicht einen so selten friedlichen Ausdruck angenommen hatte.

»Martin ist tot.«

Der Gedanke an den Tod des Mitgesellen trübte seine Hochstimmung und erinnerte ihn daran, dass ihm nicht mehr viel Zeit blieb, wenn er etwas über den Ring erfahren wollte.

»Ich weiß.«

»Woher?« Er runzelte die Stirn.

»Es hat sich schnell herumgesprochen. Immerhin arbeite ich in einer Schenke. Mochtest du ihn?«

Florian zuckte die Achseln. »Um ehrlich zu sein, kamen wir mehr schlecht als recht miteinander aus. Er war ein verstockter Hund und hat nicht viel geredet. Ich glaube, es hat ihm nicht gepasst, dass er die schwerere Arbeit machen musste, obwohl er schon viel länger bei Grimm war als ich.«

Sie nickte. »Ein Grund mehr für ihn, die Lettern an diesen Marbach zu verkaufen. Er fühlte sich zurückgesetzt und wollte sich an Grimm rächen.«

»Mag sein.« Die Lettern beschäftigten Florian nur noch insofern, als sie dazu beitragen konnten, Martins Mörder und damit vielleicht auch den Ring zu finden.

Nach ihrer kleinen Rauferei im Hof des »Ankers« hatte er Justina die ganze Geschichte erzählt. Nicht nur deshalb war es eine lange Nacht geworden. Erst als auch die innigste Umarmung es nicht mehr vermocht hatte, die empfindliche Kühle vergessen zu lassen, hatten sie sich getrennt und auf den heutigen Abend in den Gärten hinter dem Spittelhof verabredet. Vorsorglich hatte Justina diesmal eine alte Pferdedecke mitgebracht.

Florian räkelte sich darunter. »Bisher war ich der festen Überzeugung, dass Martin mich niedergeschlagen und mir den Ring gestohlen hat. Jetzt weiß ich überhaupt nicht mehr, wonach ich suchen soll.«

»Nach dem Ablassmörder, ganz einfach!«

»Ja, ganz einfach!« Er lachte freudlos.

Ihre Anteilnahme und Tatkraft machten ihm Mut, aber es gab zu viele Fragen. Sicher, es war gar nicht einmal so unwahrscheinlich, dass der Frauenmörder immer noch in der Stadt umging und auch Martin und den Wanderdrucker umgebracht hatte. Das Wedeln mit dem Ablass der toten Stellmacherin vor den Augen von Meister Grimm hatte eine ganze Kette von Ereignissen ausgelöst.

Nacheinander waren Grimm, Martin und Marbach aus ihrer Deckung aufgescheucht worden. Mit den Morden wollte wohl keiner der drei in Verbindung gebracht werden. Und wenn Martin die Lettern tatsächlich aus der Offizin des Meisters gestohlen hatte, war damit zumindest jeglicher Verdacht gegen Grimm hinfällig. Ohnehin war er nur als Fälscher und nicht als Mörder in Frage gekommen, da er während des Mordes an der Acht-Maß-Traudl zusammen mit Florian in Nürnberg gewesen war. Dennoch hatte er es für nötig befunden, Martin mitten in der Nacht mit einem Schreiben an Leonhard Bayer loszuschicken. Was aber hatten die Augustiner mit der ganzen Sache zu tun? Ging es vielleicht nur um einen neuen geheimen Druckauftrag, den Grimm ablehnte, nachdem er bemerkt hatte, dass die Lettern der Hutten-Schrift verschwunden waren?

Martin hatte jedenfalls nichts Eiligeres zu tun gehabt, als zu Marbach zu laufen. Als sie im Streit auseinander gegangen waren, hatte Marbach noch gelebt. Gut möglich, dass er unverzüglich mit dem Auftraggeber der Ablassfälschungen Verbindung aufgenommen hatte, um ihn wegen der Frauenmorde zur Rede zu stellen. Und da der Mörder befürchten musste, dass seine beiden Mitwisser plaudern würden, hatte er kurzen Prozess gemacht.

Möglich war aber auch, dass es gar keinen Auftraggeber gab, sondern Marbach selbst der Mörder war, so wie Peutinger es gerne gesehen hätte. Und Martin war nach seinem Besuch in St. Anna noch einmal zurückgekommen, um den Streit mit dem Wanderdrucker gewaltsam zu beenden. Aber wer hatte dann Martin getötet? War er vielleicht einfach nur einem Räuber zum Opfer gefallen, der ihm auch Florians Ring abgenommen hatte?

Florian stöhnte. »Ich tappe wie ein Blinder im Dunkeln. Letzten Endes beruht alles nur auf Vermutungen.«

Justina tätschelte ihm aufmunternd den Kopf. Dann befreite sie sich sanft aus seinen Armen, richtete sich auf und warf einen leicht verunsicherten Blick um sich. Sie hatte den Treffpunkt selbst vorgeschlagen, da er sich in der Nähe des »Ankers« befand und um diese Zeit die Aussicht auf Ungestörtheit versprach.

Sie ordnete ihre Kleidung. Florian lag ausgestreckt neben ihr unter der Decke und beobachtete andächtig jede ihrer Bewegungen. Als sie fertig war, folgte er ein wenig widerwillig ihrem Beispiel und legte zum Schluss auch den Gürtel mit dem Dolch wieder an.

»Ich denke, wir sollten die Dinge nicht verwirrender machen, als sie ohnehin schon sind. Wenn du nichts anderes hast als Vermutungen, musst du diesen eben nachgehen. Außerdem«, sie zupfte kräftig an seinem linken Ohrläppchen, damit er wieder näher an sie heranrutschte, »wieso muss dieser Heinrich Marsilius den Ring überhaupt sehen? Reicht es denn nicht, wenn du ihn genau beschreibst? Immerhin hat er ihn ja schon einmal vor Augen gehabt.«

Florian befreite sein Ohr. Irgendwo hinter ihnen raschelte eine Katze oder ein Eichhörnchen im Herbstlaub.

»Du hast Recht. Vielleicht sollte ich einfach so noch mal nach St. Anna gehen und mit ihm reden.«

Sie nickte. »Übrigens habe ich heute mit den anderen Mägden über die falschen Ablässe gesprochen, um sie zu warnen. Die Wally meinte, sie hätte neulich bei ihrer Base so ein merkwürdiges Papier gesehen ...«

»Was! Und das sagst du erst jetzt!«

»Immer langsam, nur keine Aufregung!« Sie lachte. »Die Wally ist ja gar nicht sicher, ob es überhaupt ein Ablass war, den sie da gesehen hat. Die dumme Gans kann natürlich nicht lesen, und ihre Base hat ein großes Geheimnis um das Papier gemacht und es ihr dann auch gleich wieder aus der Hand gerissen und in den Busen gesteckt.«

»Und wie zum Teufel kommt die Wally dann überhaupt darauf, dass es sich dabei um einen Ablassbrief handeln könnte?«

»Sie sagt, ihre Base hat das Papier von einem Geistlichen bekommen.«

»Ach was?«

»Ja. Die Wally hat zu ihr gesagt: ›Was willst denn mit dem unnützen Zeug, von dem du nicht einmal weißt, was es bedeutet? Am Ende sind's Zaubersprüch oder ein anderes Hexenwerk, was draufsteht!‹ Die Base von der Wally kann nämlich auch nicht lesen.«

Justina machte eine kleine Kunstpause und weidete sich an seiner Ungeduld. Hinter ihnen raschelte es wieder.

»Na, jedenfalls hat sie der Wally dann verraten, es könne gar kein Hexenwerk sein, denn sie hätte das Papier von einem geistlichen Herrn bekommen.«

»Donnerwetter! Weißt du vielleicht auch noch zufällig, wie die Base von der Wally heißt?«

»Ja, es …«

»Teufel noch mal, das gibt's doch gar nicht!«

Sein Schrei ließ das Gras hinter dem Apfelbaum lebendig werden. Nach einem Augenblick der Verblüffung sprang Florian auf und rannte dem Schatten hinterher, der sich blitzartig erhoben hatte und nun am Spital vorbei schnurstracks Richtung Stadtmauer davonlief.

Obwohl es zu finster war, um viel zu erkennen, und der Flüchtende schon einen beträchtlichen Vorsprung hatte, war Florian sicher, die vermummte Gestalt schon einmal irgendwo gesehen zu haben. Die Straßen waren menschenleer, lediglich am Eserwall blickten ihnen ein paar verdutzte Stadtsoldaten auf ihrem Heimweg aus der Schenke hinterher.

Florian fühlte sich steif und eingerostet vom langen Liegen auf dem feuchtkalten Boden, dennoch schmolz der Abstand immer mehr zusammen. Dabei war der Mann nicht einmal langsam, wurde aber von irgendeinem langen Gegenstand, den er mit sich führte, beim Laufen behindert.

Vorbei an St. Ulrich bogen sie in die Afragasse, ließen den Salzstadel rechts liegen und rannten durch die Weirgasse auf das Gögginger Tor zu. Ganz offensichtlich mied der Mann die vornehme Wohngegend um den Weinmarkt, wo zu befürchten stand, dass vor dem Tanzhaus oder dem Fuggerpalais noch Betrieb herrschte.

Florians Lungenflügel brannten, seine Beine wollten nicht mehr, aber der Schatten war nur noch wenige Schritte vor ihm. Wenn es nicht der Teufel höchstpersönlich war, musste auch ihm langsam die Puste ausgehen.

Da! Er strauchelte. Stolperte über etwas. Mit drei, vier Sätzen war Florian heran und stürzte sich auf ihn. Sie gingen zu Boden, wälzten sich im Straßendreck. Der Mann legte erstaunlich wenig Gegenwehr an den Tag. Florian schwang sich rittlings auf ihn und packte ihn mit der Linken fest an der Kehle, während er mit der Rechten auf seine Hände und Arme einprügelte, die er sich schützend vor das Gesicht hielt.

Als der Feigling anfing, leise unter den Schlägen zu wimmern, ließ Florian von ihm ab, um Luft zu holen. Sofort sanken die Arme des Mannes herab.

Florian hatte zum ersten Mal Gelegenheit, sein Gesicht zu betrachten: Es war Lorenz, der Nachtwächter. Neben ihm lagen die zerbrochene Laterne und die Hellebarde, über die er bei seiner Flucht gestolpert war. Florian hatte ihm bei seiner Attacke das Hemd zerrissen und eine mit Narben übersäte Brust war zum Vorschein gekommen. Um den Hals trug er an einem silbernen Kettchen einen Ring mit einem Wappen, das eine Taube mit einem Schlüssel im Mund zeigte.

»Mein Ring!«, brüllte Florian und riss grob an der Kette.

»Nein.« Der Mann packte seine Hände und hielt sie fest. Nun zeigte sich, dass er über außerordentliche Kräfte verfügte und sehr wohl im Stande war, sich zu wehren. »Nicht dein Ring.«

»So, woher hast du ihn denn, wenn du ihn mir nicht gestohlen hast?«

»Lass mich aufstehen, und ich erzähle es dir!«

Florian zögerte. Etwas im Verhalten des Nachtwächters stimmte nicht mit dem Bild überein, das er sich von einem Mörder machte. Aber wer konnte schon sagen, wie sich ein Mörder benahm? Er griff nach dem Dolch an seiner Seite.

»Beim Erzengel Michael und allen Heiligen«, sagte der Mann mit seiner selbst in dieser Lage seltsam eintönigen Stimme, »du wirst doch wohl nicht deinen eigenen Bruder erstechen wollen!«

Ein eiskalter Hauch

Vom Perlachturm schlug es Mitternacht. Florian zählte mit. Die Stadt wirkte wie ausgestorben. Nicht einmal das Bellen eines Hundes antwortete der Uhr.

Seit mindestens einer halben Stunde lief er nun schon in der Nähe des Turmes auf und ab, immer der Gefahr ausgesetzt, die Aufmerksamkeit des Türmers auf sich zu ziehen. Trotz Justinas Eintreten für Lorenz hatte er seine Zweifel, ob der Nachtwächter tatsächlich noch erscheinen würde.

Justina war ihnen bei ihrer Jagd durch die Stadt auf dem Fuße gefolgt und hatte den Kampfplatz gerade noch rechtzeitig erreicht, um Lorenz' Offenbarung mit anzuhören. Sie hatte sich ebenso überrascht gezeigt wie Florian, dann aber daran erinnert, dass für lange Erklärungen keine Zeit war. Wenn sie ihre Stellung im »Anker« nicht aufs Spiel setzen wollte, musste sie zurück, bevor ihr Fehlen auffiel. Ohnehin war sie schon viel zu lange weggeblieben. Und Lorenz durfte sich auch keine endlosen Pausen erlauben. Schließlich gab es außer ihm auch noch die Türmer und Torwächter, die sein Ausbleiben bemerken würden.

Florian hatte seine Neugier zwar kaum zu zügeln vermocht, aber dennoch darauf bestanden, Justina zumindest bis in Sichtweite der Wirtschaft zu begleiten. Dafür hatte er sogar in Kauf genommen, den Nachtwächter einstweilen seines Weges ziehen zu lassen. Lediglich den Ring hatte er als Faustpfand einbehalten.

Ungeduldig spielte er jetzt damit herum. Im Gegensatz zu seinem eigenen, der nur über den kleinen Finger passte, saß dieser wie angegossen an seinem Ringfinger. Er betrachtete ihn noch einmal eingehend von allen Seiten, dann befestigte er ihn wieder an dem silbernen Kettchen, an dem Lorenz ihn um den Hals getragen hatte, hängte es sich um und verstaute es sorgsam unter dem Hemd. Es hatte wohl keinen Zweck mehr, noch länger zu warten.

Vorsichtig spähte er zum Turm hinauf und schickte sich an zu gehen, als in der Ferne endlich der Ruf des Nachtwächters zu vernehmen war. Es dauerte eine Weile, dann nahten rasche Schritte aus Richtung des Tanzhauses. Kurz darauf war Lorenz da. Florian winkte ihm aus dem Schatten der Häuser zu, in dem er sich vor den Blicken des Türmers zu verbergen suchte.

Stumm bedeutete ihm Lorenz, sich noch ein wenig zu gedulden. Erst nachdem er in aller Gemütsruhe ein paar Belanglosigkeiten mit dem Mann auf dem Perlach ausgetauscht und dieser seine Aufmerksamkeit offenbar wieder anderen Dingen zugewandt hatte, kam er zu Florian zurück, nickte ihm mit ernster Miene zu und führte ihn ein gutes Stück den Berg hinunter, wo sie sich auf einem Mäuerchen außerhalb der Sichtweite des Turmes niederließen.

Die Geschichte, die Florian nun zu hören bekam, kam ihm überraschend bekannt vor, so bekannt, dass er fast fürchtete, jeden Augenblick wieder aus einem seiner wunderlichen Träume zu erwachen. Lorenz würzte sie allerdings so über die Maßen mit seinen Klagen über die Schlechtigkeit der Menschen und die gottlosen Zeiten und vielerlei Stoßgebeten zu allen nur erdenklichen Engeln und Heiligen, dass Florian schließlich doch überzeugt war, das Ganze könne unmöglich nur seiner eigenen Phantasie entsprungen sein.

Wenn man dem Nachtwächter Glauben schenken durfte, war ihr gemeinsamer Vater ein wohlhabender Edelmann in einer fernen Stadt gewesen. Weder den Namen des Vaters noch den der Stadt noch sein eigenes Alter wusste Lorenz jedoch zu benennen. Lediglich den Namen der Mutter hatte er behalten. Sie hieß Christina und war wohl eine beeindruckende rotlockige Schönheit gewesen – zumindest seinen kindlich verklärten Erinnerungen nach zu schließen. Das Familienglück war vollkommen, und die Mutter ging gerade wieder schwanger, als Lorenz miterleben musste, wie der Leibhaftige in Gestalt eines schrecklichen schwarzen Riesen den Vater hinterrücks erdolchte und die Mutter zwang, seine Buhle zu werden. Völlig mittellos sei es ihr gelungen, mit ihm zu entkommen. Unterwegs habe sie einen weiteren Knaben, nämlich ihn, Florian, zur Welt gebracht. Erst hier in Augsburg, in einer leer stehenden Hütte in der Fischersiedlung am Senkelbach, hätten sie schließlich Zuflucht gefunden. Und dann, urplötzlich, sei der schwarze Riese wieder da gewesen.

»Mit meinen eigenen Augen musste ich mit ansehen, wie der Leibhaftige sie geholt hat«, sagte Lorenz und bekreuzigte sich dreimal. »Gott sei ihrer armen Seele gnädig!«

»Amen«, sagte Florian ungeduldig. Er war unzufrieden, dass der Nachtwächter nur so wenig zu wissen schien, und tat sich schwer damit, diesen merkwürdig alterslosen, frömmelnden Mann als seinen Bruder anzusehen.

Lorenz blickte gen Himmel und streckte die gefalteten Hände in die Höhe. »Doch Gott stand uns unschuldigen Kindern bei und gab mir die Kraft, mit dir in den Armen aus der Hütte zu fliehen. Und während der Böse noch nicht ablassen konnte von unserer ach so beklagenswerten Mutter, gelang es mir, der heiligen Jungfrau sei Preis und Dank, weit genug davonzulaufen. Denn gleich darauf schleuderte Gott auch schon Feuer vom Himmel herab auf den Ort des teuflischen Frevels und trieb den Widersacher damit zurück in die tiefste Hölle!«

Wieder bekreuzigte er sich.

Florian ergriff die Gelegenheit zu einer Unterbrechung. »Was war mit den Ringen?«, fragte er ungerührt.

Lorenz sah ihn missbilligend an. »Du bist ungeduldig und voreilig, Bruder, und auch wenn du im Kloster erzogen wurdest, so hängen deine Gedanken doch zu sehr am Weltlichen. Aber der Herr wird dir vergeben, denn du hast ein gutes Herz, und ich werde für dich beten.«

Florian fror, und er war hundemüde. Außerdem bekam er langsam das Gefühl, sich in der vergangen Nacht im Hof des »Ankers« einen tüchtigen Schnupfen geholt zu haben. Sein Hals tat weh und das Atmen durch die Nase begann ihm immer schwerer zu fallen. Er konnte gut auf Lorenz' Gebete verzichten, wenn der sich dafür bei seiner Erzählung nur ein wenig mehr auf das Wesentliche beschränkt hätte.

»Am nächsten Morgen in aller Früh, sobald die Tore geöffnet wurden, gelang es mir, auf einem Heuwagen in die Stadt zu kommen und dich unbemerkt an der Schwelle von St. Anna abzulegen. Ich war mit unserer armen Mutter, Gott habe sie selig, ein paar Mal dort gewesen. Ich nehme an, sie ging dort zur Beichte. Zwar hatte sie mich vor den Leuten in der Stadt gewarnt, aber ich wusste nicht, wohin, und das Kloster hatte ich in guter Erinnerung und bildete mir ein, es sei der rechte Ort für dich. Zumal mir der Jammer der Mutter, dass sie nicht genügend Geld habe, um dich taufen zu lassen, noch im Ohr klang.«

»Die Mönche haben mich getauft, wenn es dich beruhigt«, sagte Florian. Allmählich gewann er die Überzeugung, dass Lorenz tatsächlich die Wahrheit erzählte – oder zumindest das, was er in seinem verdrehten Hirn für die Wahrheit hielt. An seiner Abneigung gegen den Frömmler vermochte dies jedoch nicht viel zu ändern.

»Der Herr sei mit ihnen! Dafür und für alle anderen Guttaten, die sie an dir getan.«

»Was ist nun mit den Ringen?«

»Die Ringe? Nun, der Vater ließ sie wohl einst als eine Art Familienschmuck fertigen. Den meinen trug er selbst bis zu seinem Tod, Gott sei seiner armen Seele gnädig. Danach ging er auf mich über. Weil er mir aber noch nicht passte, trug ich ihn an einem Kettchen um den Hals und habe daran auch bis heute nichts geändert. Gott liebt nicht den Menschen, der Schätze hortet, um sie zur Schau zu stellen, sondern er schaut auf die Schätze des Herzens.«

Florian vermutete, dass es weniger das Wissen um die Vorlieben des lieben Gottes als vielmehr die Angst vor dem teuflischen schwarzen Riesen gewesen war, die Lorenz veranlasst hatte, den Ring nur im Verborgenen zu tragen. Was er weiter erzählte, schien diese Vermutung zu bestätigen.

»Deinen Ring trug die Mutter. Nach ihrer Flucht wagte sie es nicht mehr, ihn offen zu zeigen, und vielleicht ahnte sie ja auch schon etwas von ihrem Schicksal.« Er bekreuzigte sich.

»Also hängte sie ihn dir ebenso um den Hals wie mir den Ring unseres unglücklichen Vaters selig.«

»Ein Entschluss, für den ich ihr ewig dankbar sein kann. Der Ring hat mich vor dem Findelhaus bewahrt. Die Mönche hätten mich nämlich unweigerlich hineingesteckt, hätten sie nicht die Vermutung gehabt, ich könne von vornehmem Geblüt sein. Zu dumm, dass du nicht weißt, woher unsere Eltern kamen.«

Lorenz schüttelte den Kopf. »Was nützen dir irdisches Wissen und irdisches Gut, wenn deine Seele Schaden leidet. Du hättest im Kloster bleiben sollen!«

»Unfug!« Florian merkte, wie ihm der Rotz immer mehr in den Kopf stieg. Er fühlte sich hundeelend. Zudem hatte er die Nase voll von dem Geschwafel. »Es gibt zwar noch vieles, was ich wissen möchte, aber ich darf dich jetzt nicht mehr länger aufhalten«, sagte er mit aller Freundlichkeit, die er noch aufbrachte. »Morgen ist auch noch ein Tag. Eines musst du mir aber noch sagen, bevor ich dich gehen lasse: Was hast du mit Justina zu schaffen? Warum schnüffelst du hinter uns her?«

»Gütiger Gott, vergib ihm seine unkeuschen Gedanken, denn die Liebe hat ihn verblendet!« Lorenz schlug die Hände über dem Kopf zusammen. »Sag, Bruder, kann es dich denn Wunder nehmen, wenn ich all die Jahre heimlich Anteil an deinem Schicksal genommen habe? Es sei dir verziehen, dass du mich noch nicht danach gefragt hast, wie es mir in all der Zeit ergangen ist. Schließlich musst du dich erst an den Gedanken gewöhnen, nicht mehr allein auf dieser Welt zu sein, sondern einen Menschen deines Blutes in der Nähe zu wissen. Ich aber, der ich dich in meinen eigenen schwachen Armen vor den Klauen des Satans bewahrt habe, ich sollte nicht weiterhin verfolgt haben, wie es dir erging? Immer wenn ich in den kalten Winternächten im Hause des frommen Stadtsoldaten, der mir für meiner Hände Arbeit ein Plätzchen unter seiner Stiege gewährte, verzweifeln wollte, dachte ich daran, dass es wenigstens dir wohl erging. Und wenn ich dich dann an den Feiertagen in der Kirche oder am Fronleichnamstag bei der großen

Prozession im Kreise der Mönche und Novizen sah, dann ging mir jedes Mal das Herz auf. War es da nicht meine Pflicht, über deine Pfade zu wachen, damit es so blieb, Bruder?«

Florian glaubte wahrhaftig, Tränen in den Winkeln der seltsamen Eulenaugen schimmern zu sehen, und verspürte selbst fast so etwas wie Rührung. Er zog die Nase hoch. Doch dann stieß ihm plötzlich höchst unangenehm auf, was ihn eigentlich schon die ganze Zeit an Lorenz' Ausführungen gestört hatte, seltsamerweise aber als Gedanke bisher nicht klar greifbar gewesen war.

»Warum hast du dich mir nie zu erkennen gegeben?«

»Ich kann dir versichern, meine Zurückhaltung fiel mir schwer genug. Aber es geschah einzig zu deinem Wohl. Ich wollte das Böse nicht auf deine Spur bringen.« Lorenz bekreuzigte sich, und seine Stimme nahm plötzlich wieder den Predigerton an. »Denn der Satan will keine Ruhe geben! Zweimal des Nachts ist er mir noch erschienen. Immer dann, wenn die Zeiten besonders gottlos sind, treibt es ihn aus seiner Hölle heraus. Dann nimmt er Menschengestalt an und wandelt als schwarzer Schatten unter denen, die Gottes Gebot nicht mehr achten und ihre Seele –«

»Augenblick mal!«, unterbrach ihn Florian aufgeregt. »Du hast den Teufel, der unsere Eltern getötet hat, später noch einmal gesehen?«

»Sagte ich das nicht gerade? Das erste Mal muss schon Jahre her sein, denn ich war damals noch kein Nachtwächter, sondern brachte Ohm Leopold – so durfte ich ihn nennen, meinen Wohltäter – eine warme Suppe auf seinen Posten am Wertachbrucker Tor. Die Zeiten waren unsicher, denn auch damals hatte der Reichstag viel Gesindel in die Stadt gebracht, und Ohm Leopold durfte seinen Posten für einige Tage nicht verlassen. Und da sah ich ihn!« Er bekreuzigte sich wieder. »Wie einst die Schreie der Mutter, so gellte es durch die Nacht und gleich darauf huschte er an mir vorbei, ein Schatten nur, und doch fuhr es mir durch Mark und Bein, als ob ein eiskalter Hauch meine Seele gestreift hätte.«

»Und das zweite Mal?«, drängte Florian.

»Wie?«

»Du sagtest, du hast ihn zweimal gesehen. Wann war das zweite Mal?«

Lorenz' Blick hatte seine eulenhafte Gleichmut nun völlig verloren. Er starrte Florian mit vor Schreck geweiteten Augen an.

»Das zweite Mal war erst vor einigen Tagen.«

Gerüchte und Spekulationen

»Der Wittenberger ist heut Nacht geflohen!«

»Gott in der Höh sei Preis und Ehr!«

»Halb nackend isser von der Stadtmauer auf'n Gaul naufsprungen, ohne Hos und Strümpf!«

»Der feige Ratz!«

»Der kann doch net einmal reiten!«

»Unsinn! Der Peutinger selbst soll ihm doch 's Klinkertörle aufgehalten haben!«

»Ohne Stiefel und Sporn!«

»Ja, sackerment, der Satansbraten!«

»Durchs Pförtchen am Gallusberg?«

»Auf einem glutschnaubenden Feuerross, und der Leibhaftige selbst hat ihm die Zügel gehalten.«

»Und der Kardinal?«

»Alle vorher vergiftet!«

Die Gerüchteküche brodelte. Wie ein Lauffeuer hatte sich die Kunde verbreitet, dass Martin Luther in der Nacht heimlich, still und leise die Stadt verlassen hatte. Die genaueren Umstände blieben ebenso nebulös, wie die Meinungen darüber zunächst zwiespältig waren. Hatte die Nachricht aufseiten seiner Gegner im ersten Augenblick noch Erbitterung und Empörung und bei vielen seiner Anhänger verhaltene Enttäuschung ausgelöst, so wichen diese Empfindungen schnell einem allgemeinen Gefühl der Erleichterung.

Zu deutlich hatte man schon das Bild des Scheiterhaufens vor Augen gehabt, auf dem der kleine Augustiner brennen sollte, wenn es nach dem Willen des päpstlichen Gesandten ging. Und selbst der niederste Pöbel, dem solche Hinrichtungen gemeinhin als Belustigung dienten, ahnte, dass in diesem Fall womöglich ganz Augsburg von der Gewalt der Lohe erfasst und verheert worden wäre.

Florian teilte zwar die allgemeine Erleichterung, verband

aber mit der Flucht des streitbaren Mönchs noch ganz andere Gedanken. Er musste schnellstens Heinrich Marsilius aufsuchen, bevor es diesem einfiel, abzureisen. Dabei war ihm überhaupt nicht danach, vor die Tür zu gehen und dem nasskalten Herbstwetter zu trotzen. Nach einem viel zu kurzen Schlaf war er mit heftigen Kopf- und Gliederschmerzen erwacht. Sein Hals war rau wie eine Raspel, und er krächzte wie ein stimmbrüchiger Rabe.

»Kommt von der elenden Rumtreiberei«, hatte Grimm nur gebrummelt, ihm eine Kräutermixtur aus Fenchel, Anis und Salbei verabreicht, empfohlen, viel heißen Met zu trinken, und im Übrigen wenig Erbarmen gezeigt.

Als ein Bote Wirsungs die Nachricht von Luthers Flucht mit in die Offizin brachte, hatte Florian sich gerade am Pressbengel abgequält. Zum Glück war der Meister höchst aufgeregt gewesen, hatte sofort Wams und Schaube übergeworfen und war ohne ein weiteres Wort aus der Offizin verschwunden.

Florian zerbrach sich erst gar nicht den Kopf darüber, wohin er wohl gegangen und wann wieder mit ihm zu rechnen sein mochte. Es gab viel zu tun. Vor allem galt es, nach St. Anna zu gehen, solange der Mainzer Domherr noch dort weilte. Florian hatte Lorenz den Ring nicht zurückgegeben und konnte nun sogar wieder etwas vorweisen. Außerdem drängte es ihn, noch einmal mit Vater Remigius zu sprechen.

Er säumte nicht lange, machte sich auch weiter gar keine Gedanken, wie er sein Weglaufen Grimm gegenüber rechtfertigen sollte, sondern begab sich wild entschlossen, endlich Klarheit in seine Angelegenheiten zu bringen, auf den Weg.

Vor allem der wie aus dem Nichts aufgetauchte Bruder und selbst ernannte Schutzengel machte ihm zu schaffen. Faktum war, dass er Florian schon einmal das Leben gerettet hatte. Faktum schien aber auch, dass in seinem Oberstübchen nicht immer alles mit rechten Dingen zuging. Wer außer einem Verrückten konnte schon behaupten, gesehen zu haben, wie der Teufel die eigene Mutter zu Tode ritt?

Florian glaubte zwar nach wie vor an den Teufel, aber seine Vorstellung von ihm hatte in den letzten Jahren im Kloster doch eine grundlegende Wandlung erfahren. Der einfältige Kinderglaube an den gehörnten, schwarzen Mann war der Erkenntnis gewichen, dass das Böse sich nicht so einfach fassen ließ. Die Bemühungen der hohen Geistlichkeit, alles Übel auf die Figur des Satans und dessen teuflische Helfer, die Hexen, abzuwälzen, hatte er längst durchschaut. Ihr Zweck lag vor allem darin, das gemeine Volk in Angst und Schrecken zu versetzen, um die Macht zu behaupten. In Wahrheit saß der Teufel doch in jedem Menschen selbst und war nichts anderes als ein in der Seele angelegter Keim, der aus demjenigen, der sich ihm hingab und ihn hegte und pflegte, herauswuchern konnte wie eine giftige Pflanze. Die Früchte solcher Auswüchse einem aus der Hölle aufsteigenden Schreckgespenst zuzuschreiben, erschien Florian jedenfalls zu simpel, und auch Lorenz' Beteuerung, dass ihm selbiges Gespenst später noch zweimal begegnet sei, machte die Vorstellung nicht annehmbarer.

In seinem frömmelnden Fanatismus konnte Lorenz alles Mögliche gesehen haben. Wahrscheinlich gab es tatsächlich eine rätselhafte Verbindung zwischen dem Tod ihrer Mutter und den jüngsten Frauenmorden. Dabei war aber nicht einmal auszuschließen, dass Lorenz in seiner Verblendung selbst zum Mörder wurde, wenn ihm der Teufel erschien. Was aber war dann mit den falschen Ablässen? War es vielleicht doch nur ein Zufall, dass die Frauen sie bei sich getragen hatten? Warum hatten dann aber Martin und der Wanderdrucker sterben müssen?

Florian schnäuzte sich die Nase in den Wamsärmel. Vielleicht gelang es Justina, noch etwas mehr über die Base der Wally und das Papier, das sie angeblich von einem geistlichen Herrn erhalten hatte, in Erfahrung zu bringen. Hatte Justina nicht gerade den Namen der Base nennen wollen, als Lorenz dazwischengekommen war? Er beschloss, ihre Verabredung am Abend nicht abzuwarten, sondern bereits vorher auf einen Sprung im »Anker« vorbeizuschauen.

Und wenn er schon dabei war, die Arbeit zu versäumen, konnte er auch gleich noch dem Seiler-Wirt einen Besuch abstatten. Mit ein bisschen Glück traf er vielleicht den Fischer-Toni auf der Ofenbank an. Von der Barb wusste Florian, dass sie in den Anfangsjahren ihrer Ehe noch in der Fischersiedlung am Senkelbach gewohnt hatten. Toni hatte dort fast sein ganzes Leben verbracht. Erst als er das Zipperlein bekommen hatte und mit seinen gichtigen Fingern die Netze nicht mehr einholen konnte, waren sie eine der ersten Familien gewesen, der man Zuflucht in der Fuggerei gewährt hatte.

Es widerstrebte Florian zwar heftig, den alten Säufer aufzusuchen, aber er war der einzige ihm bekannte Mensch, der alt genug war, um etwas über die Frau zu wissen, die vor rund zwanzig Jahren mit ihren beiden kleinen Kindern in der leer stehenden Hütte am Senkelbach gehaust hatte. Nach ein paar Krügen Bier war sein Gedächtnis vielleicht dahingehend zu beeinflussen, die Begleitumstände beim Tod der Barb zu vergessen und ein wenig in alten Zeiten zu schwelgen.

Als Florian sich St. Anna näherte, sah er, dass sich vor der Pforte eine beträchtliche Menschenmenge versammelt hatte, in der die Ereignisse der Nacht hitzig erörtert wurden. Es herrschte ein ständiges Kommen und Gehen. Immer wieder blieben zufällig Vorbeikommende für einen Moment stehen, weil sie ein paar Worte aufschnappten, mischten sich für eine Weile ins Gespräch ein und gingen dann wieder weiter. Florian gelang es, sich unbeachtet dazuzugesellen. Er war jedoch sicher, dass sich sofort alle Blicke auf ihn richten würden, sobald er sich der Klosterpforte auch nur näherte.

Erst als ein hoch mit Brennholz beladener Ochsenkarren zum Gögginger Tor hereinkam, zwischen Kloster und Versammlung Halt machte und der Bauer sich nach der Ursache des Auflaufs erkundigte, nützte er die Gelegenheit, krabbelte in Windeseile unter dem Fuhrwerk hindurch und klopfte an die Pforte.

Vater Medardus brachte es trotz seines Alters fertig, ihn hereinzulassen, bevor das Gespann weitergefahren und die Menge auf ihn aufmerksam geworden war. Offenbar hatte er direkt hinter dem kleinen Guckfensterchen gelauert und von dort das Treiben auf der Straße beobachtet.

»Wenn du wieder zum Bruder Leonhard willst, das geht leider nicht«, meinte er sofort nach der Begrüßung. »Nachdem der Doktor Luther heute auf die Nacht ganz plötzlich abgereist ist, hat er sich mit dem Prior zurückgezogen und ist für niemanden mehr zu sprechen.«

»Schon recht, schon recht«, sagte Florian, ein wenig erstaunt darüber, dass Bayer noch da war, »ich will gar nicht zu ihm, sondern muss dringend zu Monsignore Heinrich Marsilius.«

»Oh!« Der Alte schien enttäuscht. Er hatte wohl darauf gehofft, von Florian ein wenig über das neueste Geschwätz auf der Gasse zu hören. »Der ist auch weg.«

»Wie weg? Was heißt denn weg? Doch nicht etwa schon abgereist?«

Medardus sah ihn erstaunt an. »Ruhig Blut, mein Sohn. Er ist noch nicht lange weg und wird wohl auch spätestens zur Vesper wieder zurück sein.«

»Gott sei Dank!«

»Scheinst ihn ja recht dringend zu brauchen, den hohen Herrn. Er ist halt viel in der Stadt unterwegs. Möchte bloß wissen, was er da immer so treibt.« Der Greis runzelte die Stirn und sah Florian herausfordernd an. »Aber er scheint ja viele Freunde in Augsburg zu haben.«

Florian verkniff sich ein Grinsen. Neugieriger als alte Weiber waren offenbar nur noch alte Männer. »Ist denn wenigstens Vater Remigius anzutreffen?«

Medardus' Miene hellte sich auf. »Natürlich. Du weißt doch, dass er das Kloster schon seit Jahren nicht mehr verlässt. Er ist da, wo er um diese Zeit immer ist.«

Florian nickte. Die Novizen mussten jetzt gerade wieder Pause haben. Er würde Remigius in der Goldschmiedekapelle finden. Er wollte sich schon auf den Weg in die Kirche machen, als ihm noch etwas einfiel.

»Gestattet mir noch eine Frage, Vater.«

Der Alte seufzte gottergeben. Er ahnte wohl, was jetzt wieder kam.

»Wenn ich mich recht entsinne, sagtet Ihr neulich, dass gerade Reichstag in Augsburg war, als Ihr mich auf der Schwelle fandet. Erinnert Ihr Euch vielleicht auch noch an den Brand, der damals in der Fischersiedlung gewütet hat?«

»Natürlich erinnere ich mich. Es war genau in der Nacht, bevor ich dich fand. Habe ich dir denn nicht erzählt, dass du daher deinen Namen –«

»Ja, doch«, unterbrach ihn Florian ungeduldig. »Und Ihr sagtet auch, dass ich nur deshalb nicht ins Findelhaus gesteckt wurde, weil sich mit dem Ring die Hoffnung verband, ich könne von vornehmer Herkunft sein und das Kloster vielleicht einmal davon profitieren?«

Medardus nickte.

»Liegt darin denn nicht ein gewaltiger Widerspruch? Mich einerseits mit dem Brand in der Fischersiedlung in Verbindung zu bringen und andererseits auf meine vornehme Herkunft zu spekulieren?«

»O Herr, gib mir Geduld!« In gespielter Verzweiflung reckte der Greis die gefalteten Hände gen Himmel. »Ich vermute mal, letzten Endes wird sich niemand wirklich viel dabei gedacht haben. Schließlich brauchtest du ja irgendeinen Namen.«

»Ja, mag sein, dass das mit der Namensgebung tatsächlich Zufall war. Aber wissen würde ich schon ganz gerne, wem ich es denn nun eigentlich zu verdanken habe, dass man mich hier in St. Anna behielt. Wer hatte die glorreiche Eingebung, mit mir könne etwas zu verdienen sein? Vielleicht der Prior? Oder am Ende gar Ihr?«

Medardus schüttelte den Kopf. Einen Augenblick lang sah er Florian seltsam forschend an. Dann sagte er langsam: »Nein, nein, ich nicht und auch nicht der Prior. Es war Bruder Remigius. Er kam am gleichen Tag, an dem ich dich auf der Schwelle fand, in unser Kloster. Ich dachte immer, er hätte es dir erzählt.«

»Adora quod incendisti ...!«

Die Annakirche war leer. Ein starker Duft nach Weihrauch hing in der Luft, den Florian selbst durch seine Triefnase noch ausmachen konnte. Irgendjemand schien vor der Fuggerkapelle mit dem Rauchfass herumgespielt zu haben.

Florian warf einen Blick zu dem erst zu Beginn des Jahres geweihten Anbau im Westchor. Man mochte von Jakob dem Reichen halten, was man wollte, aber die eigens für ihn von dem Nürnberger Meister Albrecht Dürer entworfene Kapelle war mit ihrer Farbenpracht und der Leichtigkeit ihrer weit gespannten Bögen und Gewölbe das neue Schmuckstück von St. Anna.

Florian ließ sie rechts liegen und bewegte sich verhaltenen Schritts durch das Mittelschiff auf die Goldschmiedekapelle zu, die parallel zum Ostchor, gleich gegenüber der Sakristei lag. Sie verdankte ihren Namen den Meistern der Goldschmiedezunft, die nach dem Tod des Stifters Konrad Hyrn von dessen Frau zu Pflegern eingesetzt worden waren und den Ort in der Folge zu ihrer Grabkapelle ausgebaut hatten.

An ihrem Eingang blieb Florian stehen. Er hatte sich immer gefragt, warum Vater Remigius, der das Kloster seit fast zwei Jahrzehnten nicht mehr verlassen hatte, ausgerechnet hier seine Andacht verrichtete. Das Verständnis vom menschlichen Leben als irdischer Pilgerschaft hatte bei der Errichtung der Kapelle eine besondere Rolle gespielt. Neben der heiligen Helena nahm die Figur des Erzpilgers St. Jakobus daher einen ganz besonderen Platz ein. Dennoch konnte allein die Erinnerung an Remigius' eigene, lang zurückliegende Pilgerreise nach San Jacopo di Compostela wohl kaum der Grund für seine Vorliebe sein. Der verschlossene Mönch blieb für Florian eine stete Quelle des Rätsels.

Obwohl er unmittelbar vor dem Altar kniete, ragte seine hagere Gestalt hoch über die Bankreihen hinaus. Wer war dieser Mann, und was hatte er mit Florian zu schaffen? Warum hatte er sich gleich nach seiner Ankunft im Kloster für ein Findelkind stark gemacht? Seine Überzeugungskraft musste fürwahr groß gewesen sein, um sich bei einer so weitreichenden Entscheidung als Neuankömmling sogleich Gehör zu verschaffen.

Remigius hatte nie über seine Herkunft gesprochen. Florian wusste nur, dass er einige Jahre in Italien und Frankreich verbracht haben musste, ehe er zu den Karmelitern nach Augsburg gekommen war. Vielleicht war ihm auf seinen Reisen zufällig irgendwo das Wappen auf Florians Ring untergekommen. Warum aber hatte er sich dann immer dagegen gesperrt, mit ihm darüber zu sprechen? Florian brauchte endlich Gewissheit.

»Was zögerst du, mein Sohn? Wenn es dir schon einfällt, meine Andacht zu stören, dann tritt gefälligst auch näher und erzähl mir, was dir auf der Seele lastet. Du bist doch sonst nicht so zurückhaltend.«

Der Mönch hatte sich nicht einmal umgedreht. Er verfügte über ein ganz außergewöhnliches Gehör und hatte Florian am Schritt erkannt. Auch wenn er nach außen hin den Anschein tiefster Versunkenheit abgab, so ließ seine Wachsamkeit dennoch keinen Augenblick nach. Florian hatte schon zu viele ähnliche Fälle erlebt, um sich noch darüber zu wundern.

»Qui habet aures audiendi audiat, quia nescitis diem neque horam …«, war die Vermengung zweier Bibelzitate, die der Novizenmeister auf erstaunte Fragen gewöhnlich zur Antwort gab.

Florian trat näher.

Remigius erhob sich, kam ihm einen Schritt entgegen und bedeutete ihm ernst, in der nächsten Bankreihe Platz zu nehmen. Dann setzte er sich neben ihn.

»Was ist geschehen? Wolltest du nicht erst wieder am Sonntag zur Beichte kommen?«

»Ich kann ja wieder gehen, wenn ich ungelegen komme.«

Remigius hob die Brauen. Für einen kurzen Augenblick sah

es aus, als wolle er zu einer scharfen Erwiderung anheben, jedoch schon im nächsten Moment hatte sein Gesicht wieder jegliche Regung verloren. Er lehnte sich zurück und tat so, als gelte seine ganze Aufmerksamkeit nur noch den Gemälden an der vor ihnen liegenden Wand, die Bilder aus dem Leben der heiligen Helena zeigten.

Florian ließ sich Zeit mit einer Erklärung. Er spürte, wie sich das Schweigen wie eine Mauer zwischen ihnen aufbaute. Genau das brauchte er jetzt. Er wollte Vater Remigius noch einmal völlig neu betrachten, seine Worte abwägen, wie die Worte irgendeines urplötzlich in seinem Leben auftauchenden Fremden.

»Warum habt Ihr mir verschwiegen, dass Ihr am gleichen Tag wie ich nach St. Anna gekommen seid? Woher kennt Ihr diesen Ring?«

Der Mönch beugte sich vor. Erstaunt betrachtete er das Schmuckstück, als ob er es noch nie zuvor gesehen hätte. »Daher weht der Wind!« Sein sehniger Körper straffte sich, als müsste er sich für eine besondere Anstrengung rüsten. »Nun gut. Es ist wohl an der Zeit, dir das eine oder andere zu erklären.«

Er räusperte sich. »Es war kurz vor Ende des alten Jahrhunderts, als ich von einem längeren Italienaufenthalt nach Deutschland zurückkehrte. Wie so oft in Zeiten des Wandels ging die Angst um, das Jüngste Gericht stünde unmittelbar bevor. Die Menschen waren empfänglich für alle Arten von Schreckensbotschaften und leicht in Aufruhr zu versetzen. Endzeitprediger, besorgte Warner und falsche Propheten hatten überall leichtes Spiel. Ich war in Florenz gewesen. Dort, auf der Piazza della Signoria, hatten sich die Angst und der Wahn gewaltsam in den Feuern Savonarolas entzündet. Du erinnerst dich sicher an den Dominikanermönch, von dem ich euch im Unterricht erzählt habe. Was ich euch verschwieg, ist, dass ich damals selbst unter seinen Anhängern war. Ich war jung, und Savonarolas flammende Reden, in denen er das göttliche Strafgericht herabbeschwor auf all jene, die weiter ihren Lastern und Eitelkeiten frönten, hatten mich völlig in ihren Bann gezogen. Ich war beeindruckt davon, wie furchtlos er die Verderbtheit der Herrschenden und der päpstlichen Kirche anprangerte. Er lehrte ein Leben in Glauben und Liebe und forderte die Freiheit der Armen und Unterdrückten als ein göttliches Recht. Dafür verlangte er von seinen Anhängern absolute Sittenstrenge und den Verzicht auf jedweden Pomp. Nachdem es ihm gelungen war, die Medici aus Florenz zu vertreiben, errichteten wir auf sein Geheiß den Scheiterhaufen der Eitelkeiten. Kleidung, Stoffe, Schmuck, Einrichtungsgegenstände, Gemälde, Kunstwerke aller Art, Musikinstrumente, ja sogar Bücher, alles, was auch nur im Entferntesten den Anschein von Überfluss und Prasserei hatte, wurde ein Opfer der Flammen.«

Für einen Moment schienen den Mönch die Erinnerungen zu überwältigen. Florian sah, dass er die Augen geschlossen hielt.

»Du weißt, wie es geendet hat. Der lasterhafte Borgia-Papst versuchte, Savonarola mit einem Kardinalshut zum Schweigen zu bringen. Es misslang. Da verhängte er den Bann über ihn, ließ die Bevölkerung gegen ihn aufhetzen und ihn als Ketzer verfolgen. Der nächste Scheiterhaufen war Savonarolas eigener. Adora quod incendisti, incende quod adorasti!«

Remigius fuhr sich über die Augen, als wolle er ein Spinnweb wegwischen. »Nachdem Savonarolas Visionen buchstäblich in Rauch aufgegangen waren, fühlte auch ich mich innerlich leer und ausgebrannt. Was für eine unendliche Verschwendung!«

Er ließ die Hände sinken und öffnete die Augen.

Florian war nicht ganz klar, worauf sich seine letzte Äußerung bezog. Aus seinen früheren, völlig leidenschaftslosen Erzählungen war nie hervorgegangen, was die Predigten Savonarolas für ihn bedeutet hatten. In einer Zelle auf der blanken Erde zu schlafen, hieß schließlich noch nicht, die Grundsätze des fanatischen Dominikaners gutzuheißen. Immerhin besaß Remigius auch eine ganze Reihe von Büchern.

Als er wieder anfing zu erzählen, klang seine Stimme seltsam gepresst. »Ich ging zurück in die Heimat und schloss mich in Heidelberg den Karmelitern an. Eines Nachts klopfte deine Mutter an unsere Pforte und verlangte zu beichten.«

Florian zuckte zusammen. Er war erschüttert, dass Remigius so unumwunden zugab, seine Mutter gekannt zu haben. Der Mönch schien zu merken, welche Wirkung seine Worte hatten, und hielt einen Moment inne. Sein Blick hing wieder unverwandt an der heiligen Helena, als tue es ihm weh, Florian anschauen zu müssen.

»Sie hatte einen kleinen Jungen bei sich und war wieder hoch in Hoffnung. Die beiden waren zu Fuß, und sie trug ihr ganzes Hab und Gut in einem Bündel über der Schulter. Der Ostiarius ließ sie ein, und da ich der Erste war, den er antraf, kam es auf mich, ihr die Beichte abzunehmen.«

Wieder schwieg er, diesmal so lange, dass es fast schien, als wäre er mit seiner Erzählung schon ans Ende gekommen.

»Was hat sie gesagt?«, drängte Florian.

Remigius wandte den Kopf und sah ihn an. »Du weißt, dass ich dir nicht sagen darf, was sie mir in der Beichte anvertraut hat.«

»Ja doch, ja! Aber sie muss doch sonst noch etwas gesagt haben! Wo kam sie her? Wo wollte sie hin? Wie sah sie aus? Wie war ihr Name?«

Remigius zuckte die Achseln. Sein Blick wanderte zurück zu der Heiligen. »Ihr Name war Christina. Sie hatte wunderbar langes, rot gelocktes Haar und war sehr schön. Das ist eigentlich schon alles, was ich dir von ihr berichten kann.«

Fast glaubte Florian den verrückten Lorenz zu hören. Wurden denn plötzlich alle närrisch, wenn sie auf diese Frau zu sprechen kamen?

»Nachdem sie gebeichtet hatte, sagte sie, sie müsse sogleich weiter«, hub Remigius doch noch einmal zu erzählen an. »Aber bevor ich sie wieder nach draußen bringen konnte, kam sie nieder. Du fielst aus ihr heraus wie eine überreife Frucht.« Er lachte auf. Es klang merkwürdig gezwungen, und seine dunklen Augen lachten nicht mit. »Wahrscheinlich hatte sie gespürt, dass die Niederkunft unmittelbar bevorstand, als sie an unsere

Pforte klopfte. Wir behielten sie noch den nächsten Tag über bei uns und drängten sie, für eine Weile bei den barmherzigen Schwestern gleich in unserer Nachbarschaft Unterschlupf zu suchen. Sie versprach, es sich zu überlegen. Dann, kurz vor Komplet, war sie mit den beiden Kindern verschwunden. Ich erkundigte mich bei den Schwestern, aber sie wussten nichts von ihr.«

Er machte wieder eine Pause. Florian sah, wie er für einen Augenblick die Augen schloss.

»Ich suchte weiter. Überall. Sie war noch schwach und dann mit zwei Kindern ... Der Ring war alles, was ich noch von ihr gefunden habe. Der Ring an deinem Hals. Gott fügte es immerhin, dass ich noch rechtzeitig kam, dir das Findelhaus zu ersparen.«

»Was hat es auf sich mit diesem Ring?«, drängte Florian. »Was war mit dem anderen Jungen, meinem Bruder? Könnt Ihr mir vielleicht irgendetwas über das Wappen sagen, wo es herkommt? Vielleicht hat sie ja doch etwas erwähnt, was einen Hinweis auf meine Herkunft geben könnte.«

Remigius winkte ab. Er wirkte müde. »Das Zeichen auf dem Ring ist kein überliefertes Familienwappen, sondern ein Bild, das sich dein Vater erdacht und in den Ring hat einarbeiten lassen. Ich fragte sie danach, weil ich es noch nie zuvor gesehen hatte. Sie trug den Ring an einer Schnur, die sie dir schon kurz nach deiner Geburt umhängte. Das Bild soll die Liebe und Verbundenheit deiner Eltern symbolisieren, wobei die Taube für deine Mutter und der Schlüssel für deinen Vater stehen.« Er zuckte die Achseln. »Tut mir Leid, mein Sohn.«

»Aber der Schlüssel ...« Florian ließ nicht locker. »Die Taube, das mag ja noch sein, dass es nicht viel zu bedeuten hat. Aber wieso ein Schlüssel?«

Remigius schüttelte den Kopf. »Ein Schlüssel kann alles Mögliche bedeuten. Vielleicht war dein Vater irgendwo Kämmerer. Oder auch nur Custor in einem Gefängnis. Sie hat es mir nicht erzählt. Solange du nicht weißt, woher sie kam, wird der Ring dich nicht weiterbringen.«

»Was haltet Ihr von der Vermutung, dass meine Mutter in der Fischersiedlung gehaust hat? In der Hütte, die in der Nacht vor meinem Auffinden abgebrannt ist?«

Florian zog es vor, sein Gespräch mit Lorenz vorerst nicht zu erwähnen. Er hatte das untrügliche Gefühl, dass Remigius ihm eine Menge verschwieg, und das nicht nur, weil er sich dem Beichtgeheimnis verpflichtet fühlte.

Der Mönch zuckte die Achseln. »Ich war dort. Alles, was ich vorfand, war ein Haufen Schutt und erkalteter Asche. Die Nachbarn wussten nicht viel über die Bewohner der Hütte zu berichten. Eine Frau mit zwei kleinen Kindern. Angeblich hatte man sie kaum zu Gesicht bekommen, und wenn, waren sie bis zur Unkenntlichkeit vermummt. Niemand konnte mir sagen, wovon sie gelebt hatten. Die Leute in der Siedlung haben genug mit sich selbst zu tun, um wirklich ernsthaft neugierig zu sein.«

»Gut«, sagte Florian, obwohl er die Ausführungen von Remigius reichlich lahm fand. Den Zufall, warum er nach über einem Jahr der Suche ausgerechnet an dem Tag zu den Augsburger Karmelitern gekommen war, an dem Florian bei ihnen auf der Schwelle lag, erklärten sie jedenfalls nicht. »Ihr könnt mir also nicht weiterhelfen. Dann muss ich wohl doch noch mit Heinrich Marsilius sprechen.«

»Marsilius? Wieso ausgerechnet mit dem?«

»Er glaubt, meinen Ring schon einmal irgendwo gesehen zu haben. Habt Ihr etwas gegen ihn?«

»Ich? Nichts, gar nichts. Ein höchst gebildeter Mann. Vielleicht ein wenig eigen in seinen Ansichten, doch zweifellos sehr gescheit. Aber du wirst dich eilen müssen, wenn du ihn noch sprechen willst. Soviel ich weiß, ist er in der Stadt unterwegs. Und nun, da der Doktor Luther geflohen ist, wird er sicher bald abreisen.«

»Ich bitte Euch inständig, wenn Ihr ihn seht, richtet ihm doch aus, dass ich ihn dringend sprechen möchte. Bruder Medardus meinte, er sei spätestens zur Vesper wieder zurück. Ich werde versuchen, dann wieder hier zu sein.«

Remigius nickte. »Ich werde es ihm sagen. Aber ich kann dir nicht versprechen, dass er auf dich warten wird.«

»Fast hätte ich es vergessen. Ihr habt sicherlich vom traurigen Schicksal meines Mitgesellen gehört. Habt Ihr denn in Erfahrung bringen können, wen Martin in der Nacht, als ich niedergeschlagen wurde, hier im Kloster besucht hat?«

Stumm schüttelte Remigius den Kopf.

Der abwesende Ausdruck seiner dunklen Augen sagte, dass er in Gedanken ganz woanders war. Florian ließ es dabei bewenden, verabschiedete sich kühl, und der Mönch schien wieder völlig in seiner Andacht zu versinken. Dennoch glaubte Florian seine Blicke im Rücken zu spüren, als er aus der Kapelle stürmte.

Zerflossen in den Zeiten

Mittlerweile war es Florian fast schon gleichgültig, was Meister Sigmund anstellen würde, wenn er wieder nach Hause kam und ihn nicht in der Offizin antraf. Er konnte keine Rücksicht mehr darauf nehmen. Schließlich ging es um sein Leben, um seine Vergangenheit, vielleicht auch seine Zukunft.

»Ich aber bin zerflossen in den Zeiten, deren Ordnung mir unbekannt ist«, hatte einst Augustinus geklagt und sich mit seinem Glauben getröstet, dass Anfang und Ende der Zeitlichkeit durch die Schöpfung und das Einmünden in die Ewigkeit bestimmt wurden. Florians Vertrauen in diesen göttlichen Heilsplan war nicht erst in den letzten Tagen merklich erschüttert worden. Er drohte allmählich den Boden unter den Füßen zu verlieren. Umso wichtiger war es für ihn, etwas über seine Wurzeln in Erfahrung zu bringen. Wie sonst als über die Erkenntnis seiner Vergangenheit sollte er jemals dem beunruhigenden Geheimnis seiner eigenen Zeitlichkeit auf die Spur kommen.

Justina konnte nicht ganz nachvollziehen, was das für ihn bedeutete. Als er sie im »Anker« aufsuchte, drängte sie ihn, mit Meister Grimm zu reden und sich einen freien Tag für seine Nachforschungen zu erbitten. Für sie zählte vor allem, dass er seine Anstellung nicht leichtfertig aufs Spiel setzte.

Es war um die Mittagszeit herum, und in der Wirtschaft herrschte reger Betrieb, sodass sie nur kurz Gelegenheit hatten, miteinander zu sprechen. Sie war froh, ihn zu sehen, zumal ihre Verabredung für den Abend hinfällig geworden war. Ein großer Trupp Flößer war den Lech heruntergekommen und hatte seine Stämme mit gutem Gewinn auf dem Holzmarkt losgeschlagen. Väterle rechnete mit einem Saufgelage, das vermutlich bis weit in die Nacht hinein dauern würde.

In aller Eile berichtete Florian, was er von Lorenz und Vater Remigius erfahren hatte. Justina hatte dafür nicht viel mehr als ein Achselzucken übrig.

»Ist mir vollkommen einerlei, ob du Sohn eines vornehmen Kämmerers oder eines Gefängnisschließers bist. Meinetwegen kann dein Vater Nachtarbeiter gewesen sein, solange du nur nicht selbst anfängst, nach Unrat zu stinken!«

Florian war enttäuscht. Zumal er ihr auch den Zusammenhang, den er zwischen den Frauenmorden in der Unterstadt und dem Tod seiner Mutter vermutete, nicht recht klarzumachen vermochte.

»Alles, was du dafür als Anhalt hast, sind die Hirngespinste von Lorenz. Und selbst wenn er dein Bruder und ganz bestimmt auch ein herzensguter Mensch ist, ein wenig wunderlich ist er schon.«

Ungeduldig rotzte Florian in den Wamsärmel. Während sie miteinander sprachen, waren die Blicke, mit denen Franz Väterle sie bedachte, immer ungnädiger geworden.

»Weißt du noch letzte Nacht, als ich hinter ihm her bin, da wolltest du mir doch gerade was sagen ...«

Sie schaute ihn fragend an, dann schien sie sich zu erinnern, und sie grinste verschmitzt.

»Ich meine wegen der Ablassfälschungen«, sagte er schnell, um kein Missverständnis aufkommen zu lassen, und ärgerte sich, dass sie nicht mehr Zeit füreinander hatten. »Du wolltest mir sagen, wie die Base der Wally heißt ...«

Ihr Grinsen verschwand keineswegs, sondern bekam lediglich einen leicht schadenfrohen Einschlag.

»... die das Papier von dem geistlichen Herrn ...«

»Ich weiß, ich weiß.« Sie musterte ihn spöttisch. »Die Base heißt Veronika Bachler und wohnt in der Pulvergasse.«

Florian stöhnte auf. Ausgerechnet die Bachlerin! Seit er mit Vater Remigius über ihren Fluch gesprochen hatte, war es ihm gelungen, sie fast gänzlich aus seinem Gedächtnis zu streichen.

Justina lachte.

»Was ist daran so lustig?«, fragte er wütend.

»Du solltest dein Gesicht mal sehen! Fast so entsetzt wie damals, als du den Lasterstein trugst und Bekanntschaft mit ihrem Besen geschlossen hast.«

»Du warst da?«

Sie nickte und wurde wieder ernst.

»Na, dann weißt du ja, wie ich zu der Hexe stehe!« Er beruhigte sich etwas. Schließlich war es doch ein gutes Zeichen, dass sie von seinen Weibergeschichten nicht allzu erbaut war. »Es hilft aber alles nichts. Wenn ich dem Fall weiter nachgehen will, komm ich nicht umhin, ihr noch einmal einen Besuch abzustatten.«

»Muss das denn wirklich sein? Reicht es nicht vielleicht, wenn du diesen Heinrich Marsilius triffst, um etwas über deine Vergangenheit zu erfahren? Musst du denn unbedingt auch noch den Helden spielen und diesem Mordbuben hinterherjagen?«

Er zuckte die Achseln. »Jetzt geh ich erst einmal zum Seiler-Wirt und schau, ob ich den Fischer-Toni dort antreffe«, sagte er ausweichend. Aus den Augenwinkeln heraus, sah er, wie Franz Väterle ihre Richtung einschlug und machte Justina darauf aufmerksam.

Schnell verabredeten sie sich für den nächsten Abend, an dem sie Küchendienst hatte, erneut in die Gärten hinter dem Spittelhof. Justina versprach, wieder eine warme Decke mitzubringen.

»Tu was gegen deinen Schnupfen«, sagte sie. »Du schnaufst ja wie des Teufels Urgroßmutter!« Dann nahm sie seine Hände. »Und versprich mir, dass du dich auf gar keinen Fall leichtfertig in Gefahr begibst!«

»Ich verspreche es hoch und heilig«, sagte er feierlich.

Es fiel ihm nicht schwer. Verspürte er doch bei all seiner augustinischen Zerflossenheit nicht die geringste Lust, schon das Zeitliche zu segnen.

Auch wenn Franz Väterle alles andere als ein Engel war, so mutete Florian das Eintreten beim Seiler-Wirt nach dem Besuch im »Anker« fast schon wie ein Abstieg in die Hölle an.

In die in einem feuchten Kellergewölbe befindliche Gaststube gelangte man nur, indem man mehrere halsbrecherisch in die Tiefe führende Stufen überwand, um dann erst einmal in einem Pfuhl aus Straßendreck, angeschimmelten Essensresten und Hühnermist stecken zu bleiben.

Auch die Temperaturen im Schankraum ließen den Gedanken an die Hölle gar nicht so abwegig erscheinen. Der Raum war viel zu stark geheizt und so mit schmutzigen, übel riechenden Menschen überfüllt, dass dem ohnehin schon nach Luft schnappenden Florian unwillkürlich der Atem stockte. Es stank nach allem nur Erdenklichen, wobei zumindest Knoblauch, Schweiß, ungewaschene Füße und Erbrochenes eindeutig zu erkennen waren und über allem ein durchdringender Geruch nach schalem Bier hing.

Zum ersten Mal war Florian dankbar für den Rotz in seiner Nase, der ihm wenigstens einen Teil der Belästigung ersparte.

Es war ihm schleierhaft, wieso der Fischer-Toni ausgerechnet diese Höhle als ständiges Domizil gewählt hatte, wo die Barb doch alles in allem eine recht stattliche Person gewesen war, die gewusst hatte, ihr Heim sauber zu halten. Vielleicht war es ihm einfach nur zu viel geworden mit ihr, und er war vor ihren Ansprüchen davongelaufen. Jetzt, da sie tot war, schien er den Platz auf der Ofenbank jedenfalls geräumt zu haben. Der Seiler-Wirt hatte ihn seit Tagen nicht mehr gesehen, wie er Florian bereitwillig mitteilte.

»Wenn den alten Säufer noch nicht der Leibhaftige geholt hat, dann muss ihn zumindest ein höllischer Durst plagen. So lange hat er es nämlich noch nie ausgehalten.«

Er schien seinen Stammgast nicht allzu sehr zu vermissen.

Florian vermutete, dass er ihn wahrscheinlich ohnehin nur wegen seiner Verwandtschaft mit dem Büttel auf der Ofenbank geduldet hatte.

»Vielleicht hat man ihn zu Michaeli endlich aus der Fuggerei rausgeworfen. Mit gottesfürchtigem Leben ist es bei dem ja weiß Gott, nicht mehr weit her. Und ob er noch das Vater unser für den Fugger zusammenbringt, weiß auch nur der Herrgott allein!« Der Wirt grinste schmierig und machte einen Katzenbuckel. »Nein, nein, mit dem Saufbold kann ich leider nicht aufwarten, aber was hält der junge Herr denn von einem guten Trunk und einer tausendmal schöneren Gesellschaft als dem Toni?«

Florian sah sich die abgehalfterten Hübschlerinnen an, die zur Unterhaltung der Gäste in der Wirtschaft herumschwirrten. Er kam zu dem Schluss, dass der Wirt wohl kaum eine von ihnen gemeint haben konnte, und überlegte, wie er den Rückzug antreten konnte, ohne allzu beleidigend zu werden. Da legte sich eine Hand schwer von hinten auf seine Schulter.

»Sieh an, sieh an, der Junker Florian, welche Überraschung! Was treibt Euch denn in diese elende Spelunke? Dies ist doch wahrlich kein Platz für einen hoffnungsvollen Jüngling wie Euch.«

Florian fuhr herum und sah sich einem Mann gegenüber, den er hier am allerwenigsten erwartet hätte. »Gott sei Dank!«, entfuhr es ihm.

Hinter den kostbaren Sehhilfen blinzelten ihn die munteren Äuglein des Domherrn Heinrich Marsilius an. Wieder legte sich die Hand auf Florians Schulter, diesmal noch schwerer, da der Dicke sich aufstützte, um mit der Krücke den Seiler-Wirt zu verscheuchen.

»Ich war in St. Anna und habe Euch gesucht. Wegen des Rings.«

Der Dicke nickte und legte einen Zeigefinger auf die Lippen. »Hier nicht! Lasst uns nach nebenan in die Kammer gehen, dort haben wir mehr Luft und Ruhe und weniger Ohren, die lauschen können.«

Zielstrebig humpelte er Florian voran. Das stinkende, zerlumpte Gesindel, das keinen Platz mehr gefunden hatte und sich daher mit dem Bierkrug in der Hand in kleinen Grüppchen zwischen den Tischen tummelte, trat ganz selbstverständlich zurück und ließ sie durch. Offenbar kannte man den hohen Herrn hier.

Als sich die Tür hinter ihnen geschlossen hatte, atmete Florian auf. Der Raum war ungleich kleiner als die Gaststube und bis auf einen Tisch und zwei Bänke vollkommen leer. Vor allem aber war er überraschend sauber. Marsilius ließ sich schwer auf eine der Bänke niedersinken und bedeutete Florian, ihm gegenüber Platz zu nehmen.

»Ihr werdet Euch wundern, wieso ich mich hier so gut auskenne«, begann er lächelnd. »Und Ihr werdet Euch noch mehr wundern, wenn ich Euch sage, dass ich ziemlich häufig hier einkehre und diese Kammer dann sogar ausschließlich zu meiner Verfügung steht.«

Florian nickte. Natürlich war es merkwürdig, Marsilius hier zu treffen, aber er hätte es nie gewagt, dem Domherrn eine diesbezügliche Frage zu stellen.

»Ich benutze die Wirtschaft als Schlupfwinkel, um von hier aus ungestört meine Nachforschungen zu betreiben.«

Er langte über den Tisch, legte Florian die Rechte auf den Unterarm und sah ihn scharf an. »Ihr seid noch sehr jung, aber wenn ich Euch so anschaue, weiß ich, dass Ihr ein Mann seid, dem man ein Geheimnis anvertrauen kann. Zumal es nach meinem Dafürhalten ohnehin in direktem Zusammenhang mit der Geschichte Eures Rings steht.«

Florians Hand fuhr zur Brust, wo er unter dem Hemd Lorenz' Ring trug. Marsilius schien jedoch gar keinen Wert mehr darauf zu legen, sich den Ring noch einmal anzuschauen, sondern schlug dreimal kräftig mit dem Krückstock gegen die Tür.

»Zuvor allerdings sollten wir uns ein wenig stärken, denn Ihr seht mir ganz danach aus, als hättet Ihr einen heißen Schluck Met bitter nötig.«

Im nächsten Augenblick ging auch schon die Tür auf, und

der Wirt höchstpersönlich kam, um nach ihren Wünschen zu fragen. Marsilius gab seine Bestellung auf, die umgehend besorgt wurde. Erst als das dampfende Getränk vor ihnen auf dem Tisch stand und Florian sich daran gütlich getan hatte, sprach der Domherr weiter.

»Nun denn, so wisst also: Seit vielen Jahren jage ich hinter einem Mann her. Er ist ein vom Dämon Besessener, ein wahrer Teufel in Menschengestalt. Der Satan selbst treibt ihn zu immer neuen sinnlosen und grausamen Morden, die er, schlimmer als ein reißendes Tier, rein zur Befriedigung seiner niederen Gelüste begeht.«

Er machte eine kleine Pause und sah Florian aufmerksam an. Der hing gespannt an seinen Lippen. Marsilius nickte zufrieden.

»Ich sehe, Ihr wisst schon, worum es geht. Wahrscheinlich habt Ihr von den jüngsten Untaten hier in Augsburg gehört. Doch nicht nur hier treibt der Böse sein Spiel. Die Zahl seiner Opfer ist mittlerweile so groß, dass ich längst mit dem Zählen aufgehört habe. Er verführt einfältige Weiber, sich ihm und seiner sündigen Lust hinzugeben. Wenn er dann ihrer überdrüssig ist oder sie ihm nicht mehr zu Willen sind, zertritt er sie einfach wie giftiges Natterngewürm. Männer hat er nur wenige getötet, und nur, wenn sie es wagten, sich ihm bei seinem frevelhaften Tun in den Weg zu stellen. Gut zwanzig Jahre ist es nun her, dass ich auf das erste Opfer seiner teuflischen Begierden stieß. Es war meiner Schwester Kind, ein Mädchen von nicht einmal siebzehn Jahren.«

Er schwieg, schloss die Augen, und für einen Moment sah es aus, als ob er in seinen düsteren Erinnerungen versinken wollte. Dann schlug er plötzlich mit der Faust auf den Tisch, dass der Metkrug erzitterte, lachte wild auf und blickte Florian fest in die Augen.

»Seitdem bin ich hinter ihm her, versteht Ihr! Regelrecht besessen bin ich. Besessen von dem Gedanken an diesen Teufel. Überall in den Städten des Reiches hat er seine blutige Spur hinterlassen. Immer wenn ich von seinen grausigen Taten höre, mache ich mich auf, ihn zu stellen, doch bin ich bisher stets zu spät gekommen. Nun endlich habe ich seine Fährte hier in Augsburg wieder gefunden, und es sieht so aus, als sollten sich unsere Wege dieses Mal kreuzen und unser Geschick sich erfüllen. Denn eines weiß ich gewiss: Ich werde nicht eher Ruhe finden, bis ich ihn zur Strecke gebracht habe.«

Trotz seines Leibesumfangs und der Krücke, die neben ihm am Tisch lehnte, wirkten seine Worte keineswegs lächerlich. Der Dicke hatte nichts mehr von der Gemütlichkeit, mit der er Florian bisher begegnet war, sondern strahlte eine kalte Entschlossenheit aus, die ihm auf den ersten Blick wohl kaum jemand zugetraut hätte.

Er schien mit seinem Vortrag zu Ende zu sein. Florian wartete noch einen Augenblick, dann räusperte er sich und sagte behutsam: »Ihr erwähntet, dass mein Ring vielleicht etwas mit diesem Mann zu tun haben könnte.«

Marsilius griff sich an die Stirn, als müsste er sich erst neu besinnen. Sein Blick, der hart ins Leere gegangen war, bekam einen deutlich milderen Ausdruck, als er Florian wieder anschaute.

»Möglicherweise hat dieser Dämon auch Eure Eltern auf dem Gewissen.«

»Möglicherweise?« Florian griff sich unters Hemd und zog den Ring hervor. »Könnt Ihr mir vielleicht Genaueres sagen, wenn Ihr Euch den hier noch einmal anseht?«

Der Domherr hob erstaunt die Brauen. »Oh, da ist er ja! In der Tat. Trugt Ihr ihn sonst nicht am kleinen Finger Eurer rechten Hand?«

»Doch«, sagte Florian, »aber ich habe ihn verloren. Dieser hier gehört meinem Bruder. Ich habe ihn mir nur ausgeborgt.«

»Ah, Eurem Bruder! Ihr habt also einen Bruder.«

»Das wusste ich bis gestern auch noch nicht.« Florian lachte ein wenig gezwungen. »Es ist Lorenz, der Nachtwächter vom Gögginger Tor.«

»Soso, der Nachtwächter. Nun ja, es ändert eigentlich nichts an meinen Vermutungen. Wie gesagt, ich gehe davon aus, dass der Mörder auch Eure Eltern umgebracht hat …« Zerstreut nahm er den Ring, drehte ihn hin und her und betrachtete ihn von allen Seiten.

»Er muss wohl meinen Vater getötet haben, und meine Mutter ist dann vor ihm bis hierher nach Augsburg geflüchtet«, sagte Florian ungeduldig.

Der Dicke sah ihn erstaunt an. »Woher wollt Ihr das wissen? Der Mann ist ein wahrer Teufel. Noch keine, die sich mit ihm eingelassen hat, ist ihm entkommen und konnte berichten, wie er aussieht.«

»Das wollte ich damit auch gar nicht sagen. Lorenz hat mir erzählt, wie der Teufel meine Mutter erschlagen hat, damals unten in der Fischersiedlung.«

Marsilius runzelte die Stirn. »Und dieser Lorenz ist glaubwürdig, meint Ihr?«

Florian zuckte die Achseln. »Immerhin hatte er den Ring.«

»Den könnte auch der Mörder an sich genommen haben. Ich fürchte, Ihr seid ein wenig zu gutgläubig für diese Welt, mein Sohn!«

Florian schluckte und starrte ihn entgeistert an.

Der Domherr lachte.

»Leider habe ich heute Abend noch eine unaufschiebbare Verabredung mit dem Herrn Stadtschreiber. Aber was haltet Ihr davon, wenn Ihr mich morgen im Kloster abholt und wir Eurem lieben Bruder gemeinsam einmal einen kleinen Besuch abstatten?«

Florian nickte nachdenklich.

»Schön, dann passt gut auf Euch auf, mein Sohn!« Heinrich Marsilius griff nach seiner Krücke und erhob sich überraschend behände von der Bank.

»Da ist noch etwas, was Ihr vielleicht wissen solltet«, sagte Florian völlig überrumpelt. Es gab noch so vieles zu besprechen. Sie hatten ja noch nicht einmal Zeit gefunden, über die falschen Ablässe zu reden, und Marsilius stand schon an der Tür.

»Es gibt da eine Frau, die uns vielleicht doch erzählen kann, wie der Mörder aussieht.«

Der Domherr stutzte.

»Sie wohnt hier ganz in der Nähe. Ich wollte vielleicht gleich noch zu ihr gehen, um sie zu befragen. Es steht in Zusammenhang mit einem falschen Ablass, den sie von einem Geistlichen bekommen hat, und schließlich hatten doch auch mehrere der Opfer so ...«

Marsilius winkte ab. »Vergesst es einfach«, sagte er. »Ich kenne die Mutmaßungen über die falschen Ablässe zur Genüge. Wozu sollte der Mörder sich abmühen und seine Opfer mit falschen Ablässen gefügig machen, wenn er doch sowieso vorhat, sie irgendwann umzubringen?« Er winkte mit der Krücke. »Geht lieber nach Hause, kuriert Euren Schnupfen aus und lasst Euch das alles vor dem Einschlafen noch einmal in aller Ruhe durch den Kopf gehen. Und dann wartet morgen um die vierte Stunde an der Klosterpforte auf mich.«

Damit war er auch schon verschwunden.

Als Florian wenig später allein auf der Straße stand, ging ihm auf, dass er immer noch nicht die geringste Ahnung hatte, wer seine Eltern gewesen waren.

Pulvergasse

Florian atmete tief durch. Die vornehmste Gegend hatte Jakob der Reiche wahrlich nicht für den Bau seiner Armensiedlung gewählt. Selbst wenn der Saumarkt auf dem Platz hinter der St. Jakobskirche längst beendet war, roch es nicht nur um die Fuggerei herum, sondern in der gesamten Jakobervorstadt immer noch nach Schweinen. Und da das liebe Borstenvieh gleich mehrmals die Woche hier aufgetrieben wurde, war der Gestank fast nicht mehr wegzudenken.

Der Kaiser höchstpersönlich hatte die Nase gerümpft über die vielen Säue, die in seinem schönen Augsburg die Straßen und Gassen zerwühlten, und dem Bürgermeister darob einen recht harschen Brief geschrieben. Seitdem war es nur noch den Gastwirten erlaubt, einige wenige Schweine in der Stadt zu mästen, und das auch nur im Winter, wenn sich der Gestank in erträglichen Maßen hielt. Die großen Ställe aber waren kurzerhand vor die Tore und der Markt in die dünner besiedelte Jakobervorstadt verlegt worden. Den Nasen der kleinen Handwerker, die hier wohnten, glaubte man dies getrost zumuten zu können.

Florian bezweifelte allerdings, ob der Fugger, wenn seine Siedlung denn erst einmal vollendet war, auf Dauer dulden würde, dass seine Schützlinge dem ständigen Ärgernis ausgesetzt waren. Immerhin sollten sie für sein Seelenheil beten und ihn nicht bei jedem vom Saumarkt herüberwehenden Luftzug verfluchen.

Den Stammgästen des Seiler-Wirts konnte die Geruchsbelästigung freilich nichts mehr anhaben. Wer freiwillig in diese stinkende Hölle hinabstieg, dessen Nase musste gegen jedwede Reizung unempfindlich geworden sein. Selbst Florian empfand den Schweinegestank auf der Gasse nach der dicken Luft in der Gaststube fast schon als Wohltat.

Seine Wangen glühten. Fröstelnd hüllte er sich enger in seinen Überrock und fragte sich, was er nun anfangen sollte. Es dämmerte bereits. Zurück zu Grimm wollte er trotzdem noch nicht. Zu unruhig und erhitzt pulsierte sein Blut durch die Adern, als dass er hätte still am Setztisch stehen oder seine Kräfte am Pressbengel vergeuden mögen. Die Ereignisse der letzten Tage hatten ihn aufgewühlt, und der heiße Met mochte das Seinige dazu beigetragen haben.

Er konnte versuchen, das neue Domizil des Fischer-Toni in der Fuggerei ausfindig zu machen. Aber selbst wenn der Alte ihn überhaupt einließ, stand doch sehr zu bezweifeln, ob er ihn ohne eine gehörige Ladung Bier zum Sprechen würde bewegen können. Zudem war längst nicht gesagt, ob er etwas wusste.

Er konnte auch zur Bachlerin gehen. Die Pulvergasse befand sich schließlich ganz in der Nähe. Marsilius' Beweisführung hatte zwar einiges für sich, und es verlangte Florian auch nicht unbedingt danach, die Gift und Galle spuckende Hexe wiederzusehen, andererseits waren im Zusammenhang mit den Ablassfälschungen zwei Männer getötet worden. Sprach das nicht für einen Täter, dem ein Menschenleben nichts galt und der daher leicht auch die Frauen auf dem Gewissen haben konnte?

Ob Marsilius von den Morden an Martin und dem Wanderdrucker wusste? Immerhin ging er bei Conrad Peutinger ein und aus. Es war anzunehmen, dass die beiden schon des Öfteren ihre Ansichten über den Fall ausgetauscht hatten. Der Stadtschreiber hatte den Morden an Marbach und Martin keine große Beachtung mehr geschenkt. Für ihn schien die Sache erledigt. Vielleicht rührte daher auch Marsilius' Gleichgültigkeit gegenüber den Ablässen. Der Domherr wusste sicherlich, ob der Mörder sich früher schon einmal solcher oder ähnlicher Schliche bedient hatte, um sich an seine Opfer heranzumachen.

Unschlüssig stand Florian vor der Wirtschaft herum. Gewiss war nur, dass er nicht die geringste Neigung verspürte, nach Hause zu gehen. Allzu gerne hätte er Lorenz noch einmal besucht. Nach dem Gespräch mit Marsilius erschien es ihm aber durchaus möglich, dass Lorenz der Mörder war, und er dachte an das Versprechen, das er Justina gegeben hatte.

Er ging immer noch mit sich zu Rate, als er zwei Weiber mit Butten voller Wäsche vom Jakober Tor her kommen sah. Die Jüngere und Hübschere der beiden kannte er nur zu gut. Ohne ihren Besen wirkte die Bachlerin eigentlich überhaupt nicht mehr furchterregend, ganz im Gegenteil. Ihr ein wenig zur Fülle neigender Leib sah noch genauso anschmiegsam aus, wie er ihn aus den besseren Tagen mit ihr in Erinnerung hatte.

Die Frauen schwatzten eifrig miteinander und hatten ihn noch nicht gesehen. Er gab ihnen einen tüchtigen Vorsprung, dann folgte er ihnen ein Stück weit an der Stadtmauer entlang. An der Einmündung in die Pulvergasse verabschiedeten sie sich voneinander, und die andere ging weiter Richtung Oblatterwall.

Das kleine, aber schmucke einstöckige Handwerkerhäuschen, in dem die Bachlerin verschwand, befand sich an der Kreuzung zum Lauterlech. Als Florian an die Tür pochte, war ihm nicht nur wegen des kalt durch die Gassen fegenden Windes reichlich unbehaglich zumute.

Die Tür wurde aufgerissen. Die Bachlerin starrte ihn an. Einen Moment lang wirkte sie völlig entgeistert. Dann schlug sie ihm die Tür vor der Nase zu.

Er nickte. Das war zu erwarten gewesen. Wenn er es sich recht überlegte, konnte er sogar froh sein, dass er nicht wieder Bekanntschaft mit dem Besen geschlossen hatte.

Im nächsten Augenblick wurde die Tür wieder aufgerissen. Er zuckte zusammen und hob schützend die Arme über den Kopf.

»Eins muss man dir ja lassen, du traust dich was!«

Er lugte vorsichtig zwischen seinen Armen hindurch. Die Butte hatte sie schon vom Rücken genommen, trug aber immer noch ihre Überkleidung. Und keinen Besen.

»Was willst du?«

»Ich bin gekommen, dich zu warnen, Vroni.«

»Zu warnen, vor wem? Vor treulosen kleinen Hurenböcken wie dir?«

»Treulos?« Er nahm die Arme herunter. Das sagte die Richtige. Aber er war nicht gekommen, um mit ihr zu streiten. »Hör zu, Vroni, die Sache ist viel zu ernst, als …«

»Ich hab gehört, dass du wieder mit der grünäugigen Hex zusammen bist!«

»Wer sagt das?«

»Die Leut halt.«

»Was für Leut? Etwa deine Base, die Wally?«

»Na und wenn? Was geht dich die Wally an!«

Er grinste. »Wenn ich recht im Bilde bin, arbeitet sie mit der grünäugigen Hex im ›Anker‹ und hat ein ziemlich loses Mundwerk. Was nun vielleicht zu deinem Vorteil ausschlägt.«

»Was soll das heißen?« Sie stemmte die Hände in die Hüften.

»Das soll heißen, dass der geistliche Herr, der hier bei dir ein und aus geht, wahrscheinlich schon Dutzende von Weibern wie dich mit seinen Ablässen beglückt hat. Nur um sie hinterher …«

»Das verdammte Schandmaul!«

»Vroni, sie hat's doch nur gut …«

»Wenn die mir noch mal unterkommt …«

»Vroni, so hör doch …«

»… der reiß ich eigenhändig die Zunge raus!«

»Zeig mir doch mal den Ablass.«

»Scher dich zum Teufel! Ich hab keinen Ablass, und dir zeig ich schon grad gar nix!«

»Der Mann hat meine Mutter umgebracht.«

Sie stutzte und musterte ihn erstaunt. Für einen Moment sah es aus, als wolle sie doch noch Vernunft annehmen. Aber nur für einen Moment.

»Von dir lass ich mich nicht mehr zum Besten halten. Du hast doch gar keine Mutter nie gehabt! Das weiß doch jeder, dass du nur ein Findling bist, ein Bankert von irgendeinem dahergelaufenen Saumensch!«

Das war zu viel. Er drehte sich auf dem Absatz um und ließ sie stehen. Sollte sie doch in ihr Unglück rennen!

Im Zwinger

Tiefe Erbitterung hatte Florian erfasst. Ziellos lief er durch die Unterstadt, über die sich mittlerweile die Dunkelheit herabgesenkt hatte. Es war die Zeit nach der Vesper und kaum noch jemand auf den Gassen. Die meisten Menschen verbrachten den Abend daheim im Kreise ihrer Familien. Hinter den Fenstern waren Kerzen und Öllampen angezündet worden und verliehen den Wohnungen einen warmen Glanz.

Florian hatte nie eine Familie gehabt. Die Klostergemeinschaft war nur ein schwacher Ersatz gewesen. Er hatte sich in Büchern vergraben, sich aufs Lernen gestürzt, um wenigstens beim Wetteifern um die Gunst des unnahbaren Vater Remigius nicht hinten anzustehen. Doch selbst als er glaubte, den hageren Novizenmeister endlich für sich eingenommen zu haben, hatte er sich nicht heimisch gefühlt in St. Anna. Es war ihm immer zu eng gewesen hinter den Klostermauern. Sobald er alt genug gewesen war, hatte er jede Gelegenheit genutzt, um nach draußen zu kommen. Und obwohl er auch dort nicht gefunden hatte, wonach es ihn verlangte, war er immer wieder über die Mauer geklettert.

In seiner Anfangszeit bei Sigmund Grimm hatte er geglaubt, es werde alles anders. Plötzlich hatte er ein Heim, wo er hingehörte, eine Arbeit, die ihm Freude bereitete. Statt des ihn nie aus der Pflicht entlassenden »Ora et labora!« hatte er seine freie Zeit, auf die er sich freuen, Sonn- und Feiertage, an denen er tun und lassen konnte, was ihm beliebte. In vollen Zügen hatte er seine Freiheit genossen, war nach Herzenslust durch die Stadt oder draußen vor den Toren an Wertach und Lech entlanggestreift, es hatte so viele Weiber gegeben, die anscheinend alle nur darauf gewartet hatten, ihn in ihren weichen Armen zu empfangen, und doch …

Florian dachte an Justina. Seine Augen tränten, und die Nase lief unaufhörlich. Außerdem hatte er Hunger und fror ganz erbärmlich. Wahrscheinlich war es das Beste, endlich zurück zu Grimm zu gehen und darauf zu hoffen, dass der Meister ein Einsehen mit ihm hatte.

Er verließ die Jakobervorstadt durch das Streffinger Tor und lief schnaufend den Perlachberg hinauf. Oben fühlte er sich völlig erschöpft, aber die Kälte in den Knochen trieb ihn voran und die Beine trugen ihn fast wie von selbst. Vor dem Fuggerpalais, wo zu dieser Stunde noch eine Karawane aus der Faktorei in Venedig angekommen war, nahm er die Geschäftigkeit kaum wahr, schlug die Richtung zum Katherinenkloster ein und fand sich plötzlich zu seinem eigenen Erstaunen vor dem Gögginger Tor wieder.

Florian schüttelte sich. Hier wohnte der so seltsam alterslos wirkende Mann, der vorgab, sein Bruder zu sein, der einzige Blutsverwandte, den er vielleicht noch hatte. Vermutlich befand er sich längst auf der Runde durch die Stadt und sang sein Verslein.

Sollte er trotzdem sein Glück versuchen? Zweifellos war Lorenz ein gleisnerischer Narr und womöglich auch noch Schlimmeres. Trotzdem mochte Justina ihn. Sicher hatte sie nicht an ihn gedacht, als sie Florian das Versprechen abgenommen hatte, sich nicht in Gefahr zu begeben. Und immerhin hatte er Florian schon einmal das Leben gerettet.

Er sah sich hilfesuchend um. Das Gögginger Tor war verschlossen. In den meisten Zwingerwohnungen brannten Lichter hinter den Fenstern. Ein Bild des tiefsten Friedens. Was sollte ihm hier schon zustoßen, umgeben von Stadtsoldaten? Er beschloss, es darauf ankommen zu lassen. Er musste sich aufwärmen, und es drängte ihn, Lorenz noch einmal nach der Mutter zu befragen. Wenn er es nur geschickt genug anstellte, war sicher noch eine Menge aus dem Nachtwächter herauszukitzeln.

Florian öffnete die Eingangstür. Im Gang dahinter war es stockfinster und still. Lorenz schien keine direkten Nachbarn zu haben. Florian erinnerte sich an seinen letzten Besuch. Irgendwo im Dunkel rechts von ihm musste sich die Tür zu dem kleinen Verschlag befinden. Vorsichtig tastete er sich voran. Er konnte die Hand vor Augen nicht sehen. Beim letzten Mal war die Tür nur angelehnt gewesen, und er war fast über den dahinter am Boden ausgestreckten Lorenz gestolpert. Irgendetwas raschelte vor ihm. Florian hoffte, dass es keine Ratte war. Er hasste die Viecher wie die Pest. Dann spürte er einen Luftzug.

Im nächsten Augenblick stolperte er nicht, sondern er fiel. Ein wahnsinniger Schmerz spaltete seinen Schädel. Er stürzte und stürzte. Mit tödlicher Gewissheit schoss es ihm durch den Kopf, dass er wohl niemals mehr aufschlagen würde. Für einen Moment war der Gang in grelles Blutigrot getaucht. Die Schwärze und Stille, die folgten, waren von zäher Endgültigkeit.

Das also war der Tod. Einfach nur Nichts. Nichts als Leere. Schlagartig. Für immer und ewig. Zerflossen in Zeitlosigkeit. Bloßes, quälendes Nichts. Unvorstellbar.

So unvorstellbar, dass Florian es schaudernd vorzog, wieder zu sich zu kommen. Er legte die Hände an die Ohren und presste seinen gespaltenen Schädel zusammen. Der Schrei, den er trotz zugehaltener Ohren hörte, schien ihm nicht menschlich, schmerzte aber in Brust und Kehle und musste also wohl sein eigener sein. Wahrscheinlich war er gar kein Mensch mehr, sondern nur noch eine einzige schreiende Wunde.

Er versuchte, die Augen aufzuschlagen. Er sah nichts. Und das Nichts drehte sich zu allem Überfluss auch noch in seinem Kopf. Lag es an seinen Augen oder an der Dunkelheit? Wo war er? Wie lange lag er schon hier? Was war passiert?

Dann fiel es ihm ein. Wo war Lorenz? Hatte der Mordbube ihn niedergeschlagen und in seinen Verschlag gezerrt? Florians Hände waren frei. Zumindest hatte er ihn also nicht gefesselt. Wahrscheinlich war er noch irgendwo in der Nähe. Wieso hatte er ihn dann hier im Dunkeln liegen lassen? Weil er ihn für tot hielt? War er also am Ende vielleicht doch schon tot?

Florian bewegte vorsichtig die Zehen, dann die Füße, dann die Beine. Es schien noch alles dran und sogar halbwegs brauchbar zu sein. Er versuchte den Oberkörper aufzurichten und biss auf die Zähne, was die Schmerzen in seinem Schädel sogleich in doppelter Schärfe wieder wachrief. Das Trumm auf seinen Schultern schien mittlerweile zu vielfacher Größe angeschwollen zu sein.

Als er saß, streckte er die Arme aus. Rechts von sich erfühlte er etwas Hölzernes. Entweder der Tisch oder der Schemel, an mehr Einrichtungsgegenstände konnte er sich nicht erinnern. Unendlich langsam, um nirgends mit seinem Schwellkopf anzustoßen, drehte er sich auf die Knie und bewegte sich darauf zu.

Der Größe nach musste es der Tisch sein, aber er schien nicht auf seinen vier Beinen zu stehen, sondern zur Seite gekippt dazuliegen. Vorsichtig krabbelte er darum herum. Der Raum war nicht groß, aber es war stockfinster, und er fühlte sich immer noch so benommen, dass er nicht die mindeste Ahnung hatte, in welcher Richtung sich die Tür befand.

Da! Seine Finger stießen auf etwas Metallisches. Tastend erkundete er, was es war. Die alte zerbeulte Laterne, die Lorenz mit sich führte, wenn er auf seine Runden ging. Also war er wohl noch in der Nähe. Florian verspürte nicht das geringste Verlangen danach, ihm jetzt in die Arme zu laufen.

Hastig suchte er weiter. Vielleicht fand er wenigstens die Hellebarde oder irgendetwas, was er dem Schurken überbraten konnte, sobald er auftauchte. Notfalls tat es die Laterne.

Als Nächstes fand er etwas Kleines, Blechernes, das sich bei genauerer Untersuchung als Zunderbüchse dartat. Florian besaß zwar selbst keine, wusste aber, wie sie zu bedienen war. Im Dunkeln ging es etwas mühsamer, und er brauchte einige Versuche, bis er einen Funken geschlagen hatte, der den Zunder zum Brennen brachte. Dann zündete er damit rasch die Laterne an.

Was er sah, traf ihn wie ein erneuter Schlag auf den Schädel. Kraftlos ließ er sich auf das Strohlager an der Wand niedersinken und schlug die Hände vors Gesicht. Als er sie wieder wegnahm, hatte sich nichts an dem Bild verändert.

Vor ihm lag der niedrige Tisch, der tatsächlich umgekippt war und zwei seiner Beine angriffslustig in die Luft streckte. Daneben stand der Schemel. Die alte Hellebarde, nach der er vorhin noch so verzweifelt gesucht hatte, lehnte in der Ecke, stumpf und ungerührt vom Schicksal ihres Besitzers, der an einem Strick um den Hals von einem der Deckenbalken herabhing. Lorenz, der Nachtwächter, sah nicht mehr alterslos aus, sondern seltsam blau im Gesicht und völlig entseelt.

Mühsam schnaufend erhob sich Florian. Sein Kopf schmerzte höllisch, und der Anblick des schräg über ihm baumelnden Toten trug nicht unbedingt zur Linderung seiner Pein bei. Rotschwarze Schatten tanzten vor seinen Augen. In seinem Hirn schwirrte alles durcheinander wie in einem Bienenstock. Mörder, Fälscher, Brandstifter, verrückte Bettelmönche und streunende Weiber, was hatte er nur mit dieser ganzen Bagage zu tun! Nun auch noch ein erhängter Nachtwächter, der vorgegeben hatte, sein Bruder zu sein!

Florian griff sich an die Stirn und schloss für eine Weile die Augen, bis das Schwindelgefühl, das ihn gepackt hielt, ein wenig nachließ. Er stellte den Schemel wieder hin, setzte sich darauf und versuchte, einen klaren Gedanken zu fassen.

Was war dem verdammten Esel denn bloß eingefallen? Hatte Lorenz ihn tatsächlich niedergeschlagen und war dann von Reue gepackt worden, weil er ihn für tot gehalten hatte? Wohl kaum. Hatte er sich am Ende womöglich gar nicht selbst erhängt? Florian sah sich noch einmal um. Das umgekippte Tischchen besagte rein gar nichts. Es konnte sowohl als Hilfsmittel zum Mord als auch zur Selbstentleibung gedient haben. Ansonsten gab es nicht viel. Laterne und Zunderbüchse hatten auf dem Boden gelegen. Na und?

Florian nahm sich zusammen, um den Strick, insbesondere die Schlinge einer genaueren Untersuchung zu unterziehen. Er hatte keine Angst vor Toten. In St. Anna hatte er viele tote Brüder gesehen. Der hier war anders. Das blaue Gesicht und die herausgequollene Zunge erinnerten ihn an die Leiche der Linnenweberin.

Er wandte den Blick nach unten. Unendlich langsam schien der leblose Körper an dem Strick hin und her zu schwingen. Oder zitterte etwa der Boden unter Florians Füßen, und er selbst schwankte hin und her?

Plötzlich hörte er Stimmen. Zwei Männer. Draußen vor der angelehnten Tür. Was, wenn sie das Licht sahen, hereinkamen und ihn allein bei dem Toten fanden? Er hatte keine Ahnung, wie spät es war. Vielleicht wurde Lorenz schon vermisst, vielleicht kamen die beiden Männer, um den pflichtvergessenen Nachtwächter zur Rede zu stellen. Er musste ihnen zuvorkommen und um Hilfe rufen, um sich nicht verdächtig zu machen.

Draußen erscholl ein Lachen. Der Ruf blieb ihm im Halse stecken. Er lauschte. Die beiden Männer gingen vorbei. Zwei Stadtsoldaten, die spät nach Hause kamen.

Auf einmal brannte ihm der Boden unter den Füßen. Er musste raus, raus aus diesem engen Sarg, in dem er zu ersticken drohte, weg von diesem baumelnden Toten, der keine Ruhe finden wollte. Man durfte ihn auf gar keinen Fall hier antreffen. Ihn, Florian Brandner, den davongejagten Novizen und entlaufenen Druckergesellen, den Abbrändler und Feuerteufel, den öffentlich gebrandmarkten Hurenbock und Lastersteinträger, den verfluchten Findling und Sohn eines dahergelaufenen Saumenschs.

Er warf dem Toten noch einen letzten argwöhnischen Blick zu, vergewisserte sich, dass er immer noch dort hing, dann löschte er die Laterne, stellte sie auf den Boden und schritt zur Tür. Bevor er sie ganz aufmachte, lauschte er, ob jemand draußen war. Ebenso an der Tür zur Straße.

Die kalte, schneidende Luft tat ihm wohl, auch wenn er noch einmal stehen bleiben musste, weil ihn wieder ein Schwindel überkam. Wie spät mochte es sein? Die Stadt schlief. Nur ganz in der Nähe hörte er Schritte. Schnell presste er sich in den Schatten des nächsten Hauserkers. Jemand kam aus Richtung St. Anna. Florian hielt den Atem an.

Gleich darauf rauschte eine lange, hagere Gestalt in der

Kutte der Karmeliter an ihm vorbei und verschwand in dem Zwingereingang, aus dem er selbst gerade herausgekommen war. Florian überlief ein Zittern. Obwohl der Mann die Kapuze tief ins Gesicht gezogen hatte, hatte er ihn sofort erkannt.

Bebend vor Kälte und Schrecken kauerte Florian sich zusammen und wartete. Es war einfach zu ungeheuerlich. Selbst wenn die Angst ihn nicht mit eisiger Faust gepackt und festgehalten hätte, wäre er doch unfähig gewesen, sich vom Fleck zu rühren. Er musste sich noch einmal vergewissern.

Angeblich hatte Vater Remigius das Kloster seit vielen, vielen Jahren nicht mehr verlassen. Was hatte er dann ausgerechnet jetzt im Zwinger bei dem erhängten Lorenz zu suchen? Möglicherweise war er ja schon öfter heimlich außerhalb der Klostermauern gewesen. Als Einziger neben dem Prior verfügte er über Schlüssel für die Außenpforte und die Seiteneingänge. Es war also nicht sonderlich schwer für ihn, ungesehen hinauszukommen. War seine völlige Bedürfnislosigkeit am Ende nur pure Heuchelei? Oder hatte das alles vielleicht doch einen ganz harmlosen Hintergrund? Lorenz war regelmäßig nach St. Anna zur Andacht gegangen. Möglich, dass die beiden Männer sich daher kannten. Florian war zwar immer der Überzeugung gewesen, dass Remigius für übertriebene Frömmler und gleisnerisches Gehabe nicht viel übrig hatte, aber allmählich wusste er nicht mehr, was er eigentlich noch glauben und wem er vertrauen sollte.

Wenigstens wurde seine Geduld nicht allzu lange auf die Probe gestellt. Schon nach kurzer Zeit kam der Mönch wieder aus dem Zwinger heraus. Beim Gedanken an sein unglaubliches Gehör stockte Florian der Atem. Das Pochen seines eigenen Blutes dröhnte ihm in den Ohren, und er verwünschte es mit jedem neuen Schlag seines Herzens, der an Lautstärke einer Heroldstrommel in nichts nachzustehen schien.

Doch Remigius fühlte sich augenscheinlich sehr sicher. Jedenfalls erachtete er es nicht für nötig, besondere Vorsicht walten zu lassen. Ohne jede Hast schlug er den Weg zurück nach St. Anna ein.

Florian folgte ihm in einigem Abstand. Er hatte wenig Mühe, unbemerkt zu bleiben. Für einen Mann, der womöglich gerade den Schauplatz eines Verbrechens hinter sich ließ, bewegte Remigius sich reichlich sorglos. Aber wer außer dem Nachtwächter sollte ihnen auch um diese Zeit noch auf der Gasse begegnen? Allenfalls die Scharwache, die nach Lorenz suchte. Im Schatten eines gegenüberliegenden Hauseingangs beobachtete Florian, wie der Novizenmeister in aller Seelenruhe die Klosterpforte aufschloss und gleich darauf verschwand.

Er selbst blieb wie angewurzelt stehen. Unfähig, sich zu rühren, starrte er auf die Mauer, die er so oft überklettert hatte. Wie ein unüberwindlicher Wall, der sich um das Mysterium seiner Herkunft legte, schien sie sich ihm entgegenzustemmen. Fast wünschte er nun, diesen Ort, der ihm nahezu sein ganzes Leben lang, wenn nicht Geborgenheit, so doch zumindest Schutz und Sicherheit vor den Unbilden der Welt geboten hatte, nie verlassen zu haben. Hier hätte er in Frieden alt und grau werden können, so wie der alte Medardus, der das sündige Treiben außerhalb des Klosters nur aus den Bekenntnissen seiner Beichtkinder kannte. Man durfte nur die Welt nicht zu nahe an sich herankommen lassen. Wer sich in ihren Sumpf begab, der blieb unweigerlich darin stecken. Florian fragte sich, wie tief Remigius wohl darin stecken mochte.

Ein heftiger Niesanfall schüttelte ihn durch. Sein Schädel schmerzte heftiger denn je. Wenn er am Morgen noch halbwegs beieinander sein wollte, musste er schnellstens irgendwo unterkriechen und versuchen, ein bisschen zu schlafen.

Dennoch – zu Grimm mochte er nicht zurück, solange dieser Albtraum anhielt und er nicht wirklich wusste, woher er kam und wohin er gehörte. Einen Augenblick lang dachte er daran, zu Conrad Peutinger zu gehen und ihn aus dem Bett zu lärmen. Schließlich war der Stadtschreiber maßgeblich beteiligt an der ganzen leidigen Angelegenheit. Er würde ihm Lorenz' Tod anzeigen und ihm dann die weitere Aufklärung des Falles überlassen.

Aber war das tatsächlich so einfach? Welche Beweggründe

hatte Peutinger in dieser Sache? Bisher war er stets nur darauf bedacht gewesen, über alle Unannehmlichkeiten möglichst schnell den großen Mantel des Schweigens und Vergessens zu breiten. Alles, was er dazu brauchte, war ein geeigneter Sündenbock.

Florians Hand fuhr zur Brust und suchte unter dem Hemd nach dem Ring, den er Lorenz abgenommen hatte. Wenn man den Worten des Nachtwächters Glauben schenken durfte, hatte er einst die Hand ihres Vaters geschmückt. Florian seufzte. Fast zwanzig Jahre lang hatte es nicht die geringste Spur seiner Herkunft gegeben, und nun war alles so grässlich verworren, dass es ihm fast lieber gewesen wäre, er hätte nie etwas von einem teuflischen Frauenmörder und dem Tod der geheimnisvollen Fremden in der Fischerhütte erfahren.

Wieder riss ihn ein Niesanfall aus den fruchtlosen Grübeleien. Es half alles nichts. Wenn er das vereinbarte Treffen mit Heinrich Marsilius noch erleben wollte, musste er sein Glück eben im »Anker« versuchen. Möglicherweise war das Saufgelage der Flößer ja vorzeitig beendet, und Justina wusste einen Rat. Zumindest aber würde sie ihm vielleicht etwas Essbares besorgen, und er konnte sich für einige Zeit aufwärmen, bis er wieder in der Lage war, einen klaren Gedanken zu fassen.

Die Vorstellung von Justina und der warmen Wirtsstube setzte neue Kräfte frei. So schnell es seine müden Knochen und sein schmerzender Schädel erlaubten, lief er den Judenberg hinunter und durch die Gasse am Eichhaus vorbei zum Schwibbogentor. Keine Menschenseele begegnete ihm, worüber er heilfroh war. Sein eigener Schatten war ihm schon unheimlich genug. Sogar das wütende Bellen eines Kettenhundes, den er aufgeschreckt hatte, ließ ihn so heftig zusammenfahren, dass sein Herz einen Satz machte und er einen Augenblick stehen bleiben musste, um sich davon zu erholen.

Schon von weitem hörte er Lärm aus dem »Anker« dringen. Seine Hoffnungen sanken. Trotzdem musste er hinein. Als er unter den prüfenden Blicken des Wirts die Schankstube betrat, schien das Zutrinken der Flößer und Holzknechte gerade seinen Höhepunkt erreicht zu haben. Das Lallen und Grölen, die glasigen Augen und tapsigen Bewegungen sprachen eine deutliche Sprache. Die Schankmägde hatten ihre liebe Not, genügend Bier herbeizuschaffen. Über kurz oder lang würden die ersten Zecher an ihre Grenzen gelangen und das Zutrinken verweigern, was gewöhnlich Raufereien nach sich zog. Oder sie würden einfach weitersaufen, bis sie bewusstlos unter die Tische sanken. Dann aber hatten Väterle und sein Gesinde erst recht alle Hände voll zu tun. Bis endgültig Schluss war, konnte es sich noch Stunden hinziehen.

Florian ließ sich in einer Ecke abseits der Flößer niedersinken, um nicht von einem der Saufbolde zum Zutrinken gezwungen zu werden. Die Tafeln waren längst aufgehoben, aber der Geruch nach gebratenem Fisch hing immer noch in der Luft und ließ seinen Magen laut und vernehmlich knurren.

Niemand beachtete ihn. Als es ihm endlich gelang, Justina auf sich aufmerksam zu machen, verriet ihr Gesicht wenig Begeisterung. Trotz Väterles gestrengen Blicken kam sie zu ihm hin geeilt und stellte – wie er zu seiner Verblüffung zählte – zehn volle Bierkrüge vor ihm auf dem Tisch ab. Tief ausatmend stemmte sie die Hände in die Hüften. Schweiß glänzte auf ihrer Stirn.

»Wenn du nicht so gotterbärmlich schlecht ausschauen würdest, könntest du mir jetzt glatt gestohlen bleiben!«

»Lorenz ist tot!«, stieß er als Antwort hervor. »Erhängt.«

Sie erbleichte.

»Mir ist hundeelend.« Er nieste und wischte sich mit dem vor Rotz schon ganz steif stehenden Ärmel die Nase ab. »Ich muss irgendwo schlafen.«

Sie schüttelte den Kopf, fuhr sich mit den Händen durch die roten, nur von einem dünnen Band zusammengehaltenen Locken. Ihr Gesicht wurde noch schmaler. Sie nagte mit den Zähnen an der Unterlippe.

Obwohl ihr der Schreck sichtlich in die Glieder gefahren war, besann sie sich nicht lange. »Warte!«, sagte sie, nahm die

Bierkrüge wieder auf, lieferte sie an den Tischen der Flößer ab und lief dann zu Franz Väterle.

Wie ein Fels ragte der riesenhafte Wirt aus dem lärmigen Gelage heraus. Florian sah, wie er sich zu ihr herabbeugte, damit sie ihm ins Ohr sprechen konnte. Mehrfach deutete sie dabei zu ihm herüber. Väterle musterte ihn abschätzig und verzog das Gesicht. Endlich nickte er.

Justina kam zu Florian zurück, packte ihn wortlos bei der Hand und zog ihn aus dem Schankraum fort durch die Hintertür nach draußen in den Hof.

»Väterle hat erlaubt, dass du diese Nacht drüben im Stall übernachten darfst.«

»Oh.« Mit so viel Mitgefühl hatte er wahrlich nicht gerechnet.

»Warte hier, bis ich wiederkomme. Ich hol dir noch was zu essen. Dann kannst du mir auch rasch das Nötigste erzählen.«

»Und Väterle hat keine Angst vor dem Feuerteufel?«

Sie lachte müde. »Ich glaub, da muss schon ein ganz anderer Teufel kommen als du, um Franz Väterle zu erschrecken.«

Betäubt

Im Heu war es warm, und es roch gut. Über ihm spazierten die Mäuse im Gebälk herum, unter ihm schnaubten und stampften hin und wieder die Pferde, und irgendwo hinten in seinem Verschlag lag auch noch der Stallbursche und schnarchte friedlich vor sich hin. Das alles wirkte recht beruhigend. Am beruhigendsten aber wirkte der Inhalt der Flasche, die Justina ihm zusammen mit einem kalten Rest gebratener Forelle und einem tüchtigen Kanten Brot zugesteckt hatte.

Sie hatte die Flasche aus dem geheimen Vorrat von Franz Väterle abgezweigt, und Florian war davon zunächst überhaupt nicht erbaut gewesen. Ein Krug Bier oder Wein oder noch besser heißen Mets wäre ihm zehnmal lieber gewesen. Mit Branntwein war er bisher fast nur bei den medizinischen Anwendungen von Meister Sigmund in Berührung gekommen. Als Physikus verordnete der das stinkende Zeug manchmal zum Einreiben. Florian fand, dass es seinen Namen völlig zu Recht trug, denn es brannte auf der Haut wie Höllenfeuer. Allerdings stellte Grimm in seinem Hinterstübchen auch hin und wieder Branntwein her, der einen angenehmen Duft nach Kirschen, Zwetschgen oder Birnen verströmte.

»Falls einmal jemand eine rechte Betäubung bei einer größeren Operation braucht, lässt er sich so leichter verabreichen«, hatte er den Druckergesellen erklärt und die Flaschen sorgsam in seinem Sekretär eingeschlossen. »Wendet man ihn innerlich an, kann er sehr hilfreich, aber auch höchst gefährlich sein. Es ist halt ein himmlisches Teufelszeug, bei dem es allein auf die richtige Menge ankommt. Deshalb darf es auf gar keinen Fall in die Hände von unwissenden Dummköpfen wie euch geraten.«

In dem halben Jahr, in dem Florian bei Grimm war, hatte es keine größeren Operationen gegeben. Wenn der Vorrat an Betäubungsmitteln dennoch des Öfteren erneuert werden musste, konnte das nur an den Selbstversuchen liegen, die Grimm gelegentlich in seinem Hinterzimmer veranstaltete.

In den Wirtshäusern wurde Branntwein zumeist nur unter der Hand an besondere Gäste ausgeschenkt. Florian hatte erst ein einziges Mal welchen getrunken. Ein winziger Schluck hatte ihm gereicht. Es hatte nicht geschmeckt, sondern nur fürchterlich in der Kehle gekratzt und ein warmes Gefühl im Magen hinterlassen.

Franz Väterles Branntwein hatte zunächst auch gekratzt, aber die wohltuende Wärme kam gerade recht, und das Kratzen hatte sich nach dem zweiten kräftigen Schluck gelegt. Das Zeug schmeckte nach einem Hauch von Schlehe. Mittlerweile verstand Florian auch, was Justina damit bezwecken wollte, als sie es ihm aufgenötigt hatte. Und er wusste nun auch endlich, warum Sigmund Grimm sich vor allem nach den unerfreulichen Auseinandersetzungen mit seinem Ehedrachen gerne zu seinen Studien in das Hinterstübchen zurückzog. Der Branntwein half einem dabei, die Dinge ins rechte Licht zu rücken. Er nahm ihnen ihre bedrückende Schwere. Florian wusste von einer ähnlichen Wirkung nach dem Genuss großer Mengen Bieres oder Weines, aber von diesem himmlischen Zeug hier reichten schon wenige Schlucke. Plötzlich war alles gar nicht mehr so wichtig, verlor gleichsam sein Gewicht. Das Leben erschien auf einmal wunderbar leicht.

Nur er selbst fühlte sich schwer, angenehm schwer und müde. Florian gähnte und nahm noch einen Schluck. Enttäuscht bemerkte er, dass es schon der letzte war. Trotzdem setzte er die Flasche noch einmal an. Nach einigem Warten und Schütteln quälte sich ein allerletztes Tröpfchen heraus und fiel ihm in den gierig geöffneten Schlund.

Justina hatte versprochen, nach getaner Arbeit noch einmal bei ihm vorbeizuschauen. Eigentlich hatte er sich vorgenommen, so lange wach zu bleiben. Es gab so vieles, was ihm auf der Seele lastete und worüber er mit ihr hatte reden wollen. Mittlerweile sah die Welt wieder viel freundlicher aus. Er hatte ein warmes Plätzchen für die Nacht, sein Hunger war gestillt, und der hartnäckige Schmerz in seinem Schädel war einem steten, aber erträglichen Druck auf den Hinterkopf gewichen. Sogar die Nase hatte aufgehört zu triefen.

Die Gedanken schienen zu schweben und flogen ihm nur so zu. Er fühlte sich beschwingt. Morgen würde er die ganze Sache aufklären, würde mit Heinrich Marsilius sprechen und gemeinsam mit ihm Remigius zur Rede stellen. Alles würde sich als ein Missverständnis erweisen: Remigius würde sich als sein leiblicher Vater zu erkennen geben, der seine Mutter in Heidelberg heimlich geliebt und geschwängert hatte. Als sie vor der Schande davongelaufen war, das Kind eines Bettelmönchs zur Welt zu bringen, war er ihr gefolgt, hatte aber in St. Anna nur noch seinen Sohn vorgefunden. Der Nachtwächter Lorenz hatte ihn aus den Klauen des teuflischen Frauenmörders, dem die Mutter zum Opfer gefallen war, gerettet, war aber selbst vor Angst und Grauen darüber halb wahnsinnig geworden. All die Jahre hatte der Novizenmeister seinen Sohn in St. Anna heimlich behütet und gefördert und ihm schließlich die Stellung bei Meister Sigmund verschafft.

Und nun, nach fast zwanzig Jahren, war der Mörder wieder in Augsburg aufgetaucht und suchte sich seine Opfer unter den Weibern der Jakobervorstadt. War es da etwa verwunderlich, dass dieser Teufel in Menschengestalt auch den Nachtwächter, der ihm schon einmal in die Quere gekommen war, aus dem Weg geräumt hatte? Oder war der Nachtwächter vielleicht am Ende doch der wahnsinnige Mörder gewesen und hatte sich nun endlich selbst gerichtet?

Die Gespräche mit Heinrich Marsilius und Vater Remigius würden es ans Licht bringen.

Und dann würden sie gemeinsam zu Conrad Peutinger gehen und ihm die Sache darlegen. Der Stadtschreiber würde Sigmund Grimm herbeischaffen lassen, ihn zu den Morden an seinem Gesellen Martin und dem Wanderdrucker Hans Marbach befragen, und auch dieser Fall würde sich im Grunde als überaus simpel entpuppen.

Durch Grimms Aussage würde sich herausstellen, dass Martin tatsächlich nur die von seinem Meister versteckten Lettern des Hutten-Papiers an Marbach verkauft hatte. Der hatte damit falsche Ablässe für irgendeinen kleinen, betrügerischen Pfaffen gedruckt. Und wie das eben so ging: Die Schurken hatten sich zerstritten und gegenseitig die Köpfe eingeschlagen. Wer wollte sich deshalb schon grämen?

Florian würde in Meister Grimms Offizin zurückkehren, und in ein paar Jahren, wenn Simprecht Ruff, der gegenwärtig noch in Italien weilte, sich selbständig machte, ganz sicher zum Faktor aufsteigen. Spätestens dann würden all die seltsamen Ereignisse der letzten Tage und Wochen für immer vergessen sein. Er würde Geld genug haben, um Justina zu heiraten.

Achtlos warf er die leere Flasche weg. So weit schien also alles geklärt. Er rülpste zufrieden. Wie gerne hätte er Justina nun neben, auf oder unter sich im Heu gefühlt. Die Augen fielen ihm zu, und er malte sich aus, wie es beim letzten Mal gewesen war, als sie sich im Garten des Spittelhofs geliebt hatten.

Ein paar Halme kitzelten ihn im Gesicht. Er schob sie weg. Im Heu hatten sie es doch auch schon einmal getan.

Unter ihm stampften die Pferde.

Irgendetwas hatte sie damals gestört. Bevor ihm die Sinne vollends schwanden, versuchte er sich noch einmal krampfhaft daran zu erinnern, was passiert war. Es fiel ihm nicht mehr ein. So nahm er nur ein nagendes Gefühl der Beunruhigung mit in den Schlaf.

ROSSKUR

Sämtliche Glocken Augsburgs läuteten Sturm. Auf den Türmen stießen die Wächter ins Horn. Trommler eilten durch die Straßen und schlugen Alarm. Fensterläden wurden aufgerissen, schlaftrunkene Bewohner stürzten aus ihren Häusern, notdürftig bekleidet, schlotternd vor Kälte und Angst. Gleich einem Hühnerhaufen, in den der Fuchs eingefallen war, liefen sie durcheinander.

Ein paar besonnenen Männern gelang es, die kopflos durcheinander Rennenden zu einer Eimerkette zusammenzustellen. Der Erfolg ihrer Anstrengungen war gering. Bis die schweren Ledereimer den Brandherd erreichten, hatten die Helfer in ihrer Aufregung das meiste Wasser verschüttet.

Die Holzschindeln auf dem Dach brannten lichterloh, und die stiebenden Funken drohten das Feuer auf die benachbarten Gebäude auszuweiten. Frauen und Kinder schleppten nasse Tücher herbei, um die Häuser damit gegen den Funkenflug zu schützen.

Mitglieder der Stadtwache versuchten für Ordnung zu sorgen. Wer nutzlos im Weg stand, musste sich in die Eimerkette einreihen. Fässer auf Gefährten jeglicher Art wurden herangekarrt, das Löschwasser mit Stock- und Handspritzen gegen die Flammenwand geschleudert. Fast schien es daran abzuprallen, so wirkungslos blieben die Bemühungen.

Der tückische Wind änderte ständig die Richtung und fachte das Feuer zusätzlich an. Männer mit Leitern und Äxten liefen herbei. Erste Rufe wurden laut, die Nachbargebäude sicherheitshalber niederzulegen.

Er wurde vom verzweifelten Toben der Pferde aus dem Schlaf gerissen. Gleich darauf hörte er auch schon das erste Hornsignal. Justina, die dicht an ihn geschmiegt neben ihm lag, schreckte ebenfalls hoch.

Die Flammen schlugen bereits aus dem Dach. Zum Glück hatte das Feuer seinen Anfang in der entferntesten Ecke genommen.

Sein Blick suchte die Leiter, die nach unten in den Stall führte. Sie war weg. Er rannte zum Rand des Heubodens. Die Balken schräg über ihm konnten jeden Moment herabstürzen, sich vor den Ausgang legen, ihnen den Weg nach draußen endgültig versperren.

Annähernd vier Klafter bis zum Boden. Der Sprung musste gewagt werden. Justina drängte sich an ihn, ergriff seinen Arm. Obwohl sie keine Zeit zu verlieren hatten, küssten sie sich, bis das Knacken und Prasseln direkt über ihnen war. Die Hitze wurde fast unerträglich.

Sie sprangen. Hand in Hand. Er hielt die Augen geschlossen. Ein Taumel wie bei einem Sturz aus schwindelnder Höhe erfasste ihn, riss Justina von ihm fort.

Als er landete und die Augen öffnete, stand er in dem kleinen Zwingerverschlag. Lorenz stierte ihn an. Um sie herum toste ein Flammenmeer, tauchte den Raum in gespenstisches Licht. Von der Decke herab baumelte an einer Kolumnenschnur eine Frauensperson, nackt, mit wildem, rot gelocktem Haar. Lorenz versetzte ihr einen Stoß. Sie begann hin und her zu schaukeln und sich zu drehen, wobei ihre Arme und Beine ganz wunderlich in der Luft herumzappelten. Dann fing er mit seiner eintönigen Stimme an zu sprechen. Dabei schnellte seine aufgeschwollene, blaue Zunge nach jedem Satz schlangengleich heraus.

»Sündig sind deine Gedanken, sündig ist dein Tun«, züngelte er. »Der Weibsteufel hat deine Seele vergiftet. Wie eine böse Krankheit hat sich die Unzucht in dich hineingefressen und dein Innerstes ausgehöhlt. Lange habe ich dem zügellosen Treiben tatenlos zugesehen. Jetzt musste ich handeln. Doch nicht einmal die reinigende Kraft des Feuers vermag die teuflische Brunst in deiner Brust zu tilgen.«

Beschwörend hob er die Hände. Bernsteingelb blitzten seine leblosen Eulenaugen im Schein der Flammen.

»Sieh, was du unserer armen Mutter damit angetan hast!«

Er packte die Arme des wild hin und her pendelnden Weibs und drehte Florian ihr Gesicht zu.

Die Frau war steinalt. Tiefe Furchen hatten sich um Mund und Nase eingegraben. Die Augen lagen in den Höhlen wie in einem Totenschädel. Der zahnlose Mund öffnete sich zu einem spöttischen Grinsen. Eine Flammenzunge schoss Florian entgegen. Er schrie auf.

Justina!

Sie hatte ihn eiskalt erwischt. Er wälzte sich herum. Für einige Augenblicke schien sein Herz stillzustehen. Dann setzte er sich prustend auf.

Da stand sie vor ihm, frisch wie der Morgen, mit Heu in der roten Löwenmähne und grinste frech zu ihm herunter.

»Ging das nicht ein bisschen sanfter!«, sagte er vorwurfsvoll und wischte sich die Tropfen aus der Stirn.

Sie schüttelte den Kopf. »Das gehört mit zur Rosskur. Feuer und Eis. Nach *der* Arznei hilft nur ein kalter Guss, um wieder auf die Beine zu kommen.« Sie hielt ihm die leere Flasche hin, die er achtlos weggeworfen hatte. In der anderen Hand hatte sie immer noch den Pferdeeimer.

Florian schnappte nach ihr, erwischte sie an den Waden und brachte sie zu Fall. Balgend wälzten sie sich im Heu. Dann stöhnte er auf und ließ sie wieder los.

»Mein Schädel!«

Sie lachte.

»Du lachst, und ich sterbe!«

»Daran ist noch niemand gestorben, glaub mir. Spätestens morgen hast du alles vergessen.«

»Aber mein Schädel! Und mein Magen ...«

»Vielleicht bringt das hier deinen Magen wieder in Ordnung.« Sie zauberte einen Kanten trockenes Brot aus ihrer Schürze hervor.

Beim bloßen Anblick wurde es Florian speiübel. Er wandte sich ab und übergab sich in den hinter ihm stehenden Pferdeeimer. Ein Gestank nach Forelle in galliger Schlehenbrühe breitete sich aus. Aber danach ging es zumindest seinem Magen wieder etwas besser.

Justina ließ sich vor ihm ins Heu nieder und kaute lustlos an dem Brot herum. »Was wirst du jetzt tun?«, fragte sie zwischen zwei Bissen. »Wenn du rechtzeitig zum Annakloster willst, musst du bald los.«

Er zuckte die Achseln. »Was soll ich sonst machen? Jetzt, da Lorenz tot ist, bleibt Marsilius meine einzige Hoffnung, noch etwas in Erfahrung zu bringen.«

»Wirst du ihm von gestern Nacht erzählen?«

»Warum nicht?«

»Auch das von Vater Remigius?«

Florian überlegte. In seinem Schädel brummte es wie in einem Bienenstock. »Ja. Ich denke, es ist an der Zeit, endlich mit offenen Karten zu spielen. Ich werde ihn bitten, gemeinsam mit mir zu Conrad Peutinger zu gehen. Dort werde ich dann alles erzählen, was ich weiß.«

»Hältst du das für klug? Immerhin hat Peutinger bisher wenig Anstalten gemacht, etwas in dieser Sache zu unternehmen. Er hat andere Sorgen. Du kannst es noch nicht wissen, aber heut in aller Früh hat der junge Augustiner, der mit dem Doktor Luther in die Stadt kam, am Dom ein Papier angeschlagen. Ein Fuhrknecht hat uns davon erzählt. Natürlich konnte er den Schrieb selbst nicht lesen, aber es heißt, dass der Papst darin aufs Gröbste verhöhnt wird.«

»Das glaube ich nicht! So etwas Törichtes würde Luther sicher nie gutheißen. Er weiß genau, dass er damit gar nichts erreicht.« Florian schüttelte den Kopf. »Aber du hast Recht. Im Grunde ist es fast gleichgültig, was in dem Schreiben steht. Peutinger wird in jedem Fall damit beschäftigt sein, die Wogen zu glätten.«

Justina stand auf. »Ich muss wieder rein. Ich fürchte, ich weiß auch keinen Rat. Auf jeden Fall solltest du aber den Tod von Lorenz anzeigen. Sprich mit Marsilius darüber. Vielleicht kann er dir tatsächlich helfen. Zumindest scheint er dir ja wohl gesonnen.« Sie nestelte unter ihrem Kleid herum und zog seinen Dolch hervor, den er beim Betreten des »Ankers« abgelegt und seitdem noch nicht wieder vermisst hatte.

»Und sei vorsichtig!«

»Diri, dari, hennascheiss«

In St. Anna empfing ihn ein gut gelaunter Bruder Joachim.

Frohgemut erzählte er Florian, der alte Medardus habe einen Schwächeanfall erlitten und müsse das Bett hüten. Remigius habe ihn in der Nacht ohnmächtig hinter der Pforte liegend gefunden.

»Dabei war er doch gestern noch so munter«, sagte Florian seltsam berührt.

»Gottes Wege sind eben unergründlich. Ehrlich gesagt, ich glaube, Vater Medardus wird nicht mehr lange unter uns weilen. Er kränkelt ja schon seit Jahren. Und schließlich ist er auch nicht mehr der Jüngste und kann auf ein erfülltes Leben zurückblicken. Gott wird seiner armen Seele gnädig sein.«

Joachims hohle Sprüche halfen Florian nicht weiter. Gerne hätte er den alten Mönch auf seinem Krankenlager besucht, aber im Augenblick gab es Dringlicheres für ihn zu tun. Außerdem war er sich gewiss, dass man ihn als Persona ingrata ohnehin nicht ins Dormitorium hineingelassen hätte. Der Besuch der Kirche, insbesondere der Beichte, war ihm zwar nach wie vor gestattet, denn schließlich konnte man einen armen Sünder wie ihn ja nicht so einfach aussperren, aber für die meisten Brüder war er nach seiner Verbannung so gut wie gestorben, und der Teufel suchte nur noch nach dem geeigneten Platz für ihn in der tiefsten Tiefe der Hölle. Er fragte sich daher auch, was Joachims ungewöhnliche Redseligkeit ihm gegenüber ausgelöst hatte. Die Antwort ließ nicht lange auf sich warten.

»Im Übrigen soll ich dir die allerherzlichsten Grüße von Monsignore Heinrich Marsilius übermitteln. Er hat mich beauftragt, dir dies hier zu geben.«

Offenbar reichte allein die Bekanntschaft mit dem Domherrn, um Joachim zu beeindrucken. Die Neugier stand ihm deutlich ins Gesicht geschrieben, als er Florian ein versiegeltes Briefchen reichte.

»Er sagte, er bedauere es sehr, könne aber leider nicht auf dich warten. Wenn du die Botschaft gelesen hättest, würdest du schon verstehen, warum.«

Florian war wie vor den Kopf gestoßen. Zerstreut dankte er Joachim, steckte das Papier unters Hemd und verließ das Pförtnerhäuschen.

Marsilius war weg. Was hatte das zu bedeuten? Er hatte Lorenz für den Mörder gehalten. Wusste er vielleicht schon vom Tod des Nachtwächters und war abgereist, weil seine Mission damit erfüllt war? Warum aber dann so überstürzt?

Unwillkürlich schlug Florian den Weg zurück zum »Anker« ein. Erst als er schon ein gutes Stück Wegs gegangen war, fiel es ihm ein, die Nachricht zu lesen. Er zog das Briefchen wieder hervor, erbrach achtlos das Siegel und faltete das Papier auseinander.

Der Domherr hatte eine schwer leserliche Handschrift und schien zudem in großer Eile gewesen zu sein. Ein paar schnell hingeworfene Zeilen, keine Anrede, kein Gruß, keine Peroratio. Alles, was Florian auf den ersten Blick entziffern konnte, waren die Worte:

Ablässe … mich geirrt. … Eure Bekannte … Gefahr … müsst sie warnen! … Sehen uns später … Eilt Euch …

Er atmete auf. Marsilius war also doch noch nicht abgereist, zumindest das schien sicher.

Er überflog die Zeilen noch einmal. Stutzte. Die Schrift war sehr ausgeprägt. Der Branntwein in seinem Blut trübte immer noch seine Sinne. Es dauerte eine Weile, bis er sich alles zusammengereimt hatte. Offensichtlich ging es darum, dass Marsilius seinen Irrtum hinsichtlich der Ablassfälschungen eingesehen hatte. Damit schwebte die Bachlerin in höchster Gefahr, und Florian sollte sie warnen.

Er zögerte. Immerhin war helllichter Tag. Was konnte da schon passieren? Die Vroni wohnte zudem in einer recht belebten Gegend. Andererseits klang die Nachricht wirklich dringend, und Heinrich Marsilius war gewiss kein Mann, der in solchen Fällen zu Scherzen neigte.

Florian steckte das Briefchen wieder ein und lenkte seine Schritte Richtung Jakobervorstadt. Er machte sich Vorwürfe, dass er bei seinem Besuch in der Pulvergasse nicht hartnäckiger gewesen war. Gleichgültig, was die Vroni ihm diesmal alles an den Kopf warf, er nahm sich vor, nicht eher Ruhe zu geben, bis sie ihm den Ablass zeigen und den Namen des Geistlichen, von dem sie ihn bekommen hatte, nennen würde.

Er beschleunigte seine Schritte. Die Bewegung an der frischen Luft tat seinem Brummschädel wohl, seinem angeschlagenen Magen dagegen weit weniger. Als er über den Fischmarkt musste, meldete sich die Forelle mit höchst bitterem Beigeschmack wieder, und es fehlte nicht viel, dass er sich erneut übergeben hätte.

Obwohl er Fisch immer sehr gern gemocht hatte, bereitete ihm heute allein schon der Anblick des zuhauf in Körben und Bottichen herumglitschenden Getiers Übelkeit, und zu seinem Leidwesen hatte der Augsburger Fischmarkt wahrlich eine Menge davon zu bieten. Neben den heimischen Hechten und Karpfen, Brachsen, Aalen und Äschen aus Lech und Wertach und den kleineren Flüsschen des direkten Umlands wie Schmutter, Singold und Zusam gab es hier auch Donaufische, die in großen Holzzubern herbeigeschafft wurden, Krebse aus dem Altmühltal, Renken vom Ammersee, Fässer mit eingesalzenen Lachsen und Heringen und natürlich die überaus beliebten Stockfische. Auch Frösche, Schnecken und Muscheln fanden ihre Abnehmer.

Schlimmer noch als der Anblick all dieser schleimigen, teils noch lebendigen oder sich in den letzten Zuckungen windenden Kreaturen waren für Florian jedoch die überall herumliegenden bläulich roten Häufchen mit Innereien, die nachhaltigen Gerüche, die davon ausströmten, und das schabende Geräusch der Messer beim Entschuppen und Ausnehmen der Fische.

Er nahm sich vor, nie wieder auch nur einen Tropfen Branntwein anzurühren. Ein Vorsatz, den er schon kurz darauf, beim Zusammenprall mit den Gerüchen des Saumarkts, noch durch einen Schwur bekräftigte. Er schaffte es tatsächlich, den von Dutzenden von Schweinen in eine einzige stinkende Schlammsuhle verwandelten Platz hinter sich zu bringen, ohne dabei über eine der fetten Mastsäue oder ein wild herumwuselndes Ferkel zu stolpern, und blieb auch nur ein einziges Mal in dem stellenweise knietiefen Unrat stecken.

Nach dem Gedränge und Geschiebe auf den Marktplätzen wirkte die Pulvergasse wie ausgestorben. Nur vor dem Haus der Bachlerin hatten ein paar Buben Löcher in die Erde gebuddelt und spielten mit Stöckchen und einem Fassspund Sautreiben. In einem von ihnen erkannte Florian den Neffen der Vroni, dem er die Watsche verpasst hatte. Das Werfen mit Hühnermist schien ihm vergangen zu sein. Er schaute recht zahm und verstohlen drein, ja fast sogar ein wenig verwirrt, als Florian an die Tür seiner Gevatterin klopfte.

Von drinnen war Gepolter zu vernehmen, dann Stille. Florian klopfte noch einmal. Wartete. Nichts rührte sich. Er spürte die Blicke der Knaben, die in ihrem Spiel innegehalten hatten, in seinem Rücken und glaubte ein leise scharrendes Geräusch hinter der Tür zu hören. So schnell würde er nicht aufgeben. Er pochte noch einmal mit Nachdruck.

Im nächsten Augenblick wurde die Tür aufgerissen, zwei grobe Hände packten ihn an den Armen und zerrten ihn hinein.

Das kannte er doch irgendwoher. Auch die gemeine Fresse dieses Kerls nebst der seines Kumpans. Fehlten nur noch Peutinger und der Mehlsack.

Letzteren hatte er im nächsten Augenblick auch schon über dem Kopf. Seine Arme wurden an den Leib gepresst, der Sack darüber gezogen, und ehe er sich versah, war er zu einem hilflosen Bündel verschnürt.

Der Mehlstaub brachte ihn zum Niesen. Er würgte und zappelte, bis sie ihm die Beine wegtraten. Einer der Kerle setzte sich auf seine Unterschenkel und hielt ihn nieder, während der andere ihm die Fußknöchel zusammenband. Er sah ein, dass es keinen Zweck hatte, sich noch weiter zu wehren.

Sie trugen ihn nach draußen und warfen ihn höchst unsanft auf eine harte Oberfläche.

»Diri, Dari, Hennascheiß – der Flori geht auf große Reis!«

Die Rotzlöffel schienen ihre Sangesfreude wieder entdeckt zu haben.

Hölzern knarrend setzte sich das Gefährt, auf dem er lag, in Bewegung. Er konnte sich schon denken, wohin die Reise ging, ein Wissen, das ihn jedoch nicht im Geringsten zu beruhigen vermochte. Im Gegenteil, die seltsame Art der Einladung und die Grobheiten seiner Geleitmannschaft bereiteten ihm mehr als nur körperliches Unbehagen.

»Na, die Büttel haben dir wohl einen tüchtigen Schreck eingejagt, Brandner? Du bist ja jetzt noch ganz bleich um die Nase.«

»Muss wohl von dem verfluchten Mehlstaub kommen.« Florian wischte sich mit der Hand durchs Gesicht.

Während er in der Zelle darauf gewartet hatte, zu Peutinger gebracht zu werden, hatte er genügend Zeit gehabt, die Lage zu überdenken, und er wusste, so, wie sie mit ihm umsprangen, musste er mit dem Schlimmsten rechnen. Die Büttel hatten Anweisung gehabt, nicht mit ihm zu reden, aus ihren Gesprächen untereinander war jedoch herauszuhören gewesen, dass die Bachlerin tot war. Erwürgt mit einer Kolumnenschnur.

Er hatte nicht vor, sich zum Sündenbock machen zu lassen. Seine Taschen waren nicht geleert worden. Er trug immer noch das Briefchen von Heinrich Marsilius darin als Beweis dafür, dass er nicht mit unlauteren Absichten in der Pulvergasse aufgetaucht war.

Es beunruhigte ihn allerdings, dass sie ihm bei der Bachlerin regelrecht aufgelauert hatten. Wenn sie ihn tatsächlich für den Täter hielten, warum glaubten sie dann, dass er so schnell an den Ort seiner Untat zurückkehren würde?

»Ich habe heute in der Früh Meister Sigmund vor dem Dom getroffen. Er war sehr besorgt. Aber weniger wegen Luthers Appellation als wegen deines Verschwindens. Er fürchtet, dass dich das gleiche Geschick wie deinen Kameraden Martin getroffen haben könnte.«

»Ich hatte etwas Dringliches zu erledigen.«

»Ja, das denke ich mir«, sagte Peutinger spöttisch. »Gehört das dir?«

Mit spitzen Fingern hielt er Florian etwas an einer dünnen Schnur Baumelndes vor die Nase. Der vermisste Ring seiner Mutter. Florian griff danach. Peutinger zog ihn rasch zurück.

»Ist das der Ring, den dir Martin angeblich gestohlen hatte?«

»Ja.«

»Wie erklärst du dir, dass die Büttel ihn in der Hand der toten Bachlerin gefunden haben?«

»Der Mörder muss ihn dort verloren haben. Er hatte ihn mir ja abgenommen.«

»Das behauptest du.«

»Ihr glaubt doch nicht ernsthaft, dass ich die Bachlerin umgebracht habe und dann wegen des Rings noch einmal zurückgekommen bin?« Florian schüttelte den Kopf. So leicht ließ er sich nicht aufs Glatteis führen. »Wozu sollte ich ein solches Wagnis auf mich nehmen? Schließlich hatte ich Euch gesagt, dass der Ring weg ist. Wenn Ihr mich gerne als Schuldigen sehen wollt, warum lasst Ihr mich dann nicht foltern?«

Peutinger verzog das Gesicht. »Die Folter verrät uns alles, was wir wissen wollen. Nur nicht die Wahrheit. Bei der Folter kommt es einzig auf die Fragen an, die man stellt.«

»Das klingt recht hübsch aus Eurem Munde. Aber vielleicht solltet Ihr auch einfach einmal damit anfangen, die richtigen Fragen zu stellen.«

Über das breite Gesicht des Stadtschreibers huschte der Anflug eines Lächelns. Es vermochte Florian nicht zu täuschen. Von Peutinger hatte er gewiss nichts Gutes zu erwarten.

»Also? Was hattest du bei der Bachlerin verloren?«

»Monsignore Marsilius hat mich hingeschickt. Ich wollte sie warnen.« Florian zog das Briefchen aus der Tasche und hielt es ihm hin.

Peutinger nahm es, warf einen flüchtigen Blick darauf, nickte und gab es ihm wieder zurück. Er zeigte sich nicht im Mindesten überrascht.

»Ihr wusstet davon?«, fragte Florian verwirrt.

»Von dem Briefchen? Nein. Aber Monsignore Marsilius hat mir gestern Abend von eurem Treffen berichtet und sprach auch von eurer Verabredung und dem Vorhaben, heute Morgen gemeinsam den Nachtwächter aufzusuchen.«

Florian war empört. »Dann wisst Ihr also auch von Marsilius' Jagd nach dem Frauenmörder und der möglichen Verbindung zum Tod meiner Eltern.« Das ganze bisherige Geplänkel schien einzig dem Zweck gedient zu haben, ihn zu foppen.

Peutinger nickte.

»Warum ist Monsignore Marsilius eigentlich jetzt nicht hier?«

»Ich fürchte, ich muss dir etwas Betrübliches mitteilen.«

Florian sah das Lauern im Blick des Stadtschreibers und ahnte schon, was jetzt kommen würde.

»Der Nachtwächter Lorenz hat sich heute Nacht in seinem Verschlag erhängt. Männer der Scharwache haben ihn im Morgengrauen gefunden, nachdem ihnen seine Absenz von der Wache aufgefallen war.«

Florian bekreuzigte sich. Es kostete ihn einige Mühe, Unwissenheit zu heucheln, aber nach Peutingers merkwürdigem Verhalten zog er es vor, seinen nächtlichen Besuch im Zwinger und wen er hinterher dort gesehen hatte zu verschweigen.

»Ich habe Marsilius sogleich eine Nachricht über den Tod des Nachtwächters zukommen lassen«, sagte Peutinger. »Vermutlich wird er in den Zwinger geeilt sein, um sich selbst dort umzusehen.«

»Und mich hat er vorher noch zur Bachlerin geschickt.« Florian versuchte, möglichst erschüttert zu klingen. Es gelang nur halb. »Er wird sicher sehr enttäuscht sein, wenn er von meinem Misserfolg hört.«

Peutinger sah ihn scharf an.

»Wer hat die Leiche der Bachlerin eigentlich gefunden, und warum haben mir Eure Schergen dort aufgelauert?«, fragte Florian.

»Eine höchst seltsame Geschichte.« Der Stadtschreiber kratzte sich an der Nase. »Ein Mann kam heute Morgen aus dem Haus der Bachlerin und hat ihrem Neffen, der mit seinen Freunden draußen auf der Gasse spielte, einen Kreuzer gegeben. Angeblich damit er für seine Gevatterin den Büttel holt. Was der Bub dann auch brav gemacht hat.«

»Und?« Florian starrte ungeduldig auf die Nase, die jetzt fast ebenso rot war wie seine eigene Triefnase. »Wie sah der Mann aus?«

»Das wissen wir nicht. Er trug eine Mönchskutte, und die Jungen konnten sein Gesicht nicht erkennen, weil er es unter der Kapuze verborgen hielt. Alles, was sie über sein Aussehen zu sagen vermochten, war, dass er groß war.«

»Und dann haben die Büttel die erwürgte Bachlerin gefunden, mit meinem Ring in der Hand, und hatten nichts Besseres zu tun, als neben der Leiche auf mich zu warten?«

»Nicht ganz so, aber so ähnlich. Sie kamen natürlich zuerst zu mir und haben mich von ihrem Fund unterrichtet. Ich habe sie dann noch einmal zurückgeschickt.«

»Mit der Instruktion, mich in einem Mehlsack bei Euch abzuliefern?«

Peutinger grinste schief. »Da sind sie in ihrem Eifer vielleicht ein bisschen übers Ziel hinausgeschossen.«

»Nun, jetzt wisst Ihr jedenfalls, dass ich nichts mit der Sache zu tun habe.« Florian kaute auf seiner Unterlippe herum. Die ganze Sache gefiel ihm immer weniger, je länger er darüber nachdachte. Aber es hatte auch keinen Sinn, lange den Beleidigten zu spielen, wenn er noch etwas von Peutinger in Erfahrung bringen wollte. Er zeigte ihm den zweiten Ring, den er Lorenz abgenommen hatte, und erzählte von dessen Teufelserscheinungen.

»Ja«, sagte Peutinger, »ich erinnere mich an den Brand in der Fischersiedlung. Nachdem Marsilius mir gestern Abend von eurer Unterhaltung berichtet hatte, habe ich in meinen Aufzeichnungen nachgesehen. Es war das Jahr, in dem Sigmund Gossembrot und Hilpold Riedler Bürgermeister waren. Das Feuer war im Juni. Es brach aus in der Nacht nach dem großen Armbrustschießen, das der Kaiser wie üblich anlässlich des Reichstags in der Rosenau ausrichten ließ. Nur wenige Männer waren zur Hand, um bei den Löscharbeiten zu helfen. Und in der Fischersiedlung gibt es nur Holzhütten. Die ließen sich dann aber wenigstens schnell niederlegen, sodass der Brand sich nicht weiter ausbreiten konnte. Von dem Übrigen, was du erzählt hast, weiß ich nichts. Ich bin auch immer davon ausgegangen, dass der Nachtwächter Lorenz ein entfernter Verwandter des Stadtsoldaten war, bei dem er als blutjunger Bub eines Tages aufgetaucht ist.«

»Und die Teufelserscheinungen?«, fragte Florian. »Dreimal will Lorenz den Leibhaftigen gesehen haben. Das erste Mal, als er unsere Mutter umbrachte, an das zweite Mal konnte er sich nicht mehr klar erinnern, redete aber wirres Zeug von irgendeinem Reichstag, und das dritte Mal war erst vor einigen Tagen. Alle drei Erscheinungen standen in Verbindung mit dem Mord an einer Frau.«

Peutinger zuckte die Achseln. »Morde an losen Frauenspersonen gibt es immer mal wieder. Das ist nichts wirklich Außergewöhnliches.«

Florian schluckte schwer. Es versetzte ihm einen Stich, wie gedankenlos der Stadtschreiber seine Mutter als lose Frauensperson abtat. Der Groll über Peutingers Verdächtigungen und die rücksichtslose Behandlung durch die Büttel stieg mit doppelter Schärfe wieder in ihm auf.

»Und die Teufelserscheinungen?«

»Mit Verlaub, mein lieber Brandner«, Peutinger runzelte die Stirn, »ich will dich weiß Gott nicht in deinen Glaubensgrundsätzen erschüttern, aber es bedarf schon mehr als der Einbildungen eines halb verrückten Nachtwächters, um mich an den Leibhaftigen als schwarzen Riesen, der meuchelnd durch die Gassen zieht, glauben zu lassen.«

»Ihr glaubt nicht an den Teufel?«, staunte Florian.

»Das habe ich nicht gesagt. Ich glaube nur nicht an den schwarzen Riesen deines vermeintlichen Bruders.«

»Ach, und wie sieht der Teufel Eurer Meinung nach aus?«

»Ich weiß es nicht.« Peutinger lachte. »Gott sei Dank ist er mir noch nicht begegnet. Aber wenn es dich so sehr beschäftigt, solltest du einmal mit Monsignore Marsilius reden. Er kann dir sicherlich mehr darüber erzählen, denn er war früher einige Jahre im Dienste der heiligen Inquisition unterwegs.«

Florian nickte. Er kam einfach nicht umhin, den Domherrn noch einmal zu treffen. Auf die Hilfe des Stadtschreibers konnte er jedenfalls nicht zählen. Augenscheinlich spiegelte sich diese Überzeugung auch nur allzu deutlich in seinem Gesicht wider.

»Ich warne dich, Brandner!«, sagte Peutinger zum Abschied. »Du magst jetzt einstweilen zu Meister Sigmund zurückkehren. Aber wenn du mir etwas verschweigst, dann Gnade dir Gott! Schon manch einer hat für Dinge, die er selbst nicht getan hat, mit der Seilersbraut getanzt.«

Florian fiel es nicht im Traum ein, zu Grimm nach Hause zu gehen. Die Sache musste jetzt zu Ende gebracht werden. So oder so. Während des Gesprächs mit Conrad Peutinger war es ihm wie Schuppen von den Augen gefallen.

Er ging in die Ulrichskirche zum Nachdenken. Lieber wäre er dafür zwar in St. Anna gewesen, aber er fürchtete, jemandem zu begegnen, und im Grunde bedurfte er auch nur ein wenig der Ruhe und des Schutzes gegen den kalten Herbststurm, der seit den Mittagsstunden durch die Gassen fegte.

Er setzte sich in eine der hinteren Bankreihen und schloss die Augen. Dann ging er im Geiste alles noch einmal durch, was er wusste, angefangen mit seiner Aufnahme als Findling in St. Anna, über die Brände, die zu seiner Verbannung aus dem Kloster und der Bestrafung mit dem Lasterstein geführt hatten, bis hin zu dem, was er bei seinen Streifzügen durch die Stadt in Erfahrung gebracht hatte. Er durchlebte aufs Neue das Entsetzen jener Nacht, als er über die Leiche der Linnenweberin gestolpert war, verfolgte Martin noch einmal kreuz und quer durch die Gassen, jagte erneut hinter Lorenz her und verspürte sogar fast wieder körperlich die Schmerzen, als er im Klostergarten und im Zwinger niedergeschlagen worden war. Er kramte den gefälschten Ablass der Stellmacherin hervor, mit dem er in die leidige Mordangelegenheit hineingeraten war, und verglich die Geschichten, die ihm Vater Remigius, Lorenz und Heinrich Marsilius erzählt hatten. Schließlich war er so gut wie sicher.

Aus den vielen kleinen Bruchstückchen ließ sich nach und nach das Bildnis des Mörders wie ein altes römisches Musaicum zusammensetzen. Es gab nur noch ein, zwei Steinchen, die nicht recht passen wollten und ihn ein wenig verunsicherten. Aber vielleicht gehörten sie einfach nur zu einem ganz anderen Bild.

Am Abend legte sich der Sturm, auch wenn es nach wie vor empfindlich kühl blieb. Dennoch war er schon eine Stunde vor der verabredeten Zeit in den Gärten hinter dem Spittelhof und wartete auf Justina. Er war nun wild entschlossen, den Mörder selbst zu stellen. Mit der Waffe in der Hand wollte er ihm Auge in Auge gegenübertreten und ihm seine Anschuldigungen ins Gesicht schleudern. Das schien letztlich der einzig gangbare Weg zu sein. Mit Peutinger durfte er nicht rechnen, wie ihm der Stadtschreiber nur allzu deutlich zu verstehen gegeben hatte. Und Heinrich Marsilius, auf dessen Hilfe er eigentlich gehofft hatte, war mit ihm befreundet.

Fortes fortuna adiuvat, dachte Florian. Es musste ganz einfach gelingen.

Justina kam spät und wirkte müde und abgekämpft. Nach einer innigen Umarmung erzählte sie ihm, was geschehen war. Sie hatte einen heftigen Wortwechsel mit Wally gehabt.

»Zum Glück war sie von gestern noch tüchtig bedient, sonst wär sie am Ende vielleicht auch noch handgreiflich geworden. Sie ist nämlich mit ihrer Base aneinander geraten. Das hättest du sehen sollen, wie die Bachlerin sie zugerichtet hat. Hab sogar mit ihr tauschen und den Dienst in der Schankstube verrichten müssen, weil Väterle es nicht liebt, wenn wir dort wie zerraufte Katzen rumlaufen.«

Florian zuckte bedauernd die Achseln. »Pech für die Vroni, dass sie so eine martialische Rauhex war. Wenn die Wally sie ordentlich zerrupft hätte, wäre sie vielleicht jetzt noch am Leben.«

Sie sah ihn fragend an.

»Die Bachlerin ist vergangene Nacht erwürgt worden. Nach ihrer Rauferei mit der Wally hatte sie noch ein weitaus schlimmeres Aufeinandertreffen. Mit ihrem Mörder.«

»Nein!« Einen Moment lang zeichnete sich das Entsetzen in ihrem Gesicht ab. Sie ließ seinen Arm los und starrte ihn an.

Auch wenn sie die Bachlerin nicht gekannt hatte, spürte er doch, wie sehr es sie traf, dass erneut eine Frau diesem Teufel zum Opfer gefallen war. Dann kehrte das beunruhigende Funkeln in ihre Augen zurück, und ihre Miene wirkte hexenhafter denn je. »Was muss das nur für ein Vieh sein!«

Sie nahm wieder seinen Arm und schmiegte sich eng an ihn. Während sie im Dunkel zwischen den Obstbäumen auf und ab gingen, berichtete er ihr von den neuesten Entwicklungen. Daran anschließend legte er ihr seine Überlegungen dar und verkündete seinen Entschluss, den Mörder auf eigene Faust zu stellen.

»Du bist verrückt!«

»Wieso?«

»Florian, es ist viel zu gefährlich! Du weißt ja nicht einmal genau, wie viele Menschen er schon auf dem Gewissen hat. Er ist grausam und erbarmungslos, und du ...«

»Ein hundserbärmlicher Feigling ist er, der sich mit Vorliebe an schwachen Weibern vergreift!«

»Und der Drucker? Und Lorenz? Der hatte auf seiner Runde sicher oft seine liebe Not mit Raufhändeln und Trunkenbolden und war einiges gewöhnt. Und Martin? Der war doch gewiss auch nicht schwach!« Sie blieb stehen und sah ihn an. »Du dagegen wirst vor ihm stehen wie ein Lamm vor dem Schlachter! Du hast ja nicht einmal eine ordentliche Waffe.«

»Ich habe meinen Hirschfänger und werde mir die Hellebarde von Lorenz aus dem Zwinger besorgen. Er hat meine Familie getötet. Allein der Gedanke daran wird mir Mut und Stärke verleihen!«

»Ja, und dich unvorsichtig machen.« Sie blieb stehen und nahm seinen Kopf zwischen ihre Hände. Das gewöhnlich so kalte Grün ihrer Augen funkelte warm. »Florian Brandner, du bist ein Narr und ein Träumer. Deshalb liebe ich dich so.«

Sie küsste ihn sanft. Zu sanft. Er machte sich los.

»Florian«, sagte sie eindringlich, »ich will dich nicht verlieren. Er ist ein kaltblütiger Mörder.«

»Ich weiß.« Er starrte ins Dunkel. Schauderte. Ohne ihre Umarmung war ihm kalt. »Du kannst mich nicht davon abbringen.«

Sie fasste ihn an den Händen. »Das Mindeste, was du brauchst, ist eine vernünftige Waffe, mit der du ihn dir vom Leib halten kannst. Einem wilden Tier tritt man auch nicht nur mit den Zähnen gegenüber.«

»Na schön, werde ich mir also ein Schwert besorgen. Lorenz' Hellebarde taugt wahrscheinlich ohnehin nicht mehr viel. Aber ein Schwert kostet Geld.«

»Ich weiß, wo du hingehen kannst: zu Burkhart Eisner. Er hat eine kleine Schmiede am Fischertor. Dort stellt er jetzt allerlei Angelgerät her, aber er hat früher mal bei einem Schwertfeger in Ulm gearbeitet und versteht etwas vom Handwerk. Wenn du sagst, dass du von mir kommst, wird er dir ohne viel Fragerei zu einem brauchbaren Schwert verhelfen und dich auch nicht übervorteilen.«

»Du überraschst mich immer wieder. Woher kennst du den Mann?«

»Keine Sorge.« Sie grinste. »Der Alte war schon grau und bucklig, als meine Mutter noch lebte. Die Spielleute, mit denen sie unterwegs war, haben bei ihm ihre Waffen gekauft.« Sie zauberte einen kurzen, schlanken Dolch aus dem Gewand hervor. »Den hat er damals eigens für meine Mutter gefertigt. Sieht nicht besonders kunstvoll aus, erfüllt aber seinen Zweck.«

Im nächsten Augenblick zitterte die Waffe gut zehn Schritt hinter Florian im dünnen Stamm eines Apfelbäumchens.

»Habe ich von ihm gelernt.« Sie ging und holte sich den Dolch wieder. »Und ich werde dabei sein, wenn du den Mörder triffst.«

»Unmöglich!« Schon als er es sagte, wusste er, dass er sie niemals davon abbringen konnte.

»Es geht nicht bloß darum, dass du vielleicht meine Hilfe im Kampf benötigst. Hast du dir überhaupt schon überlegt, wie du ihm gegenübertreten willst? Du glaubst, er wird die Beherrschung verlieren und auf dich losgehen. Was aber, wenn er alles abstreitet? So, wie du ihn schilderst, halte ich ihn für kaltblütig genug, dich wie einen dummen Jungen einfach stehen zu lassen. Willst du ihn dann trotzdem niederstechen?«

Er sah sie zweifelnd an.

»Bedenke auch, es geht hier nicht nur um irgendeinen Mörder, sondern um jemanden, den du kennst. Du solltest deinen Verdacht auf keinen Fall allzu leichtfertig aussprechen.«

»Was schlägst du vor?«

»Wir müssen ihm eine Falle stellen. Er kennt mich nicht. Ich werde also morgen in aller Frühe nach St. Anna gehen und nach ihm als Beichtvater verlangen. Dann werde ich ihm erzählen, dass ich in einer Schenke arbeite und dort von den Ablässen gehört habe. Wenn er tatsächlich der Richtige ist, wird er anbeißen.«

»Er wird Verdacht schöpfen.«

»Na und? Umso eher wird er kommen.«

»Wohin?«

»Auf die Nacht werde ich ihn in eines der noch leer stehenden Häuser in der Fuggerei bestellen.«

»Warum ausgerechnet in die Fuggerei?«

»Weil die Jakobervorstadt sein bevorzugtes Jagdrevier ist. Dort fühlt er sich sicher. Hast du einen besseren Vorschlag?«

Florian schüttelte den Kopf. »Die Sache gefällt mir ganz und gar nicht. Was ist, wenn er dir heimlich folgt und schon vorher über dich herfällt?«

»Am helllichten Tag, mitten auf der Straße?« Sie lachte scheinbar leichthin. »So, wie es aussieht, hat er die Frauen nicht gleich bei ihrem ersten Treffen getötet, sondern mit dem Ablass geködert und zum Schweigen verpflichtet. Das verkleinert das Wagnis für mich.«

»Trotzdem. Es ist zu gefährlich.«

»Pah! Immerhin wolltest du ihm ganz alleine mit dem Hirschfänger entgegentreten.«

Florian nahm ihre Hände. Im Gegensatz zu seinen waren sie angenehm warm und trocken. Er hatte es ja geahnt. Er hatte nur nicht damit gerechnet, dass sie seinem eigenen wahnwitzigen Plan einen ebenso wahnwitzigen entgegensetzen und diesen auch noch mit den besseren Argumenten verteidigen würde. Gab es für seinen Plan überhaupt ein Argument, außer dass endlich getan werden musste, was unausweichlich schien?

Sie spürte offenbar, dass sein Widerstand schwand. »Ich werde heute Nacht nicht mehr in den ›Anker‹ zurückgehen. Es ist ohnehin schon viel zu spät. Väterle hat das Tor sicher längst geschlossen.«

»Aber das geht doch nicht. Wo –«

»Still!« Sie legte ihm die Hände auf die Schultern. »Wir werden diese Nacht gemeinsam verbringen. Wer weiß, ob es nicht vielleicht unsere letzte ist.«

Er nahm sie in die Arme und wollte sie küssen. Bei all ihrer Bestimmtheit besaß sie doch auch eine empfindsame Ader.

Sie machte sich los. »Wir gehen zur Fuggerei«, sagte sie. »Wir müssen den Schauplatz für morgen noch auskundschaften und können dann auch gleich dort übernachten.«

Florian blickte auf zum Sternenhimmel und seufzte. Es würde eine kalte Nacht werden, so viel stand fest.

Schwerter und Fischangeln

Burkhart Eisner war vor vielen Jahren als Schwertner nach Augsburg gekommen, um bei dem berühmten Lorenz Colman in die Lehre zu gehen. Er hatte die Nase voll davon gehabt, immer nur braves Handwerk für das gewöhnliche Fußvolk abzuliefern. Prunkwaffen für den Kaiser und sein Gefolge wollte er fertigen, kunstvoll verzierte Harnische und Helme aus edlen Materialien, Schwerter, Dolche und Lanzen, entworfen von Meistern wie Dürer, Baldung und Altdorfer.

Es blieb ein Traum. Colman hatte ihn abgewiesen. Sein Sohn Koloman war damals bereits auf dem besten Weg gewesen, in seine Fußstapfen als kaiserlicher Hofplattner zu treten, und es hatte in seiner Werkstatt keinen Platz für einen weiteren Meisterschüler gegeben.

Um nicht zu verhungern, war Eisner nichts anderes übrig geblieben, als jede sich nur bietende Arbeit anzunehmen. Er hatte sich bei Nagel- und Hufschmieden verdingt, für einige Zeit sogar einmal bei einem Kesseler und war schließlich bei einem Fischangelmacher hängen geblieben. Nach dessen Tod hatte er die Werkstatt übernommen, dabei aber seine Liebe zu Waffen und Rüstungen nie ganz verloren. Wenn er hin und wieder neben der täglichen Arbeit einen handgerechten Dolch oder ein scharfes Schwert schmiedete, dann tat er das vor allem zu seinem eigenen Vergnügen, sodass die Zunft ihm daraus keinen Strick zu drehen vermochte. Ohnehin wussten nur wenige Eingeweihte um seine geheime Leidenschaft, und auch unter ihnen gab es nur ein paar, die wirklich eine Waffe von ihm besaßen. Seine winzige Schmiede lag fast ein wenig versteckt, unweit des Seitentörchens, das den Fischern in der Senkelbachsiedlung den schnellen Zugang zur Stadt ermöglichte.

Als Florian am nächsten Morgen beizeiten die Werkstatt betrat, stutzte er. Justina hatte ihm zwar einiges über Eisner erzählt, auf das Bild, das sich ihm hier bot, war er jedoch nicht vorbereitet.

Zwei Greise lümmelten sich nebeneinander auf der blanken Erde, mit dem Rücken gegen den Ambossblock gelehnt, schnarchten, was das Zeug hielt, und wäre der schwere Eichenstamm, auf dem der Amboss ruhte, nicht gar so tief in den Boden eingelassen worden, hätte Florian angesichts der heftigen Erschütterungen wahrhaftig um ihre Gesundheit gebangt. Offenbar wollten sich die beiden Alten ihre steifen Glieder ein wenig vor der heißen Esse wärmen und waren darüber eingenickt.

Auch abgesehen von ihrem seltsamen morgendlichen Arbeitseifer bildeten die zwei ein höchst possierliches Gespann. Der Kleinere war ein buckliges Männlein mit einem struppigen, grauen Bart, ganz wie Justina es beschrieben hatte. Sein Gesicht, wo es denn noch unter dem Dickicht zum Vorschein kam, war von unzähligen Furchen und Fältchen durchzogen. Arme und Beine, die unter einer riesigen Lederschürze hervorschauten, die sogar noch älter aussah als das Männlein selbst, waren spindeldürr, sodass Florian sich unwillkürlich fragte, wie es wohl den schweren Schmiedehammer schwingen wollte, um das Eisen zum Glühen zu bringen.

Der andere Mann war, rein körperlich betrachtet, das genaue Gegenstück. Sein stark gerötetes Gesicht wurde ebenfalls von einem grauen, verfilzten Bart umrahmt, doch wirkte er um einige Jahre jünger und selbst sitzend noch wie ein wahrer Bär von einem Mann. Er trug kein Wams, und seinem Hemd fehlten die Ärmel, sodass Florian die dicht behaarten Arme bewundern konnte. Sie schienen ihm mindestens ebenso kräftig wie seine eigenen Oberschenkel und waren eines Schmieds sicherlich mehr als würdig. Dabei steckte die untere Hälfte des Mannes in den bei den Fischern üblichen Hosen und Stiefeln.

Florian trat näher und hüstelte mehrfach. Ohne Erfolg. Das Schnarchen schien sich sogar eher noch zu verstärken. Er erhöhte die Lautstärke, rief den Namen des Meisters und klatschte in die Hände. Das Schnarchen hielt an. Da nahm er den Hammer, der griffbereit lag, und hieb damit über ihren Köpfen auf den Amboss, dass er vermeinte, das Dröhnen müsse noch am Perlach zu hören sein. Erschrocken sprang er zurück und legte den Hammer weg.

Das bucklige Männlein blinzelte, schlug die Augen auf, erblickte Florian, rieb sich die Augen und rollte sie furchterregend. Dann gähnte es herzhaft und rammte seinem Nebenmann grob den Ellbogen in die Seite. Der Bär brummte und räkelte sich so langsam, als erwache er gerade aus dem Winterschlaf.

»Aufgewacht, Faulpelz, hurtig! Der ehrwürdige Beherrscher des Feuers ist gekommen, seinen güldenen Harnisch abzuholen!«, rief das Männlein munter, sprang auf und lief, allerlei alberne Verneigungen vollführend, um Florian herum.

Nach einer durchfrorenen Nacht in der Fuggerei hatte der wenig Sinn für derlei Späße. Er fand, Justina hätte ihn getrost vorwarnen können, dass es im Oberstübchen des Alten nicht mehr ganz stimmte. Nur mit Mühe gelang es ihm, sich ein gutmütiges Grinsen abzuquälen.

»Euer aller ergebenster Diener«, quäkte das Männchen weiter, derweil sich nun auch der Bär tapsig erhob. »Der Harnisch ist fertig. Womit kann ich Eurer hochwohlgeborenen Durchlaucht heute sonst noch dienen?«

Florian räusperte sich. Der seltsame Auftritt überforderte ihn ein wenig. Er war gekommen, das Schwert für den Kampf seines Lebens zu erwerben. Dieser Alte hier aber wollte ihn entweder verspotten, oder er war tatsächlich verrückt. In beiden Fällen war es wahrscheinlich das Beste, einfach wieder zu gehen.

»Gnädiger Beherrscher des feurigen Elements, sprecht Ihr am Ende vielleicht nicht unsere Sprache, oder hat es ...«

»Lass endlich gut sein, Burkhart«, brummte der Bär. »Siehst du denn nicht, dass unser Besuch gleich auf der Stelle wieder davonläuft, wenn du nicht augenblicklich mit deinen Possen aufhörst?«

»So? Tatsächlich? Wäre ja vielleicht nicht das Schlechteste. Verzeiht, edler Herr!«

Eisner vollführte eine weitere formvollendete Verbeugung. Es war die letzte. Als er wieder hochkam, hatte sein Gesicht den narrenhaften Ausdruck verloren. Die Äuglein blickten wach aus dem verhutzelten Gesicht und ruhten ohne jede Neugier auf Florian.

Der fasste neuen Mut. »Mein Name ist –«

»Ich weiß.« Eisner winkte ab. »Ihr seid der verstoßene Karmelit, der den Lasterstein trug. Ich kann mir denken, warum Ihr kommt. Ihr habt eine Menge Unfug angerichtet in der Stadt. Ich glaube nicht, dass ich Euch helfen kann.«

»Ich komme von –«

»Ich habe nämlich eine goldene Regel, die besagt, lass dich nie auf Geschäfte mit Unruhestiftern ein und pass auf, dass –«

»Burkhart«, brummte der Bär verdrießlich, »nun hör doch erst mal, was der Junge zu sagen hat!«

Eisner warf ihm einen missbilligenden Blick zu. Dann wandte er sich an Florian. »Also?«

»Ich brauche ein Schwert. Ich komme von Justina.«

Das Mienenspiel des Alten wechselte schneller, als Florian schauen konnte. Rollten die Äuglein zunächst wieder furchterregend hin und her, so leuchteten sie bei der Erwähnung Justinas für einen Moment hell auf, um dann wieder kalt auf Florian haften zu bleiben.

»Ich habe keine Schwerter.« Er schwenkte die Arme und deutete an den Wänden entlang. »Ihr seht ja, bei mir gibt es nur Fischangeln.«

Florian blickte hilfesuchend zu dem rotgesichtigen Riesen. Der zuckte nur die Achseln.

»Justina sagte mir, Ihr hättet schon für ihre Mutter gearbeitet. Es ist wirklich …«

»Wie geht es Justina?«

»Sie arbeitet jetzt bei Franz Väterle im ›Anker‹. Es geht ihr gut. Und sie bittet Euch wirklich inständig, mir zu helfen.«

Der Alte musterte ihn abschätzig von oben bis unten. »Könnt

Ihr überhaupt mit einem Schwert umgehen? An was für eins habt Ihr denn gedacht?«

Florian atmete auf. »Meine Ansprüche sind nicht hoch. Ich nehme, was Ihr dahabt.«

»Soso, was ich dahabe ...« Eisner lachte meckernd.

Auf einen Wink von ihm verschwand sein Kumpan durch ein Türchen, das Florian bisher noch gar nicht bemerkt hatte, und kehrte kurz darauf mit einer großen Kiste bepackt zurück. Eisner öffnete sie mit zwei großen Schlüsseln, die er an einem Bund am Gürtel trug, schlug den Deckel zurück und brachte ein ganzes Sortiment an Schwertern, Degen und Dolchen hervor.

Florian hatte sich noch keine ernsthaften Gedanken darüber gemacht, wie viele unterschiedliche Arten von Schwertern es gab. Er entschied sich, ohne zu überlegen, für ein schweres zweihändiges Schwert mit breiter Klinge und einem Zirbelnussknauf.

»Ihr seid wohl nicht ganz bei Trost, wie?«, quäkte Eisner. »Wollt Ihr jemanden enthaupten, oder was habt Ihr vor? Hier, versucht einmal das!«

Er nahm ihm den schweren Zweihänder aus der Hand, als ob es sich dabei um ein Kinderspielzeug handelte, und hielt ihm stattdessen eine andere Waffe hin.

»Ein Stoßdegen, nach französischem Vorbild gefertigt, ist leicht und liegt gut in der Hand. Genau das Richtige für einen ungeübten Kämpfer, wie Ihr einer seid. Bestens geeignet, den Gegner auf Distanz zu halten und im richtigen Moment niederzustoßen.«

Florian ließ sich schnell überzeugen. Justina hatte ihm geraten, getrost auf Eisners Rat zu vertrauen, und auch wenn dessen Art etwas gewöhnungsbedürftig war, so schien er doch zumindest von Waffen etwas zu verstehen.

»Ich denke, ich nehme den Degen.«

»Schönschön. Ihr denkt also, Ihr nehmt ihn. Und was gedenkt Ihr denn nun mir dafür zu bezahlen?«, fragte das Männchen unverblümt.

Florian kratzte sich verlegen am Kopf. »Wisst Ihr, ich dachte, Ihr könntet mir die Waffe vielleicht leihweise überlassen. Ich brauche sie nämlich nur heute Abend. Nur ein einziges Mal und nur zur Sicherheit. Vielleicht muss ich sie überhaupt nicht benutzen. Ich wäre bereit, Euch dies hier als Unterpfand dafür zu geben.«

Er hielt ihm den Ring hin, den er Lorenz abgenommen hatte. Eisner betrachtete ihn prüfend. Der rotgesichtige Bär in den Fischerstiefeln kam näher, um besser sehen zu können.

»Wo habt Ihr den her?« Er nahm ihn Eisner aus der Hand, drehte ihn mehrmals verwundert gegen das Licht und nickte. »Kenn ich, wo habt Ihr ihn her?«

»Er gehört mir. Er stammt aus Familienbesitz. Woher kennt Ihr ihn?«

Der Bär sah ihn zweifelnd an. »Kann doch nicht sein. Obwohl ...« Er schüttelte den Kopf. »Dann müsstet Ihr der Knabe sein, der vor vielen Jahren mit seiner Mutter eine Zeit lang in einer Fischerhütte unten am Senkelbach gehaust hat. Aber die beiden sind bei einem Brand ums Leben gekommen.«

Florian nickte. »Der Knabe war mein Bruder. Ich selbst lag damals noch in den Windeln. Meinem Bruder gelang es, bei dem Brand mit heiler Haut aus der Hütte herauszukommen und mich mitzunehmen. Er legte mich dann den Karmelitern auf die Schwelle. Leider konnte mir bisher noch niemand etwas Genaueres über meine Mutter und den Ring erzählen. Was wisst Ihr denn darüber?«

»Nicht viel. War damals ja selbst noch ein junger Hecht. Wohnte zwar ganz in der Nähe der Hütte, aber man hat die Frau ja so gut wie nie zu Gesicht bekommen. Wusste ja nicht mal was von einem Säugling. Den Buben hab ich mal aus dem Wasser gefischt. Wär sonst wohl ertrunken. Dabei hab ich den Ring an seinem Hals gesehen. War aber auch das einzige Mal, dass ich ihnen näher gekommen bin.«

»Was war mit der Mutter?«

»Was soll mit der gewesen sein? Hat sich bedankt, wusste halt, was sich gehört, das hat man schon gemerkt.«

»Wie sah sie aus?«

»Wie sah sie aus?« Er brummte. »Wie soll sie schon ausgesehen haben? So genau kann ich das heut auch nicht mehr sagen. Sie war halt auch immer ziemlich vermummt. Nur als ich ihr den Bub vorbeigebracht hab, da hab ich mal was gesehen. Lange, rote Locken hat sie gehabt, und schön war sie auch. Will ich wohl meinen. Ist aber auch schon alles, was ich von ihr sagen kann.«

»Was war mit dem Brand? Ist Euch irgendetwas aufgefallen, kurz davor oder kurz danach? Könnt Ihr Euch vielleicht an einen Fremden erinnern, der nach ihnen gefragt hat oder sich sonst irgendwie auffällig benahm?«

Der Bär überlegte. Dann nickte er. »Ein Fremder, jawohl. Tauchte ein paar Tage vor dem Brand in der Gegend auf. Keine Ahnung, wo er herkam. Nehme aber mal an, dass es irgendein flüchtiges Mönchlein war. Trug zwar keine Kutte, aber das scheinheilige Benehmen kenn ich. Außerdem hatte er auch noch die Tonsur.«

»Wie sah er sonst aus? Wie groß war er?«

»Na ja, wenn ich vorhin ›Mönchlein‹ gesagt hab, dann war das ganz sicher falsch. Klein war er nämlich nicht. Bestimmt so groß wie ich auch. Ansonsten weiß ich eigentlich nichts mehr dazu zu sagen. Nur, dass er nach dem Brand genauso spurlos verschwand, wie er vorher aufgetaucht war.« Er grunzte unwillig. »Gab deshalb einige in der Siedlung, die ganz gern mal ein Wörtchen mit ihm gewechselt hätten.«

Florian nickte. »Ich will Euch was verraten: Den hier«, er wog den Degen in der Hand und starrte finster in die Glut in der Esse, »den brauche ich für den Feuerteufel von damals.«

»Was Ihr nicht sagt!« Der Bär pfiff leise durch die Zähne. »Meine Hütte lag in der Schneise, die niedergelegt wurde, um das Feuer einzudämmen. Ich hoffe nur, Ihr zieht dem Mordbrenner tüchtig eins über.« Er hielt Eisner den Ring hin. »Burkhart, gib dem Jungen den Degen!«

»Denn der Teufel seid Ihr!«

Am Nachmittag trafen sie sich draußen vor dem Jakober Tor unter den Bäumen am Ufer des Lechs. Es regnete in Strömen, und sie suchten Zuflucht in einem morschen, halb verfallenen Unterstand für das Vieh.

Florian hatte ein halbes Brot von der Bäcker-Liese geschenkt bekommen und Justina einen Wurstzipfel, ein Stückchen Käse und eine Hand voll Mandeln auf den Märkten erbettelt. Dazu pflückten sie sich Äpfel von den Bäumen und breiteten alles auf der alten Pferdedecke aus, die Justina heimlich aus dem Stall im »Anker« mitgenommen hatte. So tischten sie auf zu ihrem ersten gemeinsamen Mahl und versuchten nicht daran zu denken, dass es vielleicht auch ihr letztes war.

Erst als sie fertig gegessen hatten, berichtete Justina, wie es ihr in St. Anna ergangen war. Bruder Joachim hatte zwar nur höchst widerwillig nach dem Beichtvater ihrer Wahl geschickt, aber darauf war sie vorbereitet gewesen.

»Und nachdem unser Mann mir erst einmal gegenübergekniet hat, war es dann gar nicht mehr so schwer. Als ich ihm sagte, ich wolle auch einen von diesen ganz besonderen Ablässen, mit denen er handele, da schien es zunächst so, als wüsste er gar nicht, wovon ich redete. Ich sagte, ich hätte in der Schenke davon gehört. Das wollte er nicht glauben. Erst als ich erzählte, dass ich es von der Base der Bachlerin erfahren hätte, wurde er hellhörig. Ich tat natürlich so, als ob ich von dem Mord noch nichts wüsste …«

»Das hat er dir nicht abgenommen«, unterbrach Florian. »So dumm ist er nicht. Niemals!«

Sie zuckte die Achseln. »Mag sein. Jedenfalls ging von da an alles wie von selbst. Er machte den Vorschlag, dass wir uns heute Nacht treffen sollten. Ich musste ihn nur noch von der Fuggerei als geeignetem Ort überzeugen. Er wollte eigentlich lieber unter freiem Himmel …«

»Das deutet doch schon auf schlechte Absichten hin! Aber Hauptsache, er kommt.«

Florian erzählte ihr von seinem Besuch bei Burkhart Eisner. Dabei gab er sich betont vorwurfsvoll und mühte sich, sie mit einer übertriebenen Schilderung von dessen Narrheiten zum Lachen zu bringen.

Für kurze Zeit sah es so aus, als wolle der Himmel über den Lechwiesen aufreißen und sich die Sonne zeigen, doch schon als er von den Erinnerungen des Fischers berichtete, waren die trüben Wolken wieder über ihnen.

Er packte den Degen aus, den Eisner ihm in einen Sack gewickelt hatte, und sie begutachtete ihn mit Kennermiene. Danach wurden sie immer einsilbiger und verbrachten schließlich die letzten Stunden schweigend, Arm in Arm, eng aneinander geschmiegt.

Kurz bevor die Tore geschlossen wurden, gingen sie zurück in die Stadt. Die Nässe hatte alle nach drinnen getrieben, und die Gassen der Jakobervorstadt wirkten wie ausgestorben. Ungesehen stahlen sie sich in das leer stehende Haus in der Fuggerei, das sie ausgesucht hatten, weil es durch die Lücke, die der Brand in die Gebäudereihen gerissen hatte, ein wenig abseits der anderen stand.

Justina hatte neben der Pferdedecke auch noch einen Strohsack besorgt und eine kleine Öllampe, die sie jedoch erst unmittelbar vor der verabredeten Zeit anzünden wollten, um den Nachtwächter nicht herbeizulocken. Sie hatten zwar bewusst eine Wohnung im ersten Stock gewählt und sich vergewissert, dass das Licht von außen nicht allzu weit zu sehen war, wollten aber jedes unnötige Aufsehen vermeiden.

Als der Zeitpunkt des Treffens heranrückte, ging Florian in den Nebenraum, und Justina entzündete die Öllampe. Sie sollte dem Mörder den Weg weisen und ihn in Sicherheit wiegen. Ihnen aber würde ihr Licht sein Gesicht zeigen und seine Überwältigung erleichtern.

Florian zog den Degen aus der Scheide und machte sich bereit. Die Zeit verstrich, ohne dass etwas geschah. Er setzte sich auf den Boden. Nach einer Weile hörte das Prasseln des Regens auf. Eine halbe Stunde verging. Als die Glocke der Jakobskirche Mitternacht schlug, glaubte Florian nicht mehr, dass er noch kommen würde.

Der letzte Schlag war kaum verhallt, da näherten sich Schritte. Langsam, schlurfend. Dann setzte das Geräusch aus. Jemand war vor dem Haus stehen geblieben. Vielleicht hatte er das Licht entdeckt. Florian lauschte angestrengt. Ein leises Plätschern war zu vernehmen, gefolgt von einem erleichterten Seufzen und gleich darauf einem Rülpser. Die schlurfenden Schritte entfernten sich wieder. Nur ein Betrunkener, der sich erleichtert hatte.

Unwillkürlich dachte Florian an den Fischer-Toni. Und da war sie plötzlich wieder, die Erinnerung an die Brandnacht mit der Barb! Er sah sich wieder draußen auf der Gasse im Dreck liegen. Hörte das Gebrüll der Löschenden. Spürte die Fußtritte der Scharwächter in den Rippen. Schmeckte sein eigenes Blut auf den Lippen. Roch den süßlichen Geruch verbrannten Fleisches.

Er sprang auf und schaute zu Justina in den Nebenraum. Sie lag auf dem Strohlager und starrte angespannt auf den Eingang. Als sie ihn bemerkte, schüttelte sie den Kopf und scheuchte ihn mit einem Wink zurück.

Wie lange sollten sie noch warten? Der verabredete Zeitpunkt war längst vorüber. Ein paar Kater balgten sich in der Nachbarschaft. Florian verfluchte sie. Die Biester veranstalteten einen Lärm, der alle anderen Geräusche übertönte.

Und dann war er da. Offenbar hatte er nur einen günstigen Augenblick abgewartet, um ungehört hereinzukommen. Florian bemerkte es erst durch Justinas überraschten Schrei, der auch ihn zusammenfahren ließ.

»Sei gegrüßt, schöne Hexe!«, sagte eine wohlklingende Stimme.

»Wozu die Maskerade? Ihr habt mich erschreckt.« Justina schien schon wieder ganz gefasst, obwohl Florian glaubte, ein leichtes Zittern mitschwingen zu hören.

»Aber ist das denn nicht der Sinn unserer nächtlichen Zusammenkunft? Angst und Schrecken steigern die Lust. Und der Ablass verheißt uns ein Spiel mit dem Höllenfeuer, ohne davon verzehrt zu werden.«

»Mithin habt Ihr den Ablass also dabei?«

»Gewiss doch, gewiss. Alles zu seiner Zeit. Du wirst ihn dir erst noch verdienen müssen, du kleine, grünäugige Hure!«

Hätte Florian die Stimme nicht zweifelsfrei erkannt, wären ihm bei dem grausligen Geschwätz tatsächlich Bedenken gekommen, ob Justina den Richtigen angelockt hatte. Entweder verstellte er sich gekonnt, oder es sprach wirklich ein Dämon aus ihm.

»Was habt Ihr mit der Bachler-Vroni gemacht?«

Einen Augenblick lang herrschte Stille, dann ertönte ein wissendes, höhnisches Lachen. Florian umfasste den Griff des Degens fester.

»Schade, dass du so ungeduldig bist, Feuerköpfchen. Ich hätte mich gerne noch ein bisschen mit dir vergnügt. Aber jetzt hält es Junker Florian wohl auch nicht mehr länger in seinem Versteck.«

Der letzte Satz kam stoßweise, unterbrochen von lautem Scharren und einem Hilfeschrei Justinas.

Florian stürzte voran, blieb mit dem Degen am Türrahmen hängen. Als er sich wieder freigemacht hatte, hielt Heinrich Marsilius sie mit dem linken Arm von hinten umfangen.

Er trug die Kutte der Karmeliter. In der Hand hatte er die schwere Krücke, derer er aber offensichtlich überhaupt nicht bedurfte. Ihr einzig wirklicher Zweck schien vielmehr darin zu liegen, den Säbel zu verbergen, dessen Klinge er nun mit der Rechten an Justinas Gurgel hielt. Sie wehrte sich nicht mehr. Trotzdem wirkte das Grinsen in seinem mit Ruß geschwärzten Gesicht reichlich angestrengt.

»So«, keuchte er, »da wären wir also. Und diesmal wird der Ablassmörder Florian Brandner mitsamt seiner Dirne am Ort ihres gemeinsamen Frevels verbrennen.« Er trat gegen die Öllampe. Sie rollte auf das Strohlager, das sofort Feuer fing.

»Stech ihn ab, Florian!«, fauchte Justina und bäumte sich auf. »Stech ihn ab!«

Marsilius führte den Säbel an ihrer Kehle entlang. Sie schrie und erstarrte in seinem Arm. Er hatte ihr nur die Haut geritzt. Florian glotzte wie versteinert auf die blutige Linie an ihrem Hals, dann auf die züngelnden Flammen in der Ecke.

Der Dicke lachte. »Alle Achtung, Mut hat sie, die kleine Hur! Grad so eine wilde, rote Hex wie deine Mutter!«

»Lasst sie los!« Florian senkte den Degen.

»Dir scheint ja allerhand an ihr zu liegen! Glaub mir, Junge, die Weiber sind es nicht wert. Teufelsbuhlen allesamt!«

»O nein, denn der Teufel seid doch Ihr!«

»Das haben schon viele gesagt.« Marsilius grinste. »Und deshalb kriege ich sie auch alle, früher oder später!«

»Gar keine kriegt Ihr, wenn Ihr ihnen nicht Gewalt antut!«

Justina hielt jetzt still, sodass Marsilius sich etwas entspannte. Das Feuer schien er gar nicht mehr zu beachten. Florian hoffte, ihn so lange hinzuhalten, bis sich eine Gelegenheit ergab, ihn zu überrumpeln. Die Flammen fraßen bereits am Gebälk. Sie hatten nicht mehr viel Zeit, um mit heiler Haut herauszukommen.

»Pah, was weiß ein Gelbschnabel wie du schon von den Schlichen der Weiber, von der Tücke und Hinterlist, mit der sie uns umgarnen. Arglos wie die Fliege der Spinne, so gehst du ihnen ins Netz!«

»Und Ihr? Ihr dünkt Euch wohl, selbst die Spinne zu sein. Dabei zappelt Ihr doch nur umso heftiger in dem Netz, das der Satan für Euch geknüpft hält!«

Marsilius lachte. »Sieh an, sieh an, was für ein Klugscheißer du doch bist. Die Hure, die dich gebar, wäre sicher sehr stolz auf dich.«

Florians Hand krampfte sich um den Degen. »Lasst meine Mutter aus dem Spiel!«

»Ich könnte dein Vater sein, bist du dir dessen bewusst?«

»Niemals!«

Marsilius lachte. Der Feuerschein verzerrte sein Gesicht ins

Fratzenhafte. »Ich gebe zu, damals, als ich sie in dieser elenden Fischerhütte hatte, da war sie ein bisschen widerspenstig. Aber früher, früher da war sie schon recht anschmiegsam …«

Florians Arm zuckte. Er sah, wie sich Justinas Augen angstvoll weiteten. Und dann sah er das Blitzen des Dolchs, den sie, trotz ihrer eng an den Leib gepressten Arme, mit der Linken unter dem Gewand hervorgeholt hatte.

Das Gebälk über ihnen brannte jetzt lichterloh. Jeden Moment konnten die ersten Sparren herunterbrechen. Marsilius zog sich langsam immer weiter zum Eingang mit der dahinter liegenden Treppe zurück. Offensichtlich beabsichtigte er, Justina im letzten Augenblick zu Florian in die Flammen zu stoßen.

Da ertönten die ersten Schreie auf der Gasse! Gleich darauf das Horn des Nachtwächters, beantwortet vom Blasen der Türmer. Dazu das Prasseln des Feuers und das Knistern und Knacken im Gebälk. Florian blickte nach oben.

Das allgemeine Getöse schwoll so mächtig an, dass Marsilius' Wutschrei fast darin unterging.

Justina hatte ihm den Dolch in den Leib gerammt, und sie wälzten sich am Boden. Florian sah nur noch ein blutiges Knäuel aus Armen und Beinen, den Röcken Justinas und der Kutte des Mörders. Der Säbel war ihm entfallen. Hilflos warf Florian seinen Degen weg, zog den Hirschfänger aus der Scheide und suchte nach einem sicheren Ziel für die scharfe Klinge.

Marsilius bot zwar genügend Angriffsfläche, war aber auch erstaunlich behände. Seine Pranken umklammerten Justinas Kehle fest wie Daumenschrauben. Endlich kam er obenauf, und Florian stach zu. Justina schrie gellend auf.

Im nächsten Augenblick krachte es über ihnen im Gebälk.

»Hurra, hurra«, hörte Florian draußen die Leute schreien, »da kommt der Friedberger Plattner mit seiner Feuerspritze!«

»Zu spät!«, dachte Florian, und die Tränen schossen ihm in die Augen. »Zu spät!«

EPILOG

Martin Luther erreichte Wittenberg am 31. Oktober, genau ein Jahr nachdem er seine »Disputatio« ans Portal der Schlosskirche genagelt hatte. Der Tag war gut gewählt, denn sein Gönner, Friedrich der Weise, weilte gerade dort zum Allerheiligen-Fest und war begierig, vom Verlauf des Augsburger Verhörs zu hören.

Da Friedrichs Stimme für die anstehende Kaiserwahl dringend benötigt wurde, konnte der Kurfürst es sich erlauben, auch weiterhin schützend seine Hand über den rebellischen Augustiner zu halten. Weder Maximilian noch der mit Franz dem Ersten von Frankreich auf dem Kaiserthron liebäugelnde Papst wollten den einflussreichen Sachsen gegen sich aufbringen. So versuchte die Kurie, die unangenehmen Fragen, die Luther aufgeworfen hatte, zunächst einmal nur totzuschweigen. Der Einfluss des kleinen Augustinermönchs und der Zorn des Volkes gegen Rom wuchsen jedoch mit jedem Tag mehr.

Auch im Augsburger Karmeliterkloster von St. Anna blieben Prior Johann Frosch und seine Mitbrüder ihrem Gast und seinem Gedankengut in treuer Anhänglichkeit verbunden und nahmen die Nachricht von Luthers glücklicher Heimkehr und der Haltung seines kurfürstlichen Gönners mit Erleichterung und Genugtuung auf.

Und so schien auch Vater Remigius, als er Florian knapp drei Wochen nach dem Brand in der Fuggerei am Krankenlager besuchte, für seine Verhältnisse ungewöhnlich guter Laune zu sein.

Florians Stimmung dagegen war wesentlich gedämpfter. Zwar machte der Heilungsprozess seiner Wunden gute Fortschritte, und selbst mit dem hässlichen Brandmal, das wahrscheinlich für immer auf seiner linken Gesichtshälfte zurückbleiben würde, hatte er sich abgefunden, doch lag der Schatten der Ungewissheit über Justinas Zustand immer noch auf seinem Gemüt.

»Da seid Ihr ja endlich«, rief er dem Mönch schon von weitem entgegen und richtete sich ungeduldig auf seinem Strohlager auf. »Was gibt es Neues? Wie geht es ihr?«

Remigius' heitere Miene verdüsterte sich. Er schüttelte den Kopf. »Nichts Neues. Die Schwestern tun alles, was in ihrer Macht steht, aber ihr Leben liegt allein in Gottes Hand.«

Enttäuscht ließ Florian sich zurücksinken und schloss die Augen. Seit er wieder bei klarem Verstand war und wusste, wie bedenklich es um sie stand, kreisten seine Gedanken einzig um sie, und er machte sich heftige Vorwürfe, dass er sie in die Sache mit hineingezogen hatte.

»Es gibt da noch das eine oder andere, was ich dich gerne fragen würde, womit ich dich aber bei meinem letzten Besuch noch nicht belasten wollte«, riss der Novizenmeister ihn aus seinem Brüten.

Unwillig schlug Florian die Augen auf.

»Dein Handeln war zwar in höchstem Maße leichtfertig, aber ich gebe zu, dass du mit der Entlarvung von Heinrich Marsilius doch immerhin fast so etwas wie Scharfsinn bewiesen hast. So recht ist mir allerdings bis jetzt noch nicht einsichtig, wie du auf ihn gekommen bist.«

Mühsam setzte Florian sich auf. Die Absicht des Mönchs war klar. Er wollte ihn von seinen Sorgen um Justina ablenken. Andererseits hatten sie bisher tatsächlich noch nicht eingehender über den Fall gesprochen, und er selbst wusste auch längst nicht alles.

»Nicht nur Ihr habt Fragen, Vater«, sagte er. »Aber ich bin der Kranke und daher zuerst an der Reihe.«

Remigius lächelte nachsichtig. Er wirkte erleichtert, als er sich auf den Schemel neben dem Lager setzte. Florian hatte nicht vor, ihn zu schonen.

»Ihr und Lorenz kanntet Euch doch schon länger«, begann er vorwurfsvoll. »Wieso habt Ihr mir die ganze Zeit verschwiegen, dass er mein Bruder war?«

»Weil er es so wollte. Ein paar Tage, nachdem er dich auf der Schwelle abgelegt hatte, traf ich ihn in der Kirche. Er hatte mich in Heidelberg gesehen, fasste daher wohl ein wenig Zutrauen und erzählte mir nach und nach, was passiert war. Dafür musste ich ihm hoch und heilig versprechen, dir gegenüber kein Wort über ihn verlauten zu lassen. Er hatte eine unbändige Angst davor, der Teufel könne zurückkehren, ihn finden und über ihn schließlich auch dich entdecken. Solange er sich von dir fernhielt, glaubte er dich sicher hier im Kloster. Es genügte ihm völlig, ab und an mit mir über dich zu sprechen und dich von weitem zu sehen.«

»Warum habt Ihr eigentlich nichts unternommen, nachdem Ihr Lorenz' Leiche im Zwinger gefunden hattet? Glaubtet Ihr tatsächlich, dass er sich selbst umgebracht hätte?«

»Ja, das glaubte ich in der Tat. An diesem Abend wollte er vor seiner Runde noch zu mir zur Beichte kommen. Als er nicht auftauchte, machte ich mir große Sorgen, weil er unsere Absprachen sonst immer peinlich genau einzuhalten pflegte. Und ich wusste, dass er sich in argen Gewissensnöten befand.«

»Er hat seine Schuld am Tod der Barb nicht verkraftet, nicht wahr?«, fragte Florian.

Remigius sah ihn erstaunt an.

»Ich weiß, dass er für die Brände im ›Hirschen‹ und in der Fuggerei verantwortlich war. Er glaubte wohl, mich damit auf den Pfad der Tugend zurückführen zu können.«

Der Mönch nickte. »Als du noch bei uns im Kloster warst, machte er mir immer wieder Vorhaltungen, dass ich dir zu viele Freiheiten ließ. Der Brand in der Stadtmetzg-Schenke brachte ihn dann vermutlich auf die Idee, wie er dir deine Weibergeschichten verleiden könnte.«

»Wieso hat er sich dann aber so sehr um Justina bemüht?«

»Ich denke, sie erinnerte ihn an eure Mutter. Als er den Brand im ›Hirschen‹ legte, glaubte er damit gleich zwei Fliegen mit einer Klappe zu schlagen. Er wollte dir deine Tollheiten austreiben und Justina aus den Klauen des Hirschenwirts befreien.«

»Warum habt Ihr Euch damals, nachdem Ihr uns in der Fischersiedlung gefunden hattet, nicht zu erkennen gegeben und mit meiner Mutter gesprochen? Die Fischer hielten Euch für den Mordbrenner.«

Remigius' Miene verdüsterte sich. Florian sah, wie sich seine im Schoß gefalteten Hände verkrampften.

»Ihr habt sie geliebt, nicht wahr?«

Die dunklen Augen des Mönchs blickten ins Leere. »Kannst du mir sagen, was das ist: Liebe?«

»Wenn Ihr es nicht wisst ...« Florian zuckte die Achseln. »Sah sie denn wirklich so aus wie Justina?«

»Sie sah ihr zumindest sehr ähnlich.«

»Ich wollte ihr Leben nicht leichtfertig aufs Spiel setzen. Aber sie war einfach nicht davon abzubringen. Das Ganze war ja mehr oder weniger ihr Plan. Und nachdem mir klar geworden war, dass nur Marsilius der Täter sein konnte und Peutinger keine Anstalten traf, eine ernsthafte Untersuchung in die Wege zu leiten, musste schließlich etwas geschehen.«

»Peutinger hat auf deinen jugendlichen Hitzkopf gesetzt«, sagte der Mönch. »Er hat dich von Anfang an benutzt. Zuerst hat er dich gegen Grimm ausgespielt, damit die Dinge ins Rollen kamen, dann, als Marsilius immer mehr aus der Deckung herausgetrieben wurde, hat er dich dazu angestachelt, das Gesetz selbst in die Hand zu nehmen. Der alte Fuchs wusste genau, wie er es anstellen musste, um sich selbst nicht in die Nesseln zu setzen.«

»Für mich sah es ganz danach aus, als ob er den Domherrn schützen wollte, um sich Unannehmlichkeiten und mögliche politische Verwicklungen zu ersparen.«

»Genau so sollte es wohl auch aussehen.«

»Nachdem Marsilius schon Martin und Marbach getötet und mit Lorenz und der Bachler-Vroni auch die Letzten, die ihm gefährlich werden konnten, aus dem Weg geräumt hatte, wollte er mich als Sündenbock am Leben lassen. Und Peutinger schien mala fide, wider besseres Wissen, ja auch bereit, mich zu opfern.«

Remigius schüttelte sein Haupt. »Ich glaube nicht, dass er es wirklich getan hätte. Peutinger mag zwar ein kühler, durch und durch nüchterner Kopf sein, aber er fühlt sich doch viel zu sehr dem Gedanken der Humanitas verpflichtet, um einen Unschuldigen auf die Folterbank zu bringen.«

»Hm ...« Florian war noch nicht recht überzeugt, ließ es aber dabei bewenden. »Was denkt Ihr, warum war Marsilius so unvorsichtig und hat die Weiber nicht gleich beim ersten Mal umgebracht, sondern sich dieses Ablassschwindels bedient, um sie hinzuhalten? Die Gefahr war damit doch ungleich größer für ihn.«

Remigius zuckte die Achseln. »Vielleicht brauchte er den zusätzlichen Kitzel. Augenscheinlich ist er ja nicht immer so vorgegangen. Früher bedurfte er solcher Schliche höchstwahrscheinlich noch nicht. Vielleicht hat er es aber auch einfach nicht mehr geschafft, sich auf andere Art und Weise an die Frauen heranzumachen.« Der Mönch machte eine bedeutungsvolle Pause. »Außerdem glaube ich nicht daran, dass Marsilius einfach nur böse war. Er war besessen, das scheint mir unstreitig, aber er hat gewiss auch mit dem Dämon in sich gerungen. Und so, wie er es dir erzählt hat, klingt es fast, als ob er sich all die Jahre gleichsam selbst gejagt hätte. Vielleicht war er der Hetze einfach so müde, dass zumindest ein Teil von ihm endlich erwischt werden wollte.«

»Ja, vielleicht«, sagte Florian. »Vielleicht wohnten wirklich zwei Seelen in seiner Brust. Und sie trugen den ewigen Kampf aus, von dem Ihr so oft sprecht. Immer wieder aufs Neue, jeden Tag, jede Stunde, jeden Augenblick.«

Remigius nickte. »Hast du eigentlich nie daran gedacht, ich könnte es gewesen sein, nachdem du mich vor dem Zwinger gesehen hattest?«

»Einen Augenblick schon.« Florian grinste. »Vielleicht auch ein klein wenig länger. Um ehrlich zu sein, ist mir erst im Gespräch mit Peutinger ein Licht aufgegangen. Plötzlich passte alles zusammen. Lorenz hatte seine Teufelserscheinungen immer zu Zeiten, in denen Reichstage in Augsburg stattfanden. Marsilius war jeweils zu den Reichstagen hier in der Stadt. Ich hatte Marsilius von Lorenz und meinem geplanten Besuch bei der Vroni erzählt, und er hatte es danach plötzlich furchtbar eilig. Kurz darauf waren beide tot. Und dann war da schließlich auch noch die Sache mit der Handschrift. Das Gekritzel, das Bruder Joachim mir gab und das mich ins Haus der ermordeten Bachlerin locken sollte, um weitere Beweise gegen mich zu erbringen, hatte erstaunliche Ähnlichkeit mit den handschriftlichen Eintragungen in dem falschen Ablass, den Peutinger mir gegeben hatte. Es war nicht ganz eindeutig, aber alles zusammengenommen lag der Fall für mich doch klar. Da vermochte es mich auch nicht mehr zu beirren, dass die Rotzlümmel in der Pulvergasse einen großen Mönch gesehen hatten. Marsilius war schließlich auch groß, und eine Kutte konnte er sich leicht besorgen.«

»Du hast also tatsächlich einmal dein Hirn gebraucht«, sagte Remigius anerkennend. Die Andeutung eines Schmunzelns spielte um seine Lippen. »Du machst Fortschritte. In jeder Hinsicht. Auch deine Gesundheit wird wohl bald wieder völlig hergestellt sein. Was wirst du dann tun? Wenn ich Meister Sigmund richtig verstanden habe, ist er bereit, dich in Gnaden wieder bei sich aufzunehmen.«

»Ich weiß. Er hat es mir schon gesagt, und ich bin ihm auch sehr dankbar dafür. Aber ich möchte erst einmal abwarten, was mit Justina wird.«

Remigius nickte. »Das kann ich gut verstehen.« Er zögerte. »Aber ich wollte eigentlich auf etwas anderes hinaus.« Er wies auf die beiden Ringe, die Florian nun nebeneinander an der rechten Hand trug. »Es deutet einiges darauf hin, dass das Geheimnis deiner Herkunft eng mit der von Heinrich Marsilius verbunden sein könnte. Wirst du nach Bingen gehen, um weiter deiner Vergangenheit hinterherzulaufen?«

Florian wandte den Blick ab. Es dauerte lange, bis er sich zu einer Antwort aufraffte.

»Ich weiß es noch nicht. Ich habe das Gefühl, dass aus meinem Wissensdrang bisher nur Unheil erwachsen ist. Und wenn sich herausstellt, dass Heinrich Marsilius nun tatsächlich mein Vater ist?« Er schüttelte den Kopf. »Gut und Böse sind in uns allen angelegt. Es kommt auf jeden selbst an, was er daraus macht. Jeden Tag, jede Stunde, jeden Augenblick.« Er musste lächeln, als er bemerkte, dass er schon wieder die Worte seines Lehrmeisters in den Mund genommen hatte. »Das Böse lässt sich nicht endgültig besiegen, ebenso wenig wie sich alle unsere Fragen restlos lösen lassen. Vielleicht soll es ja so sein, dass meine Herkunft im Dunkeln bleibt.«

»Amen«, sagte Remigius.

Seinem ungläubigen Gesichtsausdruck war anzusehen, wie sehr er bezweifelte, dass damit das letzte Wort gesprochen war.

Glossar

Ablass oder Beichtbrief: Um in den Besitz eines Beichtbriefes zu gelangen, brauchte man weder zu beichten noch Reue über die Sünden zu zeigen. Allein ein bestimmter Geldbetrag war gefordert. Ein Nachlass der Sündenstrafen, also der eigentliche Ablass, war allerdings erst dann gegeben, wenn man nach dem Erwerb des Briefes auch die Beichte ablegte. Damit war es möglich, den Ablass gleichsam als Geleitbrief für zukünftige Sünden aufzusparen. Es galt nur, ihn im rechten Moment einzulösen.

Adora quod incendisti, incende quod adorasti: Bete an, was du verbrannt hast, verbrenne, was du angebetet hast!

Bissgurg, hohluftige: hochnäsige Frau mit scharfem Mundwerk

Butte: Tragekorb, Rückenkorb

Cappa magna: Chorgewand hoher geistlicher Würdenträger mit Kapuze und langer Schleppe, bei Kardinälen in Purpurrot

De hoc satis!: Genug davon!

Disputatio pro declaratione virtutis indulgentiarum: Disputation zur Erläuterung der Kraft des Ablasses, die berühmten »95 Thesen«

Dormitorium: Schlafsaal bzw. der Teil eines Klosters, in dem sich die Zellen der Mönche befinden

Eidam: Schwiegersohn

Feichenbrot: betrügerisch gebackenes Brot

Fortes fortuna adiuvat: Das Glück gehört dem Tüchtigen

Die *Fuggerei* gilt als die älteste Sozialsiedlung der Welt. Die Stiftungsurkunde datiert aus dem Jahr 1521, Baubeginn war aber schon 1516, und obwohl die endgültige Fertigstellung erst 1523 erfolgte, sind in den Steuerlisten des Jahres 1518 schon 67 Bewohner, die sich auf 33 Häuser verteilten, aufgeführt. Der Name »Fuggerei« wird erstmals 1540 urkundlich erwähnt, dürfte aber im Volksmund schon weit früher gebräuchlich gewesen sein.

Gelbschnabel: junger, unerfahrener Mensch. So benannt, weil die Haut am Schnabelansatz junger Vögel eine gelbliche Farbe hat. Danach wird seit dem 18. Jahrhundert in Anlehnung an grün »frisch, unreif, unerfahren« auch Grünschnabel gebildet (zumal die betreffende Schnabelhautfarbe auch als »grünlich« interpretiert werden kann).

Geschlechtertanz: Tanz der Patrizier (Geschlechter) in dem eigens dafür gebauten Tanzhaus

Heilig Kreuzer Tor wurde wie die meisten anderen Tore auch als Gefängnis genutzt. Prominentester Gefangener war dort 1528 Götz von Berlichingen.

Humanitas: lat. Menschlichkeit, Menschenliebe als Grundlage des Handelns. Conrad Peutinger gilt als früher Anhänger des aufkommenden Humanismus. Seine Bibliotheken und Sammlungen weisen ihn als überaus kunstsinnigen Förderer von Kultur und Wissenschaften aus. Als Stadtschreiber und Chef der Augsburger Verwaltung ist seine Politik jedoch nicht immer unumstritten, wobei ihm Kritiker vor allem eine stark opportunistische Haltung während der Auseinandersetzungen um die Reformation vorwerfen.

Hyrnsches Seelhaus: gestiftet von Afra Hyrn nach dem Tod ihres Mannes Conrad Hyrn im Jahre 1428 zur Beherbergung von vier armen Frauen, den so genannten »Seelfrauen«. Die Hyrns waren auch die Stifter der Goldschmiedekapelle in der Annakirche.

Jechtland: Schweiz

Kolumnenschnur: Handwerkszeug des Schriftsetzers; Schnur, mit der der fertige Satz ausgebunden, d.h. umwickelt und fixiert wird

Majuskel: großer Druckbuchstabe in einer lateinischen Schrift

Manus manum lavat: Eine Hand wäscht die andere

Maxime peccantes, quia nihil peccare conantur: Wer nicht zu sündigen wagt, begeht die größte Sünde (Erasmus von Rotterdam)

Media in vita in morte sumus: Mitten im Leben sind wir vom Tode umfangen

Musaicum: mittellateinisch für Mosaik
Nachtarbeiter: Kloakenreiniger
Offizin: Werkstatt, insbesondere gebräuchlich für Berufe mit nicht-handwerklicher Arbeit wie etwa Druckereien oder Apotheken
Pax tecum!: Friede sei mit dir!
Peroratio: Schlussteil einer Rede oder wie hier des Briefes u.a. mit Datum und Absender
Persona ingrata: unerwünschte Person
Plenus venter non studet libenter: Ein voller Bauch studiert nicht gern
Qui habet aures audiendi audiat, quia nescitis diem neque horam …: Wer Ohren hat zu hören, der höre (Matthäus 11, 15), denn ihr wisst weder den Tag noch die Stunde … (Matthäus 25, 13)
Quid est veritas?: Was ist Wahrheit?
Quod licet Iovi non licet bovi: Was Jupiter erlaubt ist, ist einem Ochsen noch lange nicht erlaubt
Requiescat in pace: Sie/Er ruhe in Frieden
Rochett: weißes, mit Spitzen verziertes Chorhemd des katholischen Geistlichen
Schraffe: Serife, kleiner abschließender Querstrich am oberen oder unteren Ende von Buchstaben
Sodalitas: lat. Freundeskreis, freundschaftliche Verbindung
St. Brigitten: 8. Oktober
Streffinger Tor: So hieß bis 1550 das spätere Barfüßer Tor.
Vade et amplius iam noli peccare!: Gehe hin und sündige hinfort nicht mehr! (Johannes 8, 11)
Währung: Da es im Deutschen Reich des 16. Jahrhunderts aufgrund der vielen Kleinstaaten und freien Reichsstädte mit eigenem Münzrecht keine einheitliche Währung gab, waren zahlreiche verschiedene Münzen wie *Dukaten, Gulden, Kreuzer, Heller* und *Groschen* gleichzeitig in Umlauf. Umrechnungstabellen wurden von den Kaufleuten eingesetzt, halfen aber nur bedingt, da der Edelmetallgehalt der Münzen stark schwankte und mit der Zeit immer geringer wurde.

Die Inhaber des örtlichen Münzrechts ließen es sich nämlich nicht nehmen, fremde hochwertige Münzen einzuschmelzen und daraus eigene mit verringertem Feingehalt zu prägen, um so die Gewinne an Silber und Gold einstreichen zu können.

Funktionen im Kloster:
Ostiarius: Pförtner
Sacratarius: zuständig für die liturgischen Gerätschaften und Gewänder und den Kirchenschatz, hier auch in der Küsterfunktion
Refectarius: zuständig für die Küche
Die mönchische Zeiteinteilung, die auch den Alltag außerhalb des Klosters prägte:
Matutin: Nachtgottesdienst, zwischen 2.30 und 3.00 Uhr morgens
Laudes: Morgenlob, zwischen 5.00 und 6.00 Uhr
Prim: die erste Stunde gegen 7.30 Uhr, kurz bevor es hell wurde
Terz: die dritte Stunde gegen 9.00 Uhr
Sext: die sechste Stunde gegen 12.00 Uhr mittags
Non: die neunte Stunde gegen 15.00 Uhr
Vesper: Abendgottesdienst gegen 18.00 Uhr
Komplet: Nachtgebet gegen 21.00 Uhr

In der Literatur finden sich dazu zum Teil recht unterschiedliche Angaben, was vor allem darauf zurückzuführen sein dürfte, dass die Einteilung je nach Jahreszeit und Region stark schwanken konnte.

Danksagung

Mein Dank gilt allen, die mich während der Arbeit an diesem Buch mit ihrem Interesse und ihren Nachfragen begleitet und ermuntert haben. Besonders danken möchte ich dem Historiker Dr. Hans-Jörg Künast, Mitarbeiter am Konrad-Peutinger-Projekt der Deutschen Forschungsgemeinschaft an der Universität Augsburg, der so freundlich war, die Rohfassung des Romans zu lesen, und mir einige wertvolle Tipps gab.